Hartmut Schatte

Tuchfühlung

Niederlausitzer Geschichte und Gegenwart

Impressum

Gestaltung und Herstellung
REGIA Verlag
Sebastian Wolff
Dr. Hartmut Schatte
www.regia-verlag.de
info@regia-verlag.de

Titelbild

Klaus Janck

Inhaltsverzeichnis

	Seite
Vorwort	3
Ein Leben im Dreivierteltakt	6
Weites Herz und große Stimme	53
Die Nachtigall vom Zweistromland	68
Ein Gubener Intendant in Polen	84
Ballverliebt	92
Ölschinken wider den Hunger	115
Wie ein Fürst einem Maler zu unsterblichem Ruhm verhilft	132
Eine regionalgeschichtliche Sensation	141
Hoch hinaus	177
Quellenverzeichnis	192
Bildteil	195

Vorwort

Guben ist reich an schmückenden Attributen: „Perle der Niederlausitz“, „Heidelberg des Ostens“ sowie „Toskana des Ostens“. Stoff für Geschichtsbücher oder Zukunftsvision? Mich lehrte das Leben eine eigenwilligere Sicht.
Weile ich in Guben, bin ich auf der Suche nach dem verlorenen Paradies der Kindheit, in dem man trotz mancher Entbehrung unbeschwert und glücklich ins Leben trat. Daran änderte auch die auf braunem Mist gewachsene unsägliche Teilung der Stadt nichts. Erst im Erwachsenenalter begriff ich deren ganze Tragik und Tragweite.
Auch wenn es dem Uneingeweihten despektierlich klingen mag, Guben war und ist meine „Oase im Karnickelsand“, meine Insel der Glückseligkeit. In Guben verbrachte ich die schönsten Jahre meines irdischen Daseins, die Jugend. Sie färbte Graues mühelos rosarot und goldgelb. Für mich war Guben beständig die Quelle, aus der Geborgenheit, Zuversicht, Freundschaft und Liebe sprudelten. Alles in Guben war so familiär, überschaubar, anheimelnd. Man fühlte sich „sauwohl“ in seinen Mauern, in seinen Straßen und Gassen, in denen fast jeder jeden kannte.
Das mörderische Inferno des Krieges kaum vergangen, keimte junges Grün aus verkohlten Ruinen und verbrannter Erde. Und Wachstum gab Hoffnung auf ein besseres, friedlicheres Leben. Sind in einer richtigen Oase Palmen unverzichtbar, so fand sich für mich in Moosen, Heidekraut, Farnen, Pilzen und Kiefern, vor allem aber in Spillingsbäumen vorzüglicher Ersatz. Keine Palme duftet wie der Gubener Spilling, kein Pilz riecht wie der Koksch. Das Aroma ist göttlich
Der Vergleich hinkt, werden die Naturalisten sagen, ein Spinner, die Fantasielosen. Von wegen, auch Sand kann mein Zweistromland reichlich vorweisen. Was habe ich mich über den „Mehlstaub“ geärgert. Wühlte man sich mit Fahrradreifen durch ihn, gab es kein Entrinnen. Fluchen, absteigen und schieben. Welche Freude andererseits, rann er mir sonnengewärmt durch die Finger.

Nein, der Karnickelsand, Hinterlassenschaft eiszeitlicher Gewalt, knirschte nie im Räderwerk meines Lebens. Im Gegenteil, er umfing mich stets mit mütterlicher Wärme. Ich trug ihn in Socken, Schuhen und Hosentaschen, sogar auf dem Kopf. Feinkörnig, locker, staubtrocken und hell ist unser Sand, der mich von Kindesbeinen an umgab, vergleichbar den Dünen der Sahara und der von Bornholm stammenden Füllung bejahrter Eieruhren. Und fettig ist er, zumindest gewinnt man den Eindruck nach den ersten Regentropfen. Sie perlen an den Kristallen ab wie das Wasser auf dick geschmierter Butterstulle. Ist der Sand richtig durchfeuchtet, schluckt er begierig Liter um Liter das köstliche Nass. Unersättlich ist der Boden. Unersättlich bin ich nach ihm und dem, was auf karger Scholle wächst und gedeiht. Und nach den netten und fleißigen Menschen, die in der Niederlausitz säen und ernten. Und gerade ihnen bin ich auf den Fersen. Was sie an malerischen Flecken und Winkeln, an Traditionen und Werken zwischen Spree und Neiße geschaffen, darf nicht verloren gehen.
Jawohl, Guben, die kleine Stadt am idyllischen Neißestrand, hat alles, was eine Oase ausmacht. Farbenfroh liegt sie abseits vom Lärm der großen weiten Welt und sogar die Temperaturen nähern sich dem echten Vorbild. Dennoch darf kein Irrtum entstehen. Mein Karnickelsand ist und war nie Bestandteil einer realen Wüste. In die aber soll der Landstrich zwischen Guben und Cottbus verwandelt werden. Ungemach droht vor allem vom schwarzen Gold, dem Fluch und Segen der Niederlausitz. Kein Zweifel, die Abbaggerung weiterer Ortschaften wird kurzfristig Arbeit erhalten, langfristig aber die Lebensqualität vieler Menschen eindeutig mindern. „Verflucht und zugenäht!“, pflegte mein Sprucker Omchen zu schimpfen, wenn ihr etwas gegen den Strich ging.
Aber: „Vielleicht klagt man doch mit Unrecht über die neue Zeit, daß sie Alles umzustoßen suche, ohne etwas Besseres dafür aufzustellen. Wollt Ihr denn, wenn ihr ein Zimmer malen laßt, den Erfolg nach dem Zeitpunkt beurtheilen, wo man die alte Farbe

von den Wänden abkratzt, und die neue nur erst eingerührt wird? Wartet bis sie aufgetragen sein wird und trocken ist. Taugt sie dann nichts, so habt Ihr Recht zu sagen: Besser, man hätte es beim Alten gelassen.“
Wer aber, verehrter Fürst Pückler, repariert den möglichen Schaden wenn misslingt, was man an segensreichen Verheißungen vorspiegelt? Nein, nein, so einfach ist die Sache nicht: Es hat mich sehr gefreut, es hat nicht sollen sein! Auf Kohle kann man noch nicht verzichten. Richtig. Aber wofür wird sie alles verschwendet?! Hier sind Gleichgültigkeit und Schweigen fehl am Platz. Wollen wir den kommenden Generationen eine lebenswerte Welt hinterlassen, müssen wir Farbe bekennen: Orte sind genug abgebaggert! Die Niederlausitz muss als intaktes Siedlungsgebiet erhalten bleiben. Weder Schwamm noch Wasser drüber darf die ausschließliche Devise lauten. Neben Visionen sind machbare Alternativen nötig. Wird jetzt kein Einhalt geboten, werden nach der Salamitaktik weitere Dörfer ins Grab sinken.
Wenn die Balance zwischen Heute, Morgen und Gestern auch sehr schwer zu halten ist, so machen die vielen positiven Veränderungen doch Mut. Besonders erfreulich der 21. Dezember 2007, an dem die Schlagbäume fielen. Das einst rücksichtslos gespaltene Guben wird behutsam wieder zusammengefügt. Die Narben werden verheilen. Möge meiner Heimatstadt eine friedliche deutsch-polnische Sonne in intakter Natur und in einem vereinten Europa scheinen, in dem Volkes Stimme etwas gilt.

Cottbus im September 2008

Ein Leben im Dreivierteltakt

Über die Motivation, ihr Leben dem Tanz und der Geselligkeit zu widmen, sprach sie nie. Begnügen wir uns deshalb mit der Allegorie vom zufälligen Kuss der Terpsichore, der Muse des Tanzes. Dass sich ein Mädchen aus wohlsituiertem bürgerlichen Elternhaus für die schönen Künste interessierte, gehörte zum guten Ton, nicht aber, daraus eine Profession zu machen. So etwas schickte sich zu Beginn des 20. Jahrhunderts noch immer nicht. Und schon gar nicht, wenn die Vorfahren seit Generationen „ehrbare" Handwerker in einer Kleinstadt waren. Bis auf eine Ausnahme hatte es einen derart ungewöhnlichen Vorgang in der Familie Hefter noch nie gegeben.

Die Gubener Wurzeln des aus der Oberlausitz stammenden Geschlechts reichen bis ins 17. Jahrhundert zurück. Durch mehrere Schicksalsschläge aus Zittau vertrieben, wandte sich der Fleischer David I. Hefter zunächst nach Polnisch-Lissa, wo er Barbara Witt heiratete. Den Unwägbarkeiten der Zeit geschuldet, brannte das Städtchen ab. Wohin mit Frau und Kind? Nach Guben. Von da an ging es langsam, aber stetig bergauf.

1657 beantragte der Stammvater der Gubener Hefter-Sippe das Bürgerrecht. Die Kosten dafür musste er noch in Raten mühsam abstottern. Bereits seinem Sohn David II., Fleischer, Landwirt und Fuhrunternehmer, gelang es, ein eigenes Haus zu bauen. Fortan wurde das Sprichwort: „Eigener Herd ist Goldes wert" zum unumstößlichen Familienwahlspruch.

Reicher Kindersegen verzweigte das Geschlecht. Nicht jeder Junge konnte Fleischer werden. Aus der Not wuchs eine Tugend. Beim Schlachten fielen etliche Nebenprodukte an, Grundlage für neue Handwerke. Der Enkel des Stammvaters, David III., wurde Lohgerber und Schuhmacher. Andere frühe männliche Nachkommen sicherten ihre Existenz als Seifensieder und Lichtzieher. David III. starb in jungen Jahren, hinterließ eine hübsche Tochter, Maria Regina. Leben und Arbeit waren schwer, die Zeiten unruhig, Kriege und Militär gehörten zum Alltag. Für durchziehende

oder stationierte Soldaten und Offiziere gab es noch keine Kasernen, folglich quartierte man das Kriegsvolk bei Bürgern ein. 1747 kam der Hautboist im Graf Brühl'schen Infanterie-Regiment Friedrich Schröter aus Eilenburg in das Haus von David III., gelegen im Klosterviertel. Schröters Vorfahren stammten aus dem Erzgebirge. Schmucke Uniform, Manieren und Bildung imponierten. Maria Regina verliebte sich in den Militärmusiker, vielleicht war es auch umgekehrt. Jedenfalls fand 1748 die Hochzeit statt. Am 29. Januar 1751 wurde Corona Schröter, Gubens berühmteste Tochter, geboren. Weitere außergewöhnlich begabte Kinder folgten. Welchen Anteil Mutter Hefter daran hatte, ist nicht mehr zu belegen.
Nach dem Ende des Zweiten Schlesischen Krieges wurde Friedrich Schröter 1755 an den Warschauer Hof versetzt, wo der sächsische Kurfürst Friedrich August II. als polnischer König August III. residierte. Die vom Premierminister Heinrich Graf von Brühl zu verantwortende luxuriöse Hofhaltung suchte in Europa ihresgleichen. Davon profitierte die Familie des Musikus Schröter. Die Kinder erhielten eine vortreffliche Bildung, wuchsen musikalisch und vielsprachig auf.
1763 endete das süße Leben abrupt. Erst starb August III., Wochen später folgte ihm Brühl ins Grab. Schröters gingen nach Leipzig, dort lernte Johann Wolfgang Goethe die Sängerin Corona kennen. Er war von ihrer marmornen Schönheit fasziniert. Vielleicht auch von ihren Talenten. Jedenfalls holte er sie später an den kunstsinnigen Weimarer Hof, wo sie die erste Iphigenie spielte und damit Weltruhm erlangte. Sie war mit Schiller befreundet, wurde verehrt von vielen Größen ihrer Zeit.

Ob sich unsere kleine Heldin Ilse Hefter der berühmten Verwandtschaft bewusst war? Jedenfalls machte sie nie Gebrauch davon, weder den Eltern noch der Öffentlichkeit gegenüber.
Abgesehen von diesem genetischen Ausrutscher, der Sängerin, Schauspielerin und Malerin Corona, entwickelte sich die Familie Hefter weiter in den spurtreuen Bahnen „anständiger" Berufe und

verquickte sich mit Familien anderer wohlhabender Bürger. So heiratete 1861 beispielsweise der Kaufmann Robert Hefter (gest. 1904) Therese (1842–1926), die Tochter des bedeutenden Tuchfabrikanten Carl Zuschke. Robert machte sich später als „Eisen-Hefter“, „Handelsherr und Stadtältester“ einen Namen. Das Einwohnerbuch von 1920 führt Adolph Hefter, Klosterstraße 11, Roberts Sohn, unter Eisenwarenhandlung, Haus- und Küchengeräte sowie Kohlenhandlung.

Robert war der Bruder von Albert I. Hefter (1836–1909), der bei seinem Onkel Baehr in Atterwasch das Mühlenhandwerk erlernte und anschließend bei Carl Zuschke als Mühlenbescheider tätig wurde. In erster Ehe mit Carls Enkelin Clara Lehmann (1844–1867) verheiratet, kaufte der nunmehrige Müller- und Bäckermeister von Carl Zuschke 1863 die Mühle in Groß Gastrose. Nach dem frühen Ableben seiner Frau heiratete Albert I. in zweiter Ehe Franziska, die jüngste Zuschke-Tochter.

1876 veräußerte Albert I. Hefter die Groß Gastroser Mühle an seinen Schwager Carl Lehmann aus der Gubener Tuchdynastie. Mit dem erklecklichen Erlös setzte er sich im Nobelviertel Grüne Wiese Nummer 2 zur Ruhe, engagierte sich aber als Vorstandsmitglied des Verschönerungsvereins intensiv für städtische Belange. Er wurde Mitanreger und treibende Kraft des 1908 eingeweihten Bismarckturms.

Hefters heirateten aber nicht nur in die Gubener Tuchindustrie ein, die neben der Hutproduktion Weltgeltung erlangte, sondern betrieben sie auch selbst. Die Rede ist vom Tuchhändler Wilhelm Hefter (1823–1885).

Aus dem Trauregister der Gubener Stadt- und Hauptkirche ist abzuleiten, dass die Familie Hefter dem Fleischerhandwerk über Jahrhunderte kontinuierlich die Treue hielt und im Zunftwesen sogar eine exponierte Stellung einnahm. Für 1804 ist beispielsweise die Heirat des Johann Gottlieb Hefter, Bürger und Fleischhauermeister – zweiter Sohn des Bürgers und Mitältesten des Gewerks der Fleischhauer Gottlob Hefter – mit der Jungfrau Johanna Eleonora Kühn, jüngste Tochter des verstorbenen

Bürgers und Schiffers Johann Martin Kühn, verzeichnet. Im Jahr 1823 vermählte sich Gotthilfs Ältester, Carl Ernst Hefter, gleichfalls Bürger und Fleischhauer, mit Johanne Caroline, zweite Tochter des Wilhelm Gallasch, Bürger und Oberältester des Gewerks der Fleischhauer.

1868 werden im Gubener Adressbuch dreizehn geschäftstüchtige Hefter genannt, darunter mit Gustav, Eduard und Carl Hefter drei Fleischermeister sowie mit Adolf und Rudolph zwei Seifensieder. Zu den traditionellen Berufen gesellen sich später Kaufmänner, Schneider, Putzmacher, Mühlenbesitzer, Wurstfabrikanten, Gerichtsassessoren und ein Major der Reichswehr.

Dass Ilse Hefter der Fleischerdynastie entstammt, sah man dem ranken und schlanken Mädchen nicht an, ist jedoch erwiesen. Unklar – für mein Vorhaben aber von geringer Bedeutung – ist lediglich die exakte Linie, die bis zu David I. führt.

Bei Ilses Großvater väterlicherseits handelte es sich um den angesehenen Fleischermeister Gustav Hefter. Er besaß Geschäfte in der Klosterstraße 17 und in der Salzmarktstraße 16. Gustav war verheiratet mit Auguste Wuttge. Sie entstammte ebenfalls einer Fleischerfamilie, Königstraße 67. Aus der Ehe ging der Sohn Ernst Emil Max (1869–1941) hervor. 1907 wird Gustav als Rentier im Hause Klostermauer 33/34 geführt (1939 ist dieses Haus das Hinterhaus vom Grundstück Klosterstraße 13/14).

Der Sohn von Gustav und Auguste, Max Hefter (1869–1941), heiratete 1897 in der Gubener Stadt- und Hauptkirche Clara Baehr (1878–1954), Tochter einer Ackerbürgerfamilie. Im Jahr darauf wurde der Stammhalter Carl Gustav Ernst geboren. Am 18. Mai 1902 folgte die Tochter Auguste Emilie Ilse. Im Jahr 1907 wird Max als Hausbesitzer und Fabrikant für feine Fleisch- und Wurstwaren erwähnt. Nach des Vaters Tod führte er nur das Geschäft in der Klosterstraße weiter. Bereits zu jenem Zeitpunkt besaß die Familie Telefon – ein unerhörter Luxus.

Kurz vor Beginn des Ersten Weltkrieges verlegte Max seine Fleischerei in die Pförtener Straße 6. Das Haus gehörte seiner verwitweten Schwiegermutter Auguste Emilie Baehr. Vermutlich im

Zusammenhang mit dem Krieg und seinen verheerenden Auswirkungen auf die Ernährung der Bevölkerung und die Existenz von Lebensmittelgeschäften orientierte sich Max Hefter um. Im Einwohnerbuch der Stadt Guben von 1920 firmiert unter seinem Namen nunmehr ein Fuhrwerksbetrieb in der Pförtener Straße 6a. Das Geschäft florierte. Bald reichte das Grundstück nicht mehr aus. Ilses Vater erwarb ein größeres und baute zwischen 1921 und 1924 in der Pförtener Straße das Haus Nummer 22. Das große Mietshaus sicherte zusätzlich zum Gewerbe ein geregeltes Einkommen.

Wenden wir uns nun der kleinen Ilse zu. Nach der Grundschule besuchte sie das Gubener Lyzeum, Grüne Wiese, im villenbestückten Nobelviertel der Neißestadt. An der höheren Töchterschule befand sich Fleischers Tochter in guter Gesellschaft. Zu ihrem Jahrgang gehörten Johanna Riedel, später Bilder-Weiße, und Agnes Johanna Anna Charlotte Günther, Tochter des Gutsbesitzers von Birkenberge (polnisch Brzozów) – als „Mutta Wolfen aus Krayne" bekannt geworden.
Obwohl Ilschen, so ihr Kosename, auch Klavierunterricht erhielt, empfand das gertenschlanke, lebhafte blonde Mädchen vor allem Freude an der Bewegung. Selbst die schwere körperliche Arbeit in der Landwirtschaft, im Hofladen und dem Fuhrunternehmen der Eltern, zu der sie schon als Kind herangezogen wurde, dämpfte ihre Quirligkeit keineswegs. Vermutlich über ihre eigene Tanzstunde entdeckte sie den Tanz als ideale Verknüpfung von Bewegungsdrang, musikalischem Kunstsinn und gesellschaftlichem Wesen des Menschen. Musik und Tanz, so ihre spätere Auffassung, erzeugen Lebenslust, gebären Optimismus, gehören untrennbar zu einem kulturvollen Leben. Ilse sah im stilvollen Tanz eine wichtige Station junger Menschen auf dem Weg zum Erwachsenwerden. Bei Schritten, Drehungen, Blickkontakten und Berührungen knüpft man zarte Bande, schließt Freundschaften, prägt die Persönlichkeit aus. Der Tanz erweist sich als wichtiger Baustein des Selbstbewusstseins. Nicht selten avanciert er zum

Steigbügel der ersten großen und manchmal sogar lebenslangen Liebe. Erst später wurde ihr klar, dass Tanzen in jedem Lebensalter eine herausragende Rolle für das menschliche Wohlbefinden spielt. Blankes Entsetzen bei Ilse und den Eltern, als Bruder und Sohn Ernst 1918 auf dem „Feld der Ehre" fiel. Nun ruhten alle Hoffnungen von Clara und Max Hefter auf Ilse. Von der Tochter dann der zweite Schock. Sie wollte Gymnastin und Tanzlehrerin werden. Eine „Hupfdohle", welche Schande! Und das Geschäft? Kein „vernünftiges" Argument, kein Bitten, Flehen oder Drohen halfen. Ilse setzte sich durch, kriegte die Eltern herum. Beim lebensfrohen Vater, von ihm erbte sie wohl das gesellige Naturell, gab es den geringsten Widerstand. Er finanzierte ihr schließlich eine Ausbildung an der privaten Berliner Tanzschule Schmitt-Hutten. In mehreren Kursen zwischen 1925 und 1927 erreichte Ilse Hefter die Abschlüsse als Lehrerin für Gesellschaftstanz, Eiskunstlauf und Gymnastik.
Als Glücksfall erwies sich das erwachende Gesundheitsbewusstsein gut betuchter und sich emanzipierender Frauen. Sport kam in Mode. Der Zusammenhang zwischen sportlicher Betätigung und körperlichen Vorzügen war plötzlich in aller Munde. So beturnte Ilse Hefter als hausierende Gymnastin, sie „mit's Rad" unterwegs, viele feine Damen in ihren Villen und Salons. Der Einstieg in den „ambulanten Gesundheitshandel" geht mit großer Wahrscheinlichkeit auf das Jahr 1925 zurück, denn im Einwohnerbuch wird Ilse erstmals als selbstständige Bürgerin aufgeführt.
1927 hielt sie, trotz reichlicher Warnungen, den Zeitpunkt für gekommen, ein Gewerbe anzumelden. Das Inserat erschien im Einwohnerbuch von 1928. Anfänglich erteilte Ilse Einzelunterricht und leitete Kurse für Kleingruppen in der guten Stube des Privathauses in der Pförtener Straße, musikalisch umrahmt von eigener Klavierbegleitung oder von den Klängen eines mechanischen Koffer-Grammophons.
Der berufliche Einstieg fiel schwer, die Konkurrenz war groß und etabliert. Die Befürchtungen der Eltern: „Vom Tanzen kann man

doch nicht leben!" schienen sich zu bewahrheiten. Im Hohlweg 5 war eine Filiale der Tanzschule Lenz aus Frankfurt/O ansässig, in der Crossener Straße 9 firmierte Fräulein Elisabeth (Else) Müller. Deren Schwester Helene, als Technische Lehrerin für Turn- und Handarbeitsunterricht am Städtischen Lyzeum angestellt, sollte für Ilse Hefter als Vorbild noch bedeutsam werden.
Ilse ließ sich nicht entmutigen, ging ins Lyzeum und Gymnasium Klinken putzen, sprach Schüler und Eltern gezielt an. Die Eltern von Elsa und Fritz Pohle ließen sich überreden. Sie meldeten ihre Kinder in Ilse Hefters Tanzschule an. Andere Eltern folgten ihrem Beispiel. So Familie Pohl, die ihre Tochter Margarete überzeugten. Margarete überlieferte ihre Tanzstundenerinnerungen von 1930 in einem kleinen Beitrag im Gubener Heimatbrief.

Der Familienname Pohle ist in Guben nicht unbekannt. Er ist untrennbar mit der Geschichte der Lehmann'schen Tuchfabrik verbunden. Elsas Großvater Ferdinand war der hoch geachtete erste Maschinenführer des Unternehmens. Auf ihn gingen viele Patente für die Leichtindustrie zurück. Er soll auch die erste moderne Dampfmaschine in die Produktion des Gubener Unternehmens eingebaut haben. Der junge Ernst C. Lehmann verehrte den leitenden Angestellten und liebte ihn wegen seiner Herzlichkeit und menschlichen Wärme, die er beim eigenen Vater weitgehend vermisst hatte.
Selbst in seiner Freizeit tüftelte und bastelte Ferdinand Pohle. So versorgte eine von ihm konstruierte kleine Wasserturbine an der Neiße den Privathaushalt in der Alten Poststraße 7 mit Strom. Geradezu berühmt aber sollte das Multitalent durch den Bau eines Ausflugsdampfers mit geringem Tiefgang werden. Ausgelegt für zehn Personen verkehrte das Schiffchen zwischen Großer Neißebrücke und Ratzdorf. Der Zustieg in Guben erfolgte an der Treppe hinter Café Schönberger und Central Hotel. Der richtige Gubener Hafen, überwiegend für den Frachtverkehr gedacht, lag weiter flussabwärts, in unmittelbarer Nähe zum späteren Schlachthof. Die Uferbefestigung ist bis in die Gegenwart zu erkennen. Die

Gubener staunten nicht schlecht. Der Zuspruch war überwältigend. Um in den Genuss einer Dampferfahrt zu kommen, musste man sich lange zuvor anmelden. Ferdinand Pohle fungierte gleichzeitig als Kapitän, Steuermann, Heizer, Fremdenführer und Kassierer. Eintritt erhob der „Reeder“ in Form von „schwarzem Gold“. Jeder Passagier hatte Kohle zum Befeuern des Dampfkessels mitzubringen.

Bald schon waren der Stadtverwaltung Ferdinands Flussfahrten ein Dorn im Bürokratenauge. Sie sahen in der unangemeldeten Eigenkonstruktion einen argen Konkurrenten zum Motorschiff „Forelle“, das auf Oder und Neiße verkehrte und in Guben anlegte. Außerdem unterstellte man ungesetzliche Gewinne. So sehr Ferdinand auch finanzielle Vorteile bestritt, man glaubte ihm und aufgebotenen Zeugen nicht. Ein langer Streit für und wider eine Vergnügungssteuer begann. Als ihm Strafe drohte, zerstörte der wütende Erfinder sein Werk. Guben war um eine Attraktion ärmer. Noch Jahrzehnte später schwärmten die Gubener mit leuchtenden Augen davon. Zu ihnen gehörte neben dem Vater auch der Zeichenlehrer von Elsa Pohle. Heute ist die damalige Sensation leider völlig in Vergessenheit geraten. Hohe Zeit, sich an den Genius des Ferdinand Pohle wieder zu erinnern.

An einem sonnigen Sommertag des Jahres 1923 endete das arbeitsreiche Leben von Elsas Großvater. Früh am Morgen stand er auf, um in die Blaubeeren zu gehen, eine Lieblingsbeschäftigung des Rentners. Unterwegs stellte er bekümmert fest, dass er seine Taschenuhr vergessen hatte. Also zurück. Um die Verspätung aufzuholen, lief er etwas zu hastig. Ganz außer Atem gelangte er vor seiner Haustür an, fiel um und war auf der Stelle tot.

Großzügig übernahm Ernst C. Lehmann alle Formalitäten und Kosten der Beisetzung. Der Gönner ließ den teuren Toten, bis zum siebzigsten Lebensjahr hatte Ferdinand bei ihm gearbeitet, in seinem Schlafzimmer in einem Meer von Rosen aufbahren. Während sich der Leichenzug zum Ostfriedhof bewegte, ruhte in der Fabrik Lehmann's Wwe. & Sohn die Arbeit. Die Urne, Ferdinand war auf eigenen Wunsch im Gubener Krematorium verbrannt worden,

versenkte man in einem mit Denkmal versehenen prunkvollen Grab. Noch bis mindestens in die 1970er Jahre stand das prächtige Grabmal unversehrt.
Elsas Vater Karl, nach dem Studium in Europa, Afrika und zuletzt in Berlin tätig, kehrte 1924 nach Guben zurück. Er übernahm bei Ernst C. Lehmann die Stelle des technischen Leiters. Seine in Berlin geborene Tochter Elsa erlernte nach dem Besuch des Gubener Lyzeums bei der AEG in Berlin den Beruf einer technischen Zeichnerin, qualifizierte sich folgend zur Teilkonstrukteurin. Ihr Kontakt zu Guben riss nie ab. So absolvierte sie beim Arbeitgeber ihres Vaters ein Volontariat. Um sich nach dessen Ende zu verabschieden, platzte Elsa unangemeldet ins „Heiligtum" des Chefs. Ein schwerer Verstoß gegen die Vorschrift. Der übergangene Büroleiter zürnte, Ernst C. Lehmann nicht. Ganz Kavalier, bot er ihr einen Platz an und sagte: „Liebes Fräulein Elsa, Ihr Großvater war mir mehr als ein Vater und Ihr Vater ist mir ein guter Freund. Sie können jederzeit wieder zu mir kommen."

Der Tanzstundenlehrgang, an dem Elsa und Fritz Pohle sowie Margarete Pohl teilnahmen, fand in der Pförtener Straße 22 statt. Ein Zwischenkränzchen führte zum Heidekrug. Jeder Teilnehmer leistete einen kleinen kulturellen Beitrag. Dabei passierte Elsa ein Malheur. Von einem Schuh brach der Absatz ab. Fräulein Hefter ersuchte die Gesellschaft um Hilfe, vergeblich. Elsa entschloss sich, barfuß zu laufen, was auf heftigen Protest der Tanzlehrerin stieß: „So etwas, Fräulein Pohle, schickt sich für ein Mädchen aus gutem Hause nicht!" Das Achten auf Etikette sollte ein Wesenszug der „Tanzaristokratin" werden. Gutes Benehmen gehörte für die Ästhetin Ilse untrennbar zum stilvollen Tanz. Da sich Elsa Pohle keine weitere Verfehlung zuschulden kommen ließ, entstand ein Freundschaftsverhältnis zwischen den beiden jungen Frauen.
Ab 1930 konnte sich Ilse Hefter über reichlich Zuspruch freuen, die Eltern waren halbwegs mit dem extravaganten Beruf der Tochter versöhnt. Mundpropaganda rühmte Ilse als nette und fähige Tanzlehrerin. Je dreißig weibliche und männliche Schüler

schrieben sich in einen Kurs ein. Jetzt fanden die Tanzstunden im Lokal Kaminsky's Berg und im Kaiser Garten statt. Auf dem Programm eines Kurses standen zunächst die so genannten Schrittstunden, Weiblein und Männlein getrennt. Das hatte weniger mit Prüderie, sondern vielmehr mit gegenseitiger Achtung zu tun. Warum die empfindsamen Gemüter der Heranwachsenden dem Gespött der Öffentlichkeit aussetzen? Die ersten windschiefen Haltungen und grotesken Verrenkungen des Anfängers blieben dem zukünftigen Partner besser verborgen, so die vorherrschende Philosophie.

Dann folgten die mit Spannung und Herzklopfen erwarteten gemeinsamen Übungsstunden. Flaues Gefühl im Magen, feuchte Hände, verstecktes und doch offensichtliches gegenseitiges Mustern. In meinem Jahrgang hieß es später: „Lass die Augen sprechen!" Bald hatte man seine Wahl getroffen, Auslöser so mancher Schwärmerei, Eifersüchtelei und bitterer Enttäuschung. Den „Trockenübungen" schlossen sich erste „Freischwimmerproben" an. Mitten im Tanzkurs wurden Tanzkränzchen in Hefters Haus oder im Saal veranstaltet, gefolgt von einem Mittelball. Den Höhepunkt des Tanzkurses bildete zweifellos der Abschlussball, oft Gegenstand lebenslanger Erinnerung. Die Damen bekamen zu diesem Anlass ihr erstes Ballkleid, wurden von ihrem Tanzpartner nach Etikette hofiert. Sie erhielten Blumen, wurden im Beisein der Eltern von zu Hause abgeholt und zum Fest begleitet. Er, ganz Kavalier, hatte sich ebenfalls „in Schale geschmissen", wirkte im feinen Zwirn mit Schlips und Kragen dennoch etwas linkisch, aber unheimlich süß.

Der Abschlussball beflügelte jedoch nicht nur Beine und Herz, nein, er regte auch den Verstand an. So mancher ernste Mensch und biedere Tänzer entpuppte sich als lustiger Geselle und wahrer Dichter. Nach dem Motto: „Reim dich oder ich fress dich" entstanden mit viel Spaß heitere Festschriften. Dank Elsa Pohle ist die von 1930 erhalten geblieben, in ihr findet sich folgendes Tanzstundenlied:

O herrliche Tanzstundenzeit,
wohin bist du entschwunden?
Nie kehrst du wieder, schöne Zeit,
mit deinen Freudenstunden.
Wie wurde uns das Herz so warm,
als wir zum erstenmal im Arm
die holde Maid umschlossen
und übten unverdrossen!

Zusammen kamen in großer Zahl
wohl an die dreißig Herren,
die wollten alle voller Mut
die edle Tanzkunst lernen.
Und dreißig Damen noch dazu,
die hatten längst schon keine Ruh',
wer von den Kavalieren
sie würd' zum Tanze führen.

Doch nun, da jeder sich erschien
als Hahn im Korb beim Tanze,
gedachte man ans Auswärtszieh'n
und lud zu einem Kranze.
Per Auto ging's zum „Heidekrug",
die Zeit verging uns wie im Flug,
bis an der letzten Tanne
das Auto hatt' 'ne Panne.

Doch heute nun zum letztenmal
versammeln wir uns wieder;
Drum schwingt das Bein,
zum Abschiedsball,
und singet frohe Lieder!
Denn frohbewegter Foxtrottschritt
bringt echte Festesstimmung mit.
Hoch leb' in unserer Runde
Die Heftersche Tanzstunde!

Jeder einzelne Teilnehmer wurde in der Tanzstundenzeitung liebevoll spöttisch unter die Lupe genommen, so der stets streng nach Kuhstall riechende Schulze-Bomsdorf: „Wer verschafft mir ein Fernrohr, mit dem ich ab und zu mal nach Guben sehen kann, damit meine Dame keine Seitensprünge macht."
Ehe Fräulein Hefter ihre Schäfchen entließ, gab es nach den großen Schulferien noch einen Nachball. Hier ging es schon richtig zur Sache. Verflogen alle Scheu. Es wurde geschwoft, bis die Sohlen glühten. Jetzt gehörte man schließlich zu den alten Hasen. Die richtigen „alten Hasen" verspürten auch bald das Bedürfnis, es den Kindern nachzutun. Und so organisierte Ilse für die tanzlustigen Eltern ebenfalls Kurse, die im Rathaus stattfanden.

Auf einem Treffen vieler Tanzschulen in einem ostpreußischen Bernsteinbad lernte Ilse Hefter ihren Zukünftigen kennen, Otto Wust (1900–1945) aus Kalkberge bei Berlin, Geschäftsführer der Rüdersdorfer Kalkwerke. Bestimmt war in Rixdorf Musike, als dessen Eltern Bertha und Friedrich 1894 dort heirateten. Nur eines störte den fröhlichen Otto anfänglich an der Geliebten. Partout wollte sie beim Tanzen führen. 1935 wurde geheiratet. Otto trat in die Firma des Schwiegervaters ein, brachte neue Ideen und „Schwung in die Bude". Ganz nebenbei unterstützte er seine Frau vorbildlich in ihrer Tanzstundenarbeit.
Max Hefter und Otto Wust hatten sich gesucht und gefunden. Die haben es faustdick hinter den Ohren, sagten die einen. Denen sitzt der Schalk im Nacken, kicherten die anderen. In ihrer Gesellschaft gab es jedenfalls viel Spaß und Schabernack. Wie sich Elsa Pohle, sie gehörte inzwischen zur Familie, erinnert, „goss Maxe gern mal een' hinter die Binde". Die Begeisterung seiner klugen, ernsthaften und sparsamen Frau Clara hielt sich in Grenzen, wenn ihr Max wieder einmal den „großen Max" spielte, durch die Kneipen zog, um sich und andere zu erheitern. Ihr wäre es lieber gewesen, er hätte Geld, Kraft und Zeit stärker in das Geschäft investiert. Um seiner Frau nicht täglich Munition für ihre Kritik zu liefern, erfand Max die dollsten Ausreden für seine Zechtouren und Verstecke für

seine Pullchen. Obwohl nicht sonderlich begeistert, wurde Elsa wiederholt die Ehre zuteil, heimlich auf ein Likörchen eingeladen zu werden.
Wie die Eltern waren auch Ilse und Otto charakterlich grundverschieden, ergänzten sich dennoch vorzüglich. Sie würdevoll gesellig, er unkonventionell ausgelassen. Gegensätze zieh'n sich bekanntlich an. Wenn Max seine Tochter necken wollte, sagte er mit verschmitztem Blick: „Ich weeß gar nich, warum Otto unse Ilse jeheiratet hat, Elsa hätte ville besser zu ihm jepasst!" Genährt wurde diese Frotzelei sicher auch dadurch, dass Elsa und Otto zu den aktivsten Mitgliedern des im Koenigpark ansässigen Gubener Ruderclub 05 e.V. gehörten, bis 1936 ausschließlich eine Männerdomäne. Ilse war zwar auch eingeschriebenes Mitglied, ruderte aber selbst nicht. Elsa hingegen übertrumpfte darin alle anderen Frauen. In einem Jahr erhielt sie sogar den Fahrtenpreis für die größte Anzahl zurückgelegter Kilometer. Das imponierte den Männern um die Deutschen Meister Max Seeling und Willi Dohme. Die spektakulären Wanderfahrten des Clubs führten übrigens bis in die Masuren, nach Stettin, zur Saar, Mosel und zum Rhein.
Bereits Anfang der 1930er Jahre hielt Ilse auch Tanzkurse außerhalb Gubens ab, so in Crossen, Züllichau und Pförten. Bei einer Veranstaltung im Brühl'schen Schloss setzten plötzlich die Wehen ein. Seither blickt Sohn Karl-Ernst auf eine „hochherrschaftliche" Geburt zurück. Mit Hilfe der adeligen Hebamme Olga von Meier wurde er im Oktober 1935 im Pförtener Palast entbunden. Elsa Pohle hielt ihn in der Gubener Stadt- und Hauptkirche über das Taufbecken. Und noch einen weiteren Liebesdienst leistete Elsa. War Ilse schwanger, vertrat sie die Freundin als Ottos Tanzpartnerin, obwohl sie aus Berlin anreisen musste. So konnte die Tanzschule kontinuierlich weiter arbeiten.
Die Freundinnen besuchten sich häufig, mal an der Neiße, mal an der Spree. In den Vergnügungslokalen der Reichshauptstadt tanzte man mehr als einmal bis in die frühen Morgenstunden, getragen von jugendlichem Überschwang und unbändiger Lebensfreude.

Wie damals üblich, mussten die Kinder bereits in jungen Jahren in der Wirtschaft helfen. Karl-Ernst besinnt sich lebhaft auf seine Einbindung in die Tanzstunde, die Landwirtschaft sowie das Fuhr- und Bestattungsunternehmen. Viel Zeit zum sorglosen Spiel blieb nicht. Schule, Feldarbeit, Tiere versorgen, Landauer-Kutsche für Hochzeiten oder seriöse Wagen für Beerdigungen herrichten gehörten zu seinen Pflichten. Und in der Tanzschule gab es auch allerhand Aufträge zu erledigen. Nicht selten musste der Junge den Eltern das Essen zu den abendlichen Veranstaltungen bringen. „Als ich einmal mit meinem Abendbrot-Päckchen im Tanzsaal ‚Reichshalle' am Dicken Turm stand, kann ich mich an viele Tanzschüler in Uniform erinnern, zu denen auch türkische Offiziere gehörten, die zur militärischen Ausbildung in den Mückenberger Kasernen waren – aber auch deutsche Gesellschaftstänze erlernten."
Bald fiel dem Jungen die Aufgabe zu, mit einer gekonnten Rundum-Verbeugung die Tanzstundenteilnehmer formvollendet zu begrüßen. Applaus, Applaus.

Das Jahr 1939 entwickelte sich zu einem „Schicksalsjahr". Deutschland entfesselte den Zweiten Weltkrieg, Otto Wust wurde eingezogen; Sohn Eckart erblickte in Guben das Licht der Welt; die Firma Hefter reduzierte sich auf ein Bestattungs-Institut. Wenig später, 1941, starb Vater Max. Viel, sehr viel für zwei „schwache" Frauen. Je länger der Völker mordende Wahnsinn dauerte, desto schwerer gestalteten sich die Lebensumstände. Ein Lichtblick war Ilses vertretungsweise Anstellung als Turnlehrerin, angeregt durch die Schwester der Konkurrenzfirma Müller.
Die ausgebildeten Lehrerinnen ersetzten die männlichen Kollegen, die an der Front oder bereits gefallen waren. Erika Nerlich geb. Krüger erinnert sich: „1941/42 hatte ich bei Ilse Wust-Hefter Unterricht in der Turnhalle der Pestalozzischule. Wir waren eine ‚reine' Mädchenklasse und mussten vor allem zu Tamburinschlägen im Kreis herumlaufen, während in der gut ausgestatteten Halle Bock, Kasten, Barren und Ringe auf uns warteten. Sicher

hat ihr Unterricht uns Mädchen mit Hinweisen auf Haltung und Takt gut getan, aber prickelnd fanden wir es nicht."
Tanzstundenkurse abzuhalten wurde immer problematischer. Die Menschen drückten andere Sorgen, vor allem fehlte es zunehmend an Männern. Im Zuge des von Goebbels verkündeten „totalen Krieges" wurden 1944 alle „Lustbarkeiten" verboten. Die Nationalsozialisten spielten dem deutschen Volk zum Totentanz auf.
Einen Hauch Lebensfreude erhielten sich Ilse und Otto. In einem Fronturlaub entstand Marie-Luise Dina, 1944 wurde sie geboren. Ihr Patenonkel Joachim Wolf, ein Freund des Vaters, stieg in der DDR die Karriereleiter bis zum Stellvertreter des Ministers für Aufbau hoch, zu hoch, um sich auch nur ein einziges Mal um sein Patenkind zu kümmern.
Als der Krieg in die Stiefel fuhr, die ihn in die Welt hinaus trugen, die Front war bis an die Oder und Neiße herangerückt, erklärten die unseligen Braunen Guben zur „uneinnehmbaren Kriegsfestung". Die Perle der Niederlausitz fiel dennoch in Schutt und Asche. Die Bevölkerung wurde im Februar 1945 evakuiert. Die Restfamilie Wust/Hefter floh in den Spreewald nach Hartmannsdorf bei Lübben zur Familie Zesch. Ein pferdebespannter Planwagen beförderte Clara, Ilse, Karl-Ernst, Eckart und Dina sowie die wenigen Habseligkeiten Otto Wust ein Stück näher, der an der Westfront den Krieg überlebte.
Unsägliches Leid säumte die Straßenränder, kroch unter jedes Dach. Das Fuhrwerk mit den zwei Pferden lenkte „Tante Trudi, die gute Fee". Gertrud Lehmann, die verwandte Haushälterin – in jungen Jahren erwarb sie ihre beruflichen Fähigkeiten an der Gubener Landwirtschaftsschule – blieb bis zu ihrem Ableben nach über 80 Jahren bei der Familie, zuletzt von Dina in Wittenberg gepflegt.
Im Mai 1945 kehrte der kleine Flüchtlingstrupp zurück, auf dem Kutschbock erneut Trudi, an ihrer Seite der neunjährige Karl-Ernst. Der Weg führte über eine Behelfsbrücke im Koenigpark, von dort gelangte man unbehelligt in die Pförtener Straße. Das Wohnhaus war nur leicht beschädigt. Beherzt heilten Ilse und Trudi die Wunden.

Dann ein Paukenschlag. Auf Befehl der polnischen Militäradministration erfolgte ohne Vorwarnung am 20. Juni 1945 die Vertreibung von Haus und Hof, polnische Historiker sprechen später von „wilden Aussiedlungen“. Im DDR-Vokabular hießen die Vertriebenen „Umsiedler“. Im Vorgriff auf das Potsdamer Abkommen vom August 1945 wurden vollendete Tatsachen geschaffen. Die sowjetischen Sieger schauten tatenlos zu, ließen der Willkür freien Lauf.
Diesmal schoben die Wust/Hefter nur einen Kinderwagen über die Behelfsbrücke der Schützenhaus-Insel. Von roher Gewalt bedroht und von Zeitdruck getrieben, konnte man nur das Leben retten. Die wenigen mitgeführten „Schätze“ nahm man ihnen bei der schikanösen Kontrolle ab. Die einst in bescheidenem Wohlstand lebende Familie stand buchstäblich vor dem Nichts.
Der erste Weg führte zur Familie Pohle in die Villa Alte Poststraße 10. Die erhoffte Hilfe blieb Illusion, man tauschte lediglich Neuigkeiten aus. Pohles fühlten sich außerstande, die Flüchtlinge aufzunehmen, was die Freunde hart ankam.

Karl Pohle, zunächst zur Tochter und bereits evakuierten Frau nach Berlin geflüchtet, kehrte schon am 1. Mai 1945 nach Guben zurück. Ein Stück der Strecke lief er zu Fuß, den Rest fuhr er mit dem Rad, Geschenk eines Bekannten. Nur einem einzigen Russen begegnete Karl unterwegs. Und der hielt ihn prompt an. Ade, du schönes Fahrrad, dachte er. Aber weit gefehlt. Der „Iwan“ wollte seine Zigarre. Karl feilschte, der Sieger gab sich mit der Hälfte zufrieden. Nachdem die beiden Stummel aufgeraucht waren, trennte man sich wie gute Kameraden. Auf dem Rad fuhr später Karls Tochter Elsa noch.
Karl Pohle bot der Militärverwaltung seine Hilfe beim Aufbau der schwer zerstörten Produktionsanlagen an. Nach einigen Verständigungsproblemen durfte er ins Werk. Als es ihm gelang, die Stromerzeugung bis Ende Mai wieder in Gang zu setzen, wurde er vorübergehend zum Betriebsleiter ernannt. Später übergab man ihm die Verantwortung für den gesamten Maschinenpark. Man

gestattete ihm sogar das Betreten seiner Wohnung. Außerdem wurde er gut versorgt. Schwer beeindruckt zeigten sich die sowjetischen Offiziere, als Karl in den defekten Schornstein kletterte und die zahlreichen Einschusslöcher von innen vermauerte. Da er stundenlang in luftiger Höhe im „Höllenschlund" blieb, zog man sein Essen mit einem Strick zu ihm hoch. Erst mit 71 Jahren schied Karl 1956 aus dem inzwischen VEB Gubener Wolle aus. 1971 verstarb er im Alter von 86 Jahren.
Elsa Pohle und ihre Mutter waren zunächst in Berlin zurückgeblieben. Ohne davon zu wissen, sollte Elsa mit anderen Betriebsangehörigen nach Odessa deportiert werden. Ein Arbeitskollege warnte sie gerade noch rechtzeitig. Was tun? Hals über Kopf flohen die Frauen von Schöneweide Richtung Guben. Mit viel Glück erreichten sie ihr Ziel.
Als Mädchen für alles half Elsa, die von ihrem Vater geleitete Produktion in der Lehmann'schen „Tuchbude" wieder in Gang zu bringen. Eine ihrer akribischen Arbeiten bestand darin, alle Kriegsschäden an den Gebäuden zu zeichnen. Das wertvolle Dokument lieh sie später an den früheren Besitzer aus, der sich sehr dafür interessierte. Als Elsa die Dokumente zurückforderte, um sie dem Gubener Museum zu schenken, waren sie verschollen. Zumindest erinnerte sich der langjährige Freund nicht mehr an den Verbleib. Bis zum Renteneintritt hielt Elsa Pohle dem VEB Gubener Wolle in verschiedenen leitenden Funktionen die Treue. 1976 schied sie als Betriebsenergetikerin aus dem Betrieb aus.

Die Familie Wust/Hefter sah sich gezwungen, die ersten Nächte im Kellergang der Gastwirtschaft Busching in der Wilkestraße zu verbringen. Die Gaststätte befand sich in jener Zeit im Besitz meiner angeheirateten Großtante Martha Busching. Der Autor hat die kleine gütige und freundliche Frau in bester Erinnerung. Fassbrause und süße Zuckerbirnen waren halt starke Waffen bei der Eroberung von kriegsgeschädigten Kinderherzen.
Die nächste Station hieß Rektor Richter in der Sächsischen Straße, der die Flüchtlinge nicht mit offenen Armen empfing. Es folgte die

Zwangseinweisung in zwei Zimmer der Sächsischen Straße 51, ausgestattet mit den Möbeln der Vormieter Tarnick. Küche und Bad teilte man mit anderen Familien. Nicht für jeden gab es sofort einen eigenen Schlafplatz. Man wärmte und tröstete sich mindestens zu zweit im Bett. Bitter nötig, denn im August 1945 war Otto Wust in französischer Kriegsgefangenschaft gestorben! Blankes Entsetzen. Ilse war noch zu ihm gefahren, konnte gegen seinen Hungertyphus aber nichts ausrichten. Im Gegenteil, sie erkrankte wenig später selber daran.

Trotz der schmerzlichen Umstände bewiesen Trudi und Ilse bewundernswerten Lebenswillen. Untätigkeit verbot sich von selbst, denn hungrige Kinderaugen schmerzten fürchterlich.

1946 meldete Ilse Wust-Hefter ihre Tanzschule wieder an. Der Wiedereinstieg fiel verdammt schwer. Behördliche Schikanen, Beschimpfungen, polizeiliche Durchsuchungen zerrten an den Nerven. Hinter jedem „Privat“ sahen deutsche Obrigkeit und sowjetische Besatzungsmacht verhasste Kapitalisten, hinter jeder Menschenansammlung eine Verschwörung. „An einem Unterrichtsabend öffnete sich plötzlich die Saaltür und herein kam eine sowjetische Militärstreife in Uniform, bewaffnet mit Mpi Kalaschnikow. Körpersprache und Gesichtsausdruck zur Faust geballt, wahrscheinlich vermutete man eine staatsfeindliche Zusammenrottung junger Menschen. Die amtliche Unterrichtserlaubnis und die in Schul-Russisch geholperte Erklärung hellten die gestrengen Militärmienen auf. Der Offizier der kleinen Truppe legte mit meiner Mutter in schweren Armeestiefeln eine flotte Sohle aufs Parkett, beklatscht von den ‚staatsfeindlichen Elementen‘“, so Karl-Ernst.

Die Tanzschule wurde von der Staatsmacht auch später stets kritisch betrachtet, gedachte sie doch, die Jugend vor westlicher Unkultur und unmoralischem Lebenswandel zu schützen. Deshalb durfte man sich nichts zuschulden kommen lassen. Besonderes Augenmerk musste zum Beispiel auf die Einhaltung der Polizeistunde und des Jugendschutzes gelegt werden. Deshalb achtete Ilse Wust-Hefter streng auf das Alkoholverbot. Ihre Schäfchen, mehrheitlich unter achtzehn Jahren, hatten „trocken“

zu bleiben. Erlaubt waren Fassbrause, Selterwasser und Malzbier. Ab und zu hatte die Staatssicherheit die Tanzschule Wust-Hefter „auf dem Kieker“. Die zuständigen Mitarbeiter der Kreisverwaltung des MfS bekundeten lebhaftes Interesse an den Äußerungen der Jugendlichen während der Tanzstunden. „Was redet man über die DDR und ihre Repräsentanten? Gibt es Hinweise auf Republikflucht?“

Ilse ließ sich nicht beeindrucken, sagte: „Beim Tanzen bleibt keine Puste zum Schwatzen, die Teilnehmer haben genug damit zu tun, sich auf Arme und Beine des Partners zu konzentrieren.“

Tante Trudi und das Tanzen sicherten in schwerer Nachkriegszeit letztlich das Überleben. Unermüdlich belief der gute Geist der Familie die Dörfer und schaffte auf einem Handwägelchen Lebensmittel heran. Gertrud Lehmann versorgte den Haushalt, hielt Kaninchen, beackerte den kleinen Garten. Selbst die Bescheidenheit in Person lag ihr vor allem das Wohlergehen ihrer Schutzbefohlenen am Herzen. So ging sie beispielsweise erst dann schlafen, wenn die Familie vollzählig im Bett lag.

Ilses jugendlicher „Sturkopp“ zahlte sich im „Mittelalter“ aus. War die Tanzschule Wust-Hefter vor 1945 in Guben bekannt, so wurde sie danach berühmt, eine Institution, aus der Neißestadt nicht mehr wegzudenken.

Die materiellen Anfänge waren bescheiden, es fehlte buchstäblich an allem. Hunger, Wohnungsnot und Kälte bestimmten die ersten drei Nachkriegswinter. Die Tanzschüler mussten zu den Übungsstunden Brennmaterial mitbringen, um die gemieteten Räume und Säle notdürftig zu beheizen. An den „Eiseröfen“ wärmte sich vor allem der Klavierspieler die Hände, die Kursanten tanzten sich warm. Weiblein und Männlein erschienen in buntscheckig zusammengewürfelter jämmerlicher Bekleidung. Nicht selten trugen die Herren Jacken und Hosen mit soldatischer Vergangenheit. Bei den „Fähnchen“ und „Strimpen“ für die Damen war es ebenfalls nicht zum Besten bestellt. Als größtes Dilemma erwiesen sich die Schuhe. Zum stilvollen Tanzen benötigte man Ledersohlen, gebräuchlich aber waren die berüchtigten Igelit-Schuhe und manchmal auch Beinlinge aus Filz. Die regelmäßigen Stromabschaltungen störten weniger. Tanzunterricht bei Kerzenschein – wie romantisch. Da die Musik von Hand gemacht wurde, entstanden diesbezüglich keine Probleme. Die aber gab es reichlich um die wenigen geeigneten Räumlichkeiten. Harte Kämpfe wurden ausgefochten, ehe Ilse Wust-Hefter mit ihren Schülern im Stadttheater, vormals Hotel Kronprinz, später Volkshaus in der Bahnhofstraße, vorübergehend üben konnte. Die Entscheidung der Stadtverwaltung erfolgte übrigens gegen den Protest des Intendanten Edgar Schatte, der berechtigterweise den Proben- und Spielbetrieb des Stadttheaters in Gefahr sah. Fast in jeder Woche gab es neue Stücke einzustudieren.

Neben dem Theater und der Tanzschule beherbergte das marode Gebäude zeitweilig auch noch das Lichtspieltheater Schauburg. Das ergab im wahrsten Wortsinn dramatisches Theater. Auch der Volkshausgarten wurde gemeinsam genutzt. Mächtige Bäume, zarte Arkaden und eine puppige Bühne boten passable Auftrittsbedingungen. Zu einer besonderen Attraktion gestaltete sich in den 1950er Jahren der Auftritt von Martin Dahms. Der ehemalige Tanzschüler von Ilse Wust-Hefter war als Lehrer nach Chile gegangen und hatte dort den deutschen Gesellschaftstanz „hoffähig“ gemacht.

Im Gegensatz zu den materiellen erwiesen sich die ideellen Voraussetzungen für den Neuanfang der Gubener Tanzschule geradezu als ideal. Die Menschen, von einer beispiellosen Aufbruchstimmung beseelt, packten jede Gelegenheit zum geselligen Beisammensein beim Schopfe. Kein Wunder nach den erlebten Schrecken und Verlusten. Vor allem die um ihre Jugend betrogenen Menschen stürzten sich ins Vergnügen, wo immer sie es fanden. Sorgen hatten auf dem Parkett keinen Platz. Ein glücklicher Umstand auch, dass viele ledige Herren sich zum Einzelunterricht anmeldeten. Vor ihrer Hochzeit wollten sie noch standesgemäß Walzer tanzen lernen.

Die Tanzschule war von Anfang an ein Ein-Personen-Unternehmen mit vielen familiären Statisten. Die unregelmäßigen Einnahmen

reichten nicht hinten und nicht vorn. Auf Rosen gebettet war Familie Wust-Hefter nie. In die Rolle der „unterbezahlten" Helfer schlüpften schwerpunktmäßig nacheinander Karl-Ernst (1946–1955), Eckart (1955–1962) und Dina (1962–1968). Der Älteste trug schwer an der Verantwortung und seinem „Schicht-Arbeiter-Rhythmus". Als Tänzer war er an vielen Abenden, oft bis in die Nacht, eingesetzt. Am nächsten Morgen aber verlangte die Schule einen aufgeweckten Schüler. Und ganz nebenbei hatte Karl-Ernst auch noch die Vater-Rolle zu spielen.
Trotz der großen Belastung überwog der Spaß. Bei jedem Kurs lernte man neue, interessante und vor allem lebenslustige Menschen kennen. Bald beherrschten die Kinder das Tanzprogramm perfekt. Die Jungen, sie hatten die Dame zu simulieren, durften mit Mutter vortanzen. Ärgerlich nur, so Karl-Ernst, dass die Damen, darunter viele anbetungswürdige Schönheiten, ihn zunächst nur als kleinen Bruder akzeptierten und die Herren sich von dem „Kleen nischt" sagen und zeigen ließen. Ungetrübte Freude hingegen, mit Klassenkameraden, Sportkumpels vom Fußball, Radrennen und der Leichtathletik gemeinsam am Tanzunterricht teilnehmen zu dürfen.
Große Spannung im Hause Wust-Hefter nach jeder neuen Tanzkursausschreibung. Werden genügend Anmeldungen eingehen, stimmt das Verhältnis von Damen und Herren? Viele Helfer sortierten und prüften, neben Tante Trudi auch die Jungs. Karl-Ernst sieht sich noch heute im Erkerzimmer des Hauses in der Sächsischen Straße sitzen und die Post sowie die persönlichen Anmeldungen registrieren. Nicht selten hockte sein Freund Albin Buchholz aus der Karl-Marx-Straße neben ihm. Ein Telefon gab es noch nicht. Die Wohnbedingungen besserten sich spürbar in der Kaltenborner Straße 59a. Den Umzug verdankte man dem Malermeister Fritzsche, der in den Westen „abgehauen" war.
Bei Damenüberschuss, kurz nach dem Krieg die Regel, musste Karl-Ernst öfter in den sauren Apfel beißen, soll heißen, eine „sitzen gebliebene Dame betanzen". Zeigte sich der Tanzstunden-Helfer widerborstig, wurde er von der Chefin demokratisch

dienstverpflichtet. So lernte der Junge schon früh die Einsicht in die Notwendigkeit kennen. Mit Abstand betrachtet, eine vorzügliche Schule für's Leben. Äußerlichkeiten sind oft nicht ausreichend für eine erfüllte Partnerschaft, eher schon wertvolle Charaktereigenschaften. Mein geliebtes Sprucker Omchen umschrieb diesen Sachverhalt auf ihre unnachahmliche Art: „Aus einer schönen Schüssel kann man selten gut essen!"
Natürlich durften die Tanzstunden-Helfer ab und an auch mit einer selbsterwählten Dame tanzen. Eine Wahl betraf Jutta Sextro. Noch heute beneide ich Karl-Ernst um das Vergnügen, war ich als Knirps doch unsterblich in die bildhübsche Arbeitskollegin meiner Mutter verliebt. Seine wohl berühmteste Tanzpartnerin sollte die spätere Sängerin und Schauspielerin Ingrid Braun werden, mit der er in Formation den langsamen Walzer aufs Parkett legte.
Unbeschreiblicher Jubel, wenn die Auserkorenen bei der Damenwahl oder beim Nach-Hause-Begleitungs-Ritual die Zuneigung erwiderten. Das zu genießen gelang nicht oft, musste doch Mutters Heimweg aus zweierlei Gründen gesichert werden. Einerseits trug sie die Tageseinnahmen bei sich und andererseits benötigte sie Geleitschutz wegen ihrer angegriffenen Gesundheit. Als rettender Engel sprang häufig Frau Nicksch ein, sie fuhr die einzige damals existierende Taxe in Guben.
Die beiden Wust-Jungen mit ihren Traumfiguren standen bei der Damenwelt hoch im Kurs. Jedes Mädchen fühlte sich geschmeichelt und glücklich, wenn es unter den neidischen Blicken der anderen jungen Dinger von einem der Könner über den Saal geführt wurde. Christa Schulz gehörte zu den Glücklichen und schwärmt heute noch, wie sie mit Eckart übers Parkett schwebte. Eine Augenweide, wenn Mutter und Sohn einen Tanz demonstrierten, noch toller aber die Auftritte von Eckart mit seiner Partnerin Käthe Schmidtchen. Begeisterungsstürme, wenn beide einen Rock and Roll mit Wurf über die Schulter hinlegten. Fasziniertes Staunen und Raunen.
Wolfgang Krüger, Ende der 1940er Jahre Tanzschüler, erinnert sich, dass Frau Wust-Hefter zu Demonstrationszwecken gelegent-

lich auch andere begabte Tänzer heranzog. Einmal betraf es den Sohn des Tierarztes Doktor Kuchling.

Der Unterrichtsabend, so berichtet Karl-Ernst, begann mit einem Fußmarsch von der Sächsischen Straße in Richtung Sprucke. Eine Abkürzung führte über die Bullenwiese, dann über eine kleine Brücke, das Schwarze Fließ überquerend, direkt zum Restaurant Sprucke, dem beliebtesten und längsten Tanzstundendomizil. Die Wirtin hieß Else Hanfland. Weil zu sehr strapaziert, versperrte bald ein Drahtgitter den Zugang zum Brückchen. Die Mutigen setzten mit einer Fechterflanke drüber, den Zaghaften blieb der Umweg über die Sprucker Straße. Von der Mühlenstraße aus grüßte eine stattliche Ulme.
Ein großer Saal mit geräumiger Tanzfläche, einer kleinen Bühne, zu erreichen über eine „Hühnerleiter", und ein Podium für den Klavierspieler oder die Kapelle waren wie geschaffen für Unterricht und Bälle. An der Einlasskasse saß meist der schnauzbärtige stadtbekannte Otto Reschke, ein Unikum, von allen gefürchtet. An ihm führte kein Weg vorbei. Viele Male und an verschiedenen Orten agierte aber auch Tante Trudi als Kassiererin.
Ich selbst erinnere mich lebhaft an Hanflands Kneipe. Mehrfach fanden die Schulfeiern unserer Penne dort statt. Zu drollig der Kampf des Don Quichote gegen die Windmühlen. Unser Direx, Klaus Scharfenberg, führte einen heldenhaften, aber letztlich aussichtslosen Kampf gegen rauchende und trinkende Schüler. Immer wieder entwischten die Sünder vor seinem Zugriff auf die spartanische Toilette oder ins weitläufige Terrain. Es ging hoch her bei unserem Budenzauber, denn die in Schlafanzügen auftretenden „Vier Optimisten" Christian „Mischa" Dulitz (Klavier, Bass), Gert Bisch (Schlagzeug), Hans Grunert (Akkordeon) und meine Wenigkeit (Gitarre) heizten die Stimmung tüchtig an. Leider wurden die „Vier Optimisten" sowohl beim Gubener Musikantentreffen als auch bei den Porträts der „Lausitzer Rundschau" übersehen.
In späteren Jahren fanden Kurse und Bälle auch im Frankfurter Hof (ehemals Klosterhof), im Feldschlößchen, im Volkshaus, im

Krähenbusch und in den verschiedenen Kulturbaracken des Chemiefaserwerkes (CFK/CFG) statt. Der Frankfurter Hof, im Volksmund „Blutiger Knochen“ geschimpft, erwies sich nicht gerade als idealer Ort, sich höflicher Umgangsformen zu befleißigen. Ohne Rauferei ging hier tatsächlich kaum eine Veranstaltung ab. Das Publikum war gemischt.
Jahr für Jahr wurden die Lehrer zu den Tanzstundenbällen eingeladen. Beinahe regelmäßig nahmen Margot und Klaus Scharfenberg daran teil. Entweder standen ihre Schüler oder ihre Kinder Sigrid und Olaf auf dem Parkett. Aus dem engen Kontakt erwuchs Ende der 1950er Jahre ein kleiner Kurs für Fortgeschrittene, an dem interessierte Lehrerpaare teilnahmen. Neben Scharfenbergs betraf das die Familien Zeidler und Berger. In der Gaststätte Kupferhammer tanzten die Pauker nach Ilschens Pfeife.
Darüber hinaus existierte längere Zeit auch ein Schautanzzirkel, bestehend aus engagierten und talentierten ehemaligen Tanzschülern. Auftrittsmöglichkeiten gab es bei Garten-, Betriebs- und Heimatfesten reichlich. Vor allem der Cha-Cha-Cha stand hoch in der Publikumsgunst, wie sich Heidi Weiche erinnert, die mit Hans-Günter Tratz ein Paar bildete.

Die schon vor dem Krieg übliche Geschlechtertrennung der Tanzstundenanfänger wurde beibehalten. Die Herren erwiesen sich als äußerst interessierte Zaungäste bei den Damenproben. Hanflands riesige Bogenfenster sorgten für die nötige Durchsicht, kühlten im Winter aber auch extrem. Vor ihnen ein Geschiebe und Gedränge, denn die schmalen Simse boten kaum Halt. Ohne stützenden Freund war man aufgeschmissen.
An einem der ersten Abende wurden die Eleven mit einem Herrn konfrontiert, den heute kaum noch jemand kennt: dem Freiherrn von Knigge. Auf seine Benimm-Regeln legte Ilse Wust-Hefter großen Wert. Damen und älteren Menschen einen Platz anzubieten, war für viele Jugendliche selbstverständlich, dass man ihnen aber bei der Begrüßung nicht zuerst die Hand entgegenstreckt, wussten die wenigsten. Küsschen rechts und Küsschen links,

vermutlich eingeführt von den Arbeiterführern dieser Welt, war noch unbekannt. Konversation mit Händen in den Hosentaschen hingegen verbot sich von selbst. Gelernt wurde auch, dass man mit Rotwein nicht anstößt und ein Weinglas prinzipiell am Stiel anfasst. Feine Tischsitten galten noch etwas. Für ausgelassene Heiterkeit sorgte stets das vorschriftsmäßige Grüßen mit Hut, Mann trug ihn damals noch – aus Gubener Produktion. Nie das Gesicht verdecken, nie die Hutöffnung nach oben wie ein Almosensammler!

Damit Höflichkeit keine Eintagsfliege und auf die Tanzschule beschränkt blieb, erhielt jeder Kursant in den 1950er Jahren einen kurzen Leitfaden „Gute Umgangsformen", herausgegeben von der Arbeitsgemeinschaft der Tanzlehrer in der DDR. Dank Manfred Weiche blieb ein Exemplar erhalten. Die Inhaltsangabe ist sehr aufschlussreich: Gute Umgangsformen/ Junge, benimm Dich/ Haltung/ Pünktlichkeit, ein Gebot der Höflichkeit/ Vorstellen und Bekanntmachen/ Höflichkeit in der Öffentlichkeit/ Die richtige Anrede/ Höflichkeit bei Tanzveranstaltungen/ Tischsitten/ Wie essen wir die verschiedenen Gerichte/ Tischreden und Tischgespräche/ Vom Trinken/ Vom Rauchen/ In der Gaststätte/ Unsere Kleidung/ Briefe schreiben/ Briefanreden und Anschriften/ Theater und Konzert/ Offizielle Besuche/ Wir sind eingeladen/ Guter Ton am Telefon.

Das Tanzen selbst unterlag ebenfalls eindeutigen Regeln. Hier waren vor allem die Herren gefragt. Zügige, aber nicht hastige Annäherung, aufrechter Gang, leichte Verbeugung, Aufforderung: „Darf ich bitten?!" Jahre drauf formulierte man die Frage direkter: „Darf ich bitten, oder tanzen wir erst?!" Erhob sich die Dame brav, zog man ihr sanft den Stuhl weg und geleitete sie am Arm zur Tanzfläche. Erneut leichte Verbeugung, offener Blick. Die Emanzipation steckte noch in den Kinderschuhen, der Mann führte, drängte seine Dame sacht in die Rückwärtsbewegung. Die Führhand nicht zu locker, aber auch nicht zu derb gebraucht, denn: „Je fester der Griff, desto loser die Absicht!" Auf den richtigen Abstand kam es an. Wie aber hielt man den

beim Drehen und Schwingen? Entfernte man sich zu weit, ertönte augenblicklich die sonore Korrektur: „Tuchfühlung, meine Herren!“ Geriet der Körperkontakt zu eng, ertönte das Kommando: „Abstand halten, meine Damen!“
Die ersten zufälligen Berührungen der weiblichen Brust bereiteten Wonne und Pein zugleich. Gänsehaut und Schamesröte. Sinnloses Zeug stammeln und verlegen auf die Schuhspitzen schauen. Der zweite Versuch schon mutiger. Gegenwehr oder Gewährenlassen.
Auf dem Programm standen Foxtrott, Slow Fox, Kreuzpolka, Rumba, Tango, Langsamer und Wiener Walzer, Marschtanz, auch Schieber genannt. Passierte das fast Unvermeidliche, man „latschte“ den Partner, war eine höfliche Entschuldigung fällig. Gleiches galt für das Anrempeln anderer Paare. Um die Geselligkeit zu fördern und alle einzubeziehen, wurde vorzugsweise der Wechsel-Rheinländer geübt, wo jeder mit jedem zum Zuge kam. Um Partnerschaften zu arrangieren, tanzte man gern Marsch-Walzer. Nach dem Motto: „Der selbe Herr, die nächste Dame“ wechselten die Jungen bei Musikunterbrechung die Richtung und gerieten so in die „Fänge“ einer neuen Partnerin.
Hatte man eine bestimmte Lieblingsdame ins Auge gefasst, vergaß man schon mal alle Etikette. Das vorgeschriebene Gehen mutierte zum Wettlauf um die Gunst der Schönen. Nach dem Hase- und Igel-Spruch: „Ick bin allhier“ spurtete man, um missliebige Konkurrenten aus dem Feld zu schlagen. Manchmal passierten auch Missgeschicke, die allzu Eiligen „flogen“ der Auserwählten zu Füßen. Schaute einen die Dame bei der stilvollen oder hastigen Annäherung an, konnte man sich seines Sieges ziemlich sicher sein. Endgültige Gewissheit aber brachte erst die Damenwahl, beliebt und gefürchtet. Futter oder Dämpfer für das Selbstbewusstsein.
Da beim Tanzen das Blut in Wallung geriet und man gehörig transpirierte, nichts ist unangenehmer als ein „feuchter“ Partner, wurden Pausen eingelegt. In kleinen Ruhephasen saßen Damen und Herren getrennt in langen Stuhlreihen an den Längsseiten des Saals. Bei

größeren Unterbrechungen eilte man nach draußen: Beine vertreten, frische Luft, stilles Örtchen, Zigarettchen, Flüssigkeitsnachschub. In der warmen Jahreszeit erwies sich der Restaurantgarten mit seinen imposanten Kastanienbäumen, dem angrenzenden Fließ und den dahinter gelegenen Wiesen und Feldern als idealer Pausenort für intensive Gespräche, Tändeleien, fröhliches Lachen, schüchterne Annäherung. Eine romantische Atmosphäre: Raschelndes Laub, plätscherndes Wasser und Liebesgeflüster verschmolzen zu berauschenden Tönen. Die für niemand anderen bestimmten Worte haben Wind und Wellen längst fortgetragen.
Natürlich blühte auch der Flachs. Jugendlicher Übermut führte zu allerhand Schabernack und Possenspiel. Mitte der 1950er Jahre zeichneten dafür vor allem „Bubsche, Gummi, Omme, Schello und Stumpa“ verantwortlich. „Wir haben nur Bleedsinn gemacht, sind rumgestolpert wie der Storch im Quark, oder wie heeßt das Sprichwort?“, sprudelt es spontan aus Klaus Stabach heraus. „Besonders mein Wechselschritt beim Walzer war eine Tragik. Meine Tanzpartnerin Inga Jeschke, sie hat später als HNO-Ärztin in Guben und Eisenhüttenstadt praktiziert, könnte bestimmt ein Trauerlied darüber singen. Für uns Bengels war das Tanzen eher ein Jux, weshalb wir oft kritisiert wurden. Richtig gelernt haben wir es nie. Fußballspielen war bedeutend einfacher.“
Eingeschlossen in die Spötteleien und Scherze wurde selbstverständlich auch die „Benimm-Dich-Tanzlehrerin“. Was sich neckt, das liebt sich? Kamen die Frotzeleien von außen, schoben sich die Kursteilnehmer wie ein Bollwerk vor die Störenfriede. Der innere Zirkel produzierte harmlose Neckereien. Dazu gehörte, die gestrenge Frau Wust-Hefter vertraulich mit ihrem Kosenamen zu betiteln. Das war nicht despektierlich gemeint, galt nur, wenn sie es nicht hörte. Schließlich war sie für die junge Generation eine anerkannte Autorität, eine Respektsperson.
Der gestandene Gubener benutzte für den „bunten Hund“ die Verniedlichung offen. Wenn die Tanzstundenlehrerin kerzengerade mit Stöckelschuhen und legendärer Baskenmütze mit ihrem „Gartenstuhl“ durch die Straßen kurvte, beide waren unzertrennli-

che Freunde, schallte ihr häufig ein fröhlich-freundliches „Hallo, Ilschen“ nach oder entgegen. Die jungen Dachse hingegen belächelten den altmodischen Aufzug.
Für ihre Beliebtheit und Volksverbundenheit spricht auch die folgende Begebenheit:
Bei einer Fahrt nach Westdeutschland benutzte Ilse den Grenzübergang Friedrichstraße. Heftiges Erschrecken, als der Kontrollposten plötzlich vor ihr salutierte: „Gestatten Schulze, Ihr ehemaliger Tanzstundenschüler. Kennen Sie mich noch?“
Überrascht riss die unerwartet freundlich Angesprochene die Augen auf: „Verzeihung, Herr Schulze, natürlich sind Sie mir in bester Erinnerung, in der Uniform habe ich Sie nur nicht gleich erkannt“.
Selbstverständliche Ritter-Pflicht war die Nachhausebegleitung der Tanzstunden-Dame, meistens zu Fuß, manchmal mit dem Fahrrad. Erst da wurde einem schmerzlich bewusst, wie groß Rest-Guben sein konnte. Über das Plaudern vergaß man nicht selten die Welt um sich herum, vor allem, wenn zwischendurch umarmt und geküsst wurde. Erst das mürrisch genuschelte „Morjen“ eines EKO-Arbeiters, eines Eisenbahners auf dem Weg zur Frühschicht, aufziehende Morgenröte oder das ausgeschlafene liebliche Gezwitscher der erwachenden Vögel zeigte an, was die Stunde geschlagen hatte. O je, was werden die Eltern sagen!? Hastige Verabschiedung und Suchen nach einer glaubwürdigen Ausrede.
Auch über eine eventuelle gemeinsame Zukunft wurde gefachsimpelt. Vielfach zerbrachen die rosaroten Träume an der grauen Realität: Ausbildung, Beruf, Grenze. Es gibt aber auch Beispiele, wo die Tanzstundenliebe wie Pech und Schwefel hielt, wo sogar die Kinder und Enkel der Glücklichen die Wust-Tanzschule besuchten. Zurück blieben wohl in jedem Fall die herzerwärmenden Erinnerungen an eine wunderschöne Tanzstunden- und Jugendzeit.
Der hauptsächliche Inhalt eines Übungsabends bestand im Erlernen der Tanzfiguren für den Höhepunkt des Kurses, den Abschlussball vor Eltern, Lehrern und anderen Zuschauern. Den festlichen Abend feierte man paarweise mit seiner auserkorenen Tanzstunden-Dame, die mit einem Blumenstrauß von zu Hause

abgeholt wurde. Um eine Vorstellung bei den „Brauteltern“ kam man natürlich nicht herum. Während die „Schwiegermutter“ häufig mit einem kleinen Sträußchen Gartenblumen milde gestimmt wurde, bot „Schwiegervater“ schon mal ein Gläschen selbst gepanschten Obstwein an. Meist war es „Äppelwein“. Wäre es nach den Altvorderen gegangen, hätte meiner Schwester Heidi eine Karriere als Kneiperin bevorgestanden. Als ihr Tanzstundenherr empfahl sich nämlich Jürgen Gruschke, der Sohn des Gastwirts aus Schenkendöbern.

Dann der große Auftritt der Tochter des Hauses. Reizend sah sie aus in ihrem zauberhaften Ballkleidchen, geschmackvoll drapiert mit Spitzen und Tüll, egal wie gut oder schlecht die Zeiten waren. Zum Einmarsch der Paare spielte eine Kapelle die Chopin-Polonaise A-Dur. Dann wurde das Tanzbein zu den einstudierten Schritten geschwungen. Höhepunkte waren neben der Polonaise die Quadrille und die Damenwahl. In späteren Jahren hatten die Musiker ihre liebe Mühe, das vom Amt zur Wahrung der Aufführungsrechte (AWA) vorgeschriebene Verhältnis von Ost- und West-Schlagern einzuhalten. Bei den so genannten Pflichttänzen wurde der entsprechende Elternteil zum Tanz aufgefordert. Traditionell auch das Tanzstundengruppenbild vom Fotografen Voss. Für die nötige Helligkeit sorgte zunächst Blitzlichtpulver, angebunden an einen Besenstiel. Später kamen Einweglampen in Mode. Zum Essen gab es überwiegend Kartoffelsalat und Würstchen, kurz nach dem Krieg Butterkuchen ohne Butter. Für das seltsame Gebäck musste man sogar noch Lebensmittelmarken entrichten. Der Kuchen wurde oft mit dem Handwagen von der Bäckerei Stiller in die Altsprucke gefahren.

Im Jahreslauf folgten, neben dem Abschlussball, zusätzliche Veranstaltungen, wobei sich tanzlustige frische und reife Ehemalige trafen. Die Separierung in Jugenddisko und Seniorentanz gab es noch nicht. Die Generationen nahmen keinen Anstoß aneinander, man begegnete sich überwiegend höflich und achtungsvoll. Das traditionsreichste Tanzfest, der Weihnachtsball, fand bei regem Zuspruch am „Dritten Feiertag“ statt. Die Veranstaltung diente vor

allem als Wiedersehenstreffen: „Weißt du noch...!?“ Fast alle in die Fremde Gezogenen kehrten zu Weihnachten zu ihren Wurzeln zurück.
Zum Tanzkurs gehörte unbedingt das Kränzchen (Bergfest), bei meinem Jahrgang fiel es auf das Osterfest. Unser Osterkränzchen fand Anfang der 1960er Jahre im Krähenbusch statt. Vor lauter Übermut warf ich beim „Eiertanz“ das Ei so hoch, dass es krachend an die Decke klatschte. Keine Kunst, die Saaldecke hing sehr niedrig. Gelegentlich tanzte man auch auf Sommernachtsbällen.
Dass Guben je eine Hochburg für Karneval und Fasching gewesen sei, kann niemand behaupten. Dennoch erfreuten sich die Maskenbälle großer Beliebtheit. Der fantastischen Verkleidung waren keine Grenzen gesetzt. Mit verstellter Stimme, Larve und wunderlichen Klamotten versuchte jeder, sein Inkognito zu wahren. Natürlich wurde spekuliert. Bei der Demaskierung erhielt man Gewissheit. Dazu musste die Maske auf einen Stuhl steigen und sich vor dem Publikum „enthüllen“. Das schönste und originellste Kostüm erhielt einen kleinen Preis und natürlich den johlenden Beifall der anderen Pappnasen.

Ohne Musik lief beim Tanzen nichts. Viele Jahre begleiteten versierte Klavierspieler den Tanzunterricht. Zu nennen wären vor allem Ilse Wust-Hefter, die Chefin selbst, sowie die Schwestern Elsa und Gertrude Wieder. Die unverheiratete Gertrude wirkte hauptsächlich als Dirigentin, Klaviersolistin, Sängerin und Korrepetitorin am Gubener Stadttheater und danach als Privatlehrerin. Elsa heiratete den Kaufmann Robert Auga. Aus der Verbindung erwuchs der Sohn Adolf, verdienstvoller Gubener Schuldirektor, Musik- und Literaturrezensent. Nach dem frühen Tod ihres Mannes heiratete Elsa 1947 den Musiker Ludwig Giesecke. Unter diesem Namen gehörte sie als Klavierspielerin auch zur Kapelle Walter, neben ihr bestehend aus Günter (Geige) und Hartmut Walter (Saxophon) sowie einem Schlagzeuger. Als Solisten kamen aber auch „Fritze“ Gumprecht und Erich Mika (Geige, Saxophon) zum Einsatz.

Damit sich die Kursanten schrittmäßig einstellen konnten, wurden die folgenden Tänze vor jeder Runde angesagt, bedeutsam für die Wahl der richtigen Partnerin. Im fortgeschrittenen Stadium mussten die Schüler den Tanz allein erkennen, für viele eine unlösbare Aufgabe. Karl-Ernst erkannte seine Chance, Taschengeld zu verdienen. Finanzstarke Jungen steckten ihm für einen rechtzeitig zugeflüsterten Tipp so manchen Groschen zu.
Zu den Bällen spielten grundsätzlich Instrumentalgruppen. Zu den bekanntesten in der unmittelbaren Nachkriegszeit gehörten die Kapellen „Vogt", und „Wenzke" mit den Musikern Günter Wenzke (Klavier/Akkordeon), Dieter Vogt (Gitarre), Klaus „Karle" Vogt (Tenorsaxophon, Klavier, Klarinette, Akkordeon), Klaus Hildebrandt (Klavier, Kontrabass), Fritz Zeidler (Violine) und Arno Berger (Schlagzeug, Violine). Nicht unerwähnt bleiben sollen Joachim Wieden (Saxophon, Klarinette), Günter Pogoda (Gitarre) und Günter Laudon. Die Kapelle „Sorgenbrecher", in ihr spielten Richard Wölkerling, Artur Seifert, Fritz Gumprecht und Hans Gräber, bediente vorrangig den ländlichen Raum, so den Kerkwitzer Dorfkrug, bis heute liebevoll geführt von Gisela und Günter Wehland.
Besaß eine Dorfschänke einen Saal und kamen genügend Interessenten zusammen, so unterrichtete Ilse auch vor Ort, belegt für Wellmitz mit dem Einzugsgebiet Coschen, Breslack, Ratzdorf und Steinsdorf sowie für Groß Breesen in der Gaststätte Lindenhof und im Kerkwitzer Jägerhof. Als Bezahlung standen anfänglich Lebensmittel hoch im Kurs. Anstatt von Kartoffeln und Mehl war gelegentlich auch eine Einladung zum Essen sehr willkommen.
Zu Wunschkapellen der Tanzschule Wust-Hefter avancierten Mitte der 1950er Jahre das „Virginia-Quartett" mit Günter Laudon, Klaus Hildebrandt, Albin Buchholz und Horst Hoffmann und etwas später die „Allegro" mit Dieter und Klaus Zeschke, Günter Walter, Hans-Joachim Noack, Rudi Nern und anderen. Vor allem zu den Mittelbällen kamen die „Allegros", wie sie der Volksmund nannte, zum Einsatz. Bei den Arbeiterfestspielen in Gera

errang die Band als Bestandteil des CFG-Ensembles die Goldmedaille.
Auftritte aber hatte auch die Kapelle „Edelweiß“ mit Karl Kretsch, Erich Feldhahn, Gerhard Lehmann und Horst Kretschmer sowie eine Schulband mit Georg Hopke (Lehrer in Sembten), Albin Buchholz, Hubert Schneeweiß, Karl-Ernst Wust, Klaus Penschke und Günter Stelter aus Lauschütz. An dieser Stelle sei ein Zeitsprung gestattet: Mir war es vergönnt, Albin Buchholz, Günter Pogoda und Günter Stelter, kurzzeitig als Trio vereint, im September 2007 in der Interkulturellen Begegnungsstätte von Sembten zu erleben. Die „alten Hasen“ ließen es sich nicht nehmen, die Präsentation meines Buches „Historische Splitter aus Sembten“ musikalisch zu umrahmen.
Karl-Ernst Wust unterstützte „Muttern“ also nicht nur tänzerisch, sondern auch mit dem Saxophon. Mit „Schmalz“ intonierte man die Schlager: „Wenn der weiße Flieder wieder blüht“, „Capri-Fischer“, „Die blauen Augen“, „Auf Regen scheint Sonne“, „Wochenend' und Sonnenschein“, „Der Theodor im Fußballtor“, „Rosamunde“, „Kalinka“, „Tango-Max“ und nicht zu vergessen den Tango „Ole Guapa“, unter Musikern alte Quappe genannt. Die meisten Stücke wurden nach eigenen Arrangements auswendig gespielt. Eröffnet wurde der Schwof meist mit dem Marsch „Zigeunerlager“.

Zu meiner aktiven Volkshauszeit agierte vor allem die „Robby Band“ mit Reinhard Bräske, Lothar Machnow, Richard Wölkerling, Günter Pogoda und Siegfried Böhme. Später spielte die Truppe in der Gaststätte Junge Welt.
Beibehalten wurde auch die Tradition von Tanzstundenausflügen. Ein ganz besonders beliebtes Ziel hieß Pfaffenschänke. Man fuhr entweder mit dem Rad oder mit der Bahn, auch zu Fuß ging's in die idyllische Waldgaststätte zwischen Coschen, Steinsdorf und Wellmitz. Die rauschenden Kiefern erlebten so manches zärtliche Beisammensein, gespeichert in den Jahresringen zwischen 1950 und 1960.

Meine Tanzstunde enthielt wenig romantische Ingredienzien, ist mir aber dennoch in guter Erinnerung. Unser Kurs fand in der nüchternen, aber kostenfreundlichen Aula der Wilhelm-Pieck-Schule statt. Wegen Mangel an Masse, die Jahrgänge 1945 und 1946 fielen echt bescheiden aus, übten wir allein für die Praxis auf den „Nahkampfdielen“, nicht aber für einen märchenhaften Abschlussball. Mich grämte der Ausfall an öffentlicher Demonstration. Mutters Trauer hielt sich dagegen in überschaubaren Grenzen, verursachte der Ausfall des Festes doch keine zusätzliche Flaute in der Haushaltskasse. „Een neier Anzuch wuar nich jeruade billich!“
Musik zu den Tanzstunden gab es ausschließlich aus der Konserve, den Plattenspieler bediente Frau Wust-Hefter selbst. Das gute Stück durfte nicht zu Schaden kommen.
Inzwischen hatte sich auch das Missverhältnis von Weiblein und Männlein verschoben. Es herrschte akuter Bedarf an Damen. Das vereinzelt schon „kurvige Material“ war rar wie sozialistische „Bück-Ware“. Trotz eifrigstem Bemühen gelang es Ilschen nicht, eine ausreichende Anzahl williger Partnerinnen aufzutreiben. Das verwunderte meinen leider viel zu früh verstorbenen Freund Gerdchen Müller, den „Kieselsteiner“, der auf seine Tanzstundenzeit bezogen feststellte: „Dennzumoal woarn zu ville Mä’chen“.
Wie bei einem Pfänderspiel saßen sich Mädchen und Jungen gegenüber. An den häufigen Platzwechseln erkannte man die auf- und abflauenden Sympathieübersprünge: „Werde mit wem!“ Es wollte gut gewählt sein, denn die Paarungen hüpften bald als Stadtgespräch von Straße zu Straße; Kleinstadtklatsch.
Da mir die „unreifen, albernen Gänse“ wenig tänzerische Impulse versprachen und die richtige „Kirsche“ ohnehin fehlte, platzierte ich mich bei jeder Übungsstunde auf den letzten Stuhl. Damit schaute ich keinem gegenübersitzenden „Frollein“ direkt in die „Oogen“. Ich blieb „meerschtenteels iebrich“, und so heftete mir die Tanzpädagogin ihr Mitleid ans Revers. Noch heute schwelge ich in dem Genuss der Leichtigkeit, mit der mich Ilschen elfengleich übers Parkett wirbelte. Mit ihrer ständigen Aufforderung:

„Tuchfühlung, meine Herren!" schleuderte sie unsere erwachenden Hormone auf eine enge irdische Umlaufbahn. Mich bettete die Drahtige allerdings nicht gerade weich, und so konnte ich mich voll auf die schnelle Folge variierender Schritte und Kombinationen konzentrieren. Auf diese Weise blieb es meinen späteren Tanzpartnerinnen weitgehend erspart, mein Gewicht mit ihren Füßen messen zu müssen.
Jeden neuen Tanzschritt festigte ich in Heimarbeit. Schwesterchen stellte sich bereitwillig als Stützkorsett zur Verfügung. Ihr verdanke ich auch die Einübung des Charleston, der in den sechziger Jahren erneut die Tanzsäle eroberte. Die hummeligen Beine und grotesken Verrenkungen bändigte unter ihrer fachmännischen Anleitung unser Küchenstuhl. Den Twist, als einer der wenigen Volkshausgänger berührte ich bei der Brücke mit dem Kopf beinahe den Boden, übernahm ich hingegen von Anna, unserer Pusztaperle. Da lag die Tanzschule aber schon lange hinter uns.

Ein Höhepunkt in der Existenz der Tanzschule Wust-Hefter war zweifellos ihr Beitrag zur Festigung der Kulturbeziehungen zwischen den „unverbrüchlichen sozialistischen Freunden" Polen und der DDR, die in den 1960er Jahren keineswegs ungetrübt waren. Sie trugen damals vorrangig offiziellen Delegationscharakter. Unter der Losung „Festspiele für Frieden und Völkerverständigung an Oder und Neiße" tourte eine Gruppe, bestehend aus einem Opern- und Operettensänger, einem Pianisten, einer kleinen Tanzkapelle, einem Kunstradfahrer und einem Gesellschaftstanzpaar im Mai 1961 acht Tage im Grenzgebiet Oder und Neiße. Ilse Wust-Hefter gehörte zur Delegationsleitung, beim Tanzpaar handelte es sich um Karl-Ernst und Partnerin Elfi aus einem großen Berliner Tanzklub. Die Tournee führte mit Schiff und Bus nach Küstrin, Frankfurt/Oder, Crossen, Guben, Neusalz und Glogau. Karl-Ernst erinnert sich, dass beim Aufenthalt in Gubin mit Auftritt in einem Saal, in dem seine Mutter vor dem Krieg viele Jahre Tanzstundenbälle abgehalten hatte, viele Emotionen aufbrachen. In Glogau und Crossen trat man vor mehr als 2000

Armeeangehörigen in Kasernen auf. Überall spürte man große Herzlichkeit bei den persönlichen Begegnungen. Musik und Tanz bewährten sich als Mittel der Völkerverständigung.

Nicht unerwähnt bleiben soll auch ein Experiment der Tanzschule. Um 1963 entschloss sich Ilse Wust-Hefter, Ballettunterricht für Kinder zu erteilen. Die Offerte wurde erstaunlich gut aufgenommen. Beate, die Tochter von Gemüsehändlerin „Bertchen" und Sportlehrer Erich Wonde, Jahrgang 1954, gehörte zu den Teilnehmerinnen. Nach ihrem Abitur in Guben studierte die „Ballettratte" an der Humboldt-Universität Berlin und der Waseda-Universität in Tokio Japanologie, erhielt 1996 einen Förderpreis der Yamanoto-Yasue-Stiftung, gastierte 2004 am Center of Excellence der Waseda-Universität, ist heute Geschäftsführerin der Mori-Ôgai-Gedenkstätte. Trotz all dieser verbalen Exotik übermittelte mir das Schlitzohr in gut verständlichem Deutsch eine Beichte über ihr Gubener Ballettabenteuer. Weniger deshalb, weil sie mein Schwesterchen zu ihrer Lieblingslehrerin an der Friedensschule beförderte, sondern vor allem wegen der Anschaulichkeit und heiteren Grundstimmung ihrer Zeilen will ich diese, nur schonend verändert, in großen Teilen wiedergeben:
„Ich bin mit einem genetischen Fehler geboren: dem berüchtigten ‚Wond'schen Gang'. Charakteristisch für diese höchst eigenwillige, alles andere als elegante Gangart sind viel zu große Schritte mit gebeugten wippenden Knien und einem Oberkörper, der nach vorn fällt wie ein Sack. Bei Jungs mochte das noch als persönliche schlaksige Note durchgehen, aber bei einem Mädchen!? Auf Ermahnungen meiner Eltern reagierte ich nur genervt. Was lag also näher, als mich einem Profi für Haltungsfragen anzuvertrauen. Überredung war nicht nötig. Welches Mädchen träumt nicht davon, auf Spitzen zu tanzen, sich gen Himmel zu recken, leichtfüßig zu schweben, eine Ballerina zu sein?
Nach dem Motto: ‚Halb zog er sie, halb flog sie hin', meldete mich mein Vater bei Ilse Wust-Hefter an. Der Unterricht fand jeweils am Mittwoch in dem kleinen Saal (1. Stock) des Filmtheaters

‚Friedensgrenze' statt, damals ein äußerst repräsentativer Ort, dessen schwere Glastüren und dessen Geruch nach frisch gewienertem Bohnerwachs mich jedes Mal beeindruckten. Ehrfurcht und Aufregung in diesen ‚heiligen Hallen'. Ballettstangen und Wandspiegel gab es in dem Saal nicht. Zum Abstützen wurden Stühle benutzt. Heimliche Knutsch- und Fingerübungen im dunklen Kinosaal absolvierten wir erst Jahre später.

Wir waren so etwa zehn Backfische, die sich zu Übungsbeginn im Sportzeug melden und in einer Linie aufstellen mussten. Ganz schick waren lange zweiteilige schwarze Gymnastikanzüge. Ilse mit ihrer makellos schlanken Figur sah darin alterslos elegant aus. Wie hab' ich sie still bewundert! Ich besaß nur das kurze blaue Schulsportzeug mit viel zu engen Gummis, die ständig einschnitten. Weil bei meiner Mutter auch Kinderliebe durch den Magen ging, war ich ständig damit beschäftigt, den Bauch einzuziehen. Ach, was habe ich die anderen um ihre schlanken Figuren beneidet. Auf die Anweisungen von Frau Wust-Hefter achtete ich weit weniger.

Mit Ilse gab es dieselben Schwierigkeiten wie mit den meisten meiner Lehrer. Zu Hause wurden sie als Freunde nur beim Vornamen genannt. Hinzu kam, dass ich sie von klein auf von so manch feuchtfröhlicher Situation her kannte. Offiziell aber war das ‚Sie' gefordert. Nicht leicht für eine Göre, aber Kleinstadtalltag. Der sperrige Doppelname, damals noch nicht so geläufig wie heute, ging mir ohnehin schwer über die Lippen.

Eines muss ich der Tanzpädagogin lassen: Sie war eine echte Respektsperson. Fordernd und streng. Da gab es keine Faxen hinter ihrem Rücken. Autorität kann man nicht verbal einfordern, die kann man nur erwerben. Jeder Muskel, jede Faser ihrer Persönlichkeit war Respekt!

Der Unterricht begann mit den fünf Grundstellungen des Balletts. Die kann ich heute noch aus dem ff, genau wie die russische Konjugation und Deklination. Drill schleift sich eben lebenslang ein. Wenn später jemand ‚demi plié …' sagte, ging mein Körper automatisch in diese Position. Die damit verbundenen Haltungen der Arme und Beine sehen ganz einfach aus, sind aber schwer zu koordinieren. Ilse war nie mit uns zufrieden, immer gab es etwas zu verbessern. Bis zum Exzess haben wir die Stellungen geübt: Schultern zurück, Bauch rein, Knie gerade, aufrechte Haltung, Nase geradeaus, Blick nach vorn. Der Po sollte so gespannt sein, dass man damit einen Kirschkern hätte halten können. Ilse tänzelte in einem Schlängellauf durch unsere Reihen, korrigierte mit energischen Stupsern der knochigen Hand. Die Berührung spüre ich noch heute.

Als die Grundstellungen saßen, folgten Schritte, Sprünge, Schreiten. Um eine möglichst lange Übungsfläche zu haben, bewegten wir uns diagonal im Saal. Man lernte, sich trotz strengster Beobachtung ungezwungen in großen Räumen zu bewegen. Ein echter Gewinn fürs Leben. Dass Kunst und Leben sich wunderbar ergänzen, aber dennoch zweierlei Dinge sind, habe ich erst später begriffen. Als Kind dachte ich, der richtige Gang auf der Straße wäre der, den uns Ilse im Ballettsaal beibrachte. Lange Zeit bemühte ich mich tatsächlich, beim Laufen die Zehen bewusst nach außen zu drehen. Ab und zu habe ich sogar versucht, eine Ballerina der Staatsoper nachzuahmen. Später in Japan empfahl man mir als besonders feminin und elegant den Trippelgang mit nach innen gedrehten Zehen. Inzwischen, wieder in der Mitte angekommen, höre ich lieber auf mich selbst.

Ilse gab mit dem Tamburin den Rhythmus vor. Dabei feuerte sie uns an, Runde um Runde. Der Unterricht dauerte kaum länger als eine Stunde, schaffte uns dennoch über die Maßen. Danach verabschiedeten wir uns artig mit einem Knicks. Vertraulichkeiten gab es auf Grund des großen Altersunterschieds kaum. Aber eins muss man Ilse lassen, sie war gerecht. Nie zog sie jemanden vor. Sie erzog uns, indem sie uns spiegelte und nichts durchgehen ließ.

Mir ‚Pummelchen' war schon nach wenigen Stunden klar, dass ich keine berühmte Tänzerin werden würde. Trotz widerstreitender Gefühle hielt mich Ilse bei der Stange. Sie stellte echte Ballettschuhe in Aussicht. Schon der Tag, an dem unsere Fußform auf braunes Packpapier aufgezeichnet wurde, war aufregend. Die

Sonderanfertigung dauerte seine Zeit, für mich eine Ewigkeit. Nach ungeduldigem Warten waren sie endlich da, meine Schwanenschuhe. Aus weißer Seide, mit langen Bändern. Mich juckte das Gefieder. Mit den edlen Tretern an den Füßen fühlte ich mich wie die ‚gebenedeite Jungfrau'. Aber nur, bis wir darin Aufstellung nehmen sollten. Gott, war das eng. Man ging wie auf Eiern. Ballettschuhe haben nur winzige Sohlen, der Rest ist Stoff. Vorn ein Knauf, der sich anfühlt wie Eisen. Hiiilfeee! Kurzum, meine Karriere als Spitzenballetttänzerin dauerte knapp drei Minuten. Zuerst bekam ich einen Krampf, dann bluteten die Zehen. Eine Illusion war geplatzt.
Die Hoffnung aber stirbt zuletzt. Noch wochenlang ging ich zum Unterricht. Mein Kopf sagte ja, meine Füße nein. Der Knoten platzte nicht. Die öde Betonstraße nach Hause wurde mit jedem Schritt länger, die blutigen Füße schmerzten unerträglich. In der Grünstraße angekommen, nahm ich ein linderndes Kamillenfußbad. Eine Woche später, gerade abgeheilt, das gleiche Trauerspiel von vorn. Irgendwann bereitete ich dem quälenden Masochismus ein Ende, hängte die Schuhe an den Nagel, für lange Zeit Erinnerung, Mutmacher, Mahnung und Talisman. Es war, als sprachen sie zu mir: ‚Lebe deinen Traum und wisse, wann du deine Grenzen erreicht hast!'
Meine Mittelzehen haben sich bis heute nicht von diesem ‚Höhenflug' erholt. Später sagten mir Profis, ich hätte nicht so früh auf Spitzenschuhe umsteigen dürfen. Ja, hinterher ist man immer schlauer. Es war ein Experiment, wahrscheinlich für Ilse genauso wie für uns. Dennoch bin ich für die Erfahrung unendlich dankbar. Wir hatten damals die Möglichkeit, uns auszuprobieren, für wenig Geld. Uns sortierte niemand aus, keiner war auf eine ‚Taxi-Mama' oder einen ‚Fahrdienst-Opa' angewiesen. Alles war gleich um die Ecke und Angst um ihre Kinder mussten die Eltern auch nicht haben. Vorbei die Zeit.
Neulich, als ich auf einem Foto eine mindestens achtzigjährige Frau sah, die an einem Laternenmast einen vertikalen Spagat ausführte, musste ich sofort an ‚Ilschen' denken. Bis ins hohe Alter

beweglich und anders als die Masse ein klein wenig schräg und schrullig. Heute ist mir das sehr sympathisch, ein echtes Vorbild."

Die Abwanderung der männlichen Tanzstunden-Helfer brachte Unruhe in den eingespielten Familienbetrieb, gefährdete ihn aber nicht ernstlich. Mit dem Abitur in der Tasche, erworben an der Gubener Oberschule, entschloss sich Karl-Ernst zu einem technischen Studium. Tanzen war ihm nie mehr als die schönste Nebensache der Welt. Helfen ja, Hauptbeschäftigung nie! Ihm schwebte ein handfester Beruf vor, in dessen Ausübung man „richtig" Geld verdienen konnte.
Sein nichttänzerischer Weg begann 1954 mit einem Betriebspraktikum. Von 1955–1960 studierte er an der Ilmenauer Hochschule Elektrotechnik, erreichte den Abschluss eines Diplomingenieurs. Für das Tanzen blieb dennoch ausreichend Zeit und Muße. In Ilmenau schloss sich Karl-Ernst dem Tanzklub Grün-Weiß an, in Berlin schwang er das Tanzbein beim Tanzklub Hook und im Haus der Jungen Talente bei Familie Glöckner. Bei Turnieren betrat er sogar historisches Parkett: die Tanzschule Schmitt-Hutten, in der schon seine Mutter ihre Ausbildung genoss.
Die DDR garantierte nach dem Studium eine Arbeit. Karl-Ernst lachte zusätzlich das Glück, vom berühmten Prof. Dr. Mau entdeckt und als Entwicklungsingenieur für den VEB Elektroapparatewerk J. W. Stalin in Berlin Treptow gewonnen zu werden, wo er bis 1963 blieb. Unzufrieden mit und bedrückt von den gesellschaftlichen Verhältnissen, vor allem nach dem Mauerbau, entschied er sich schweren Herzens und auf abenteuerlichen Wegen zum Verlassen der sozialistischen Republik. Mutter Ilse verkraftete die Nacht-und-Nebel-Aktion, die sie völlig unvorbereitet traf, sehr schlecht. Obwohl die deutsch-deutsche Trennung die Verbindung zur Familie und den Freunden erheblich erschwerte, kam sie nie ganz zum Erliegen. Nachdem sich Karl-Ernst im Westen etabliert hatte, besuchte ihn seine Mutter mehrfach in Nürnberg-Erlangen. Für ein Treffen mit Schwester Dina nutzte man ein „Tanzfest der Bergvölker" im polnischen Zakopane.

Nachdem der Haftbefehl gegen ihn aufgehoben worden war, weilte Karl-Ernst in den 1980er Jahren besuchsweise in der DDR.
In Nürnberg erfüllten sich all seine Hoffnungen. Erst 1996 schied Karl-Ernst als hoch geachteter Forschungs- und Entwicklungsingenieur bei Siemens aus. Seit 1972 „tanzt" Evelyn Meinig mit ihm durchs Leben. Aus der Ehe ging 1977 Sohn Christian hervor. Wo haben sich die beiden kennen und lieben gelernt? Welche Frage! Beim Tanzen natürlich.
Ich hingegen lernte Karl-Ernst Wust persönlich im Oktober 2006 auf geschichtsträchtigem Boden kennen. Helmut Köhler vom Gubener Heimatbund hatte mich zu einem Vortrag nach Nürnberg eingeladen. In Lauf an der Pegnitz untergebracht, wurden meine Frau und ich vorbildlich von Volkmar Neumann, ursprünglich aus der Sprucker Gärtnerei Wichmann stammend, und Karl-Ernst kulturell betreut. Bei einer Stadtführung, einschließlich der Verkostung der berühmten Nürnberger Bratwürste unterhalb der imposanten mittelalterlichen Burganlage, entstand die Idee für das literarische Projekt „Tanzschule Wust-Hefter". Ein schöner Nebeneffekt, die lange losen familiären Bande knüpften sich wieder fester.

Die durch das Ausscheiden von Karl-Ernst entstandene Lücke schloss relativ nahtlos Bruder Eckart. Die Fußstapfen seines Vorgängers waren ihm nicht zu groß, agierte er doch schon einige Zeit in seinem Schatten. Mit ganzer Kraft widmete sich der Nachfolger zwischen 1955 und 1962 den Pflichten des hauptamtlichen Tanzstunden-Helfers. Eckart legte das Abitur 1957 an der Pestalozzischule ab. Direktorin war in jener Zeit Hildegard Wölbing, meine spätere Englisch- und kurzzeitige Klassenlehrerin an der Penne. Um seine Mutter weiterhin wirksam unterstützen zu können, erlernte er nach dem Abitur den Beruf eines Tuchmachers im VEB Gubener Wolle. Erst danach entschloss sich der Sohn zum Studium an der TU Dresden, Fachrichtung Textiltechnik, das er 1965 als Diplomingenieur abschloss. Im Gegensatz zum älteren Bruder sah Eckart eine echte Perspektive als Tanzlehrer. Ein schmerzliches Zerwürfnis mit Mutter Ilse, die seine Wahl der Frau

des Lebens nicht akzeptierte, durchkreuzte jedoch seine Lebensplanung. Elsa Pohle deutet die Unversöhnlichkeit der Freundin als Krankheitssymptom. Dina glaubt eher an einen allgemeinen Generationenkonflikt. Am wahrscheinlichsten aber quälte Ilse mütterliche Eifersucht und die Sorge, die letzte männliche Stütze zu verlieren.
Eckart hatte die aus Groß Gastrose stammende Käthe Schmidtchen beim Volkstanz kennen gelernt. Seine Mutter leitete mehrere solcher Folklore-Gruppen, unter anderem im Gubener Hutwerk. Gegen Mutters Willen heirateten Käthe und Eckart 1964 in der Neißestadt. Das Tischtuch war zerschnitten, der Sohn brach seine Zelte in Guben ab. Seine Frau zog zu ihm nach Dresden.
Mit dem Abschluss eines Diplomingenieurs für Textiltechnik fand Eckart zunächst in Wolfen eine Beschäftigung und in Dessau eine Wohnung. Dort wurde 1969 auch der gemeinsame Sohn Hendrik geboren.
Auf all ihren Lebensstationen verschrieben sich Käthe und Eckart dem Turniertanz. Um sich weiterzuentwickeln, schloss man sich der renommierten Tanzschule Seifert in Leipzig an. Arbeit in Wolfen, Wohnen in Dessau, Tanz in Leipzig ging auf Dauer nicht. Deshalb verlegte man den Wohnsitz nach Leipzig. 1985 fand Eckart dort auch einen Arbeitsplatz in einer Färberei und Chemischen Reinigung. Tänzerisch stieg man in die Amateur-Sonderklasse auf, nahm erfolgreich an vielen in- und ausländischen Turnieren teil, errang viele Auszeichnungen. Erst 1986 hängten Käthe und Eckart den Tanzsport an den berühmten Nagel. Beim Verramschen der DDR-Wirtschaft geriet Eckarts Betrieb in Turbulenzen, wurde von Westunternehmen geschluckt. Letztlich blieb nur der mit saftigen Krediten gepflasterte Weg in die Selbstständigkeit, die ihn zwang, weit über das Rentenalter hinaus zu arbeiten. Erst Ende 2007 stieg Eckart aus dem Geschäft aus.

1962 war es an Dina, in die Bresche zu springen, die Brüder zu ersetzen. Diese Bürde zu schultern fiel der gerade 18-jährigen sehr schwer. Sie vermisste Karl-Ernst und Eckart besonders, weil sich

der Gesundheitszustand ihrer Mutter zusehends verschlechterte, die sehr unter der Trennung von ihren Söhnen litt. Ohne die Begleitung der Tochter konnte Ilse die Tanzstunden schon Mitte der 1960er Jahre nicht mehr allein bewältigen. Tänzerisch war Dina auf die künstlerische Aufgabe durchaus gut vorbereitet. Schon mit 6 Jahren hatte Mutter Ilse sie mit zu Proben ins Volkshaus genommen, das Dina zur zweiten Heimat wurde. Zum 25-jährigen Firmenjubiläum trat das gertenschlanke, groß gewachsene Mädchen erstmals tänzerisch ins Rampenlicht. Fortan stand es bei allen möglichen Veranstaltungen und Bällen mit auf dem Parkett. Multifunktional einsetzbar übernahm sie die Bedienung des Grammophons, besänftigte Störenfriede, schlüpfte in die Rolle der Aushilfsdame, regelte den Begleitschutz. Die sporadische Arbeitszeit, geringe Bezahlung sowie hohe physische und psychische Belastung waren für Dina keine Motivation, den Tänzerberuf zu ergreifen. Viel lieber wollte sie Sportlehrerin werden. Das ging aber nur mit Abitur. Eine Neuorientierung wurde unerlässlich.
Nach dem Abschluss der 10. Klasse an der Pestalozzischule erwarb Dina von 1960–1962 den Apothekenfacharbeiter. Bis 1965 in der Alexander-Tschirch-Apotheke beschäftigt, bediente sie Kunden. Die Ausgabe von Salben, Tinkturen, Pflaster und Kräutlein befriedigte letzten Endes doch nicht. Das Tanzen lag zu sehr im Blut, was Hans Nerlich, einer ihrer Tanzpartner, gern bestätigt. Mit unglaublicher Energie brachte Dina Arbeit, Tanzschulhelfertätigkeit und eine nebenberufliche Ausbildung am Bezirkskabinett für Kulturarbeit in Cottbus unter einen Hut. 1965 erreichte sie den Abschluss als Leiter für künstlerisches Volksschaffen, Voraussetzung für ein Studium, das sie von 1965–1968 an der Leipziger Fachschule für Tanz in den Richtungen Bühnen- und Gesellschaftstanz erfolgreich absolvierte. Bei der Bildungseinrichtung handelte es sich um eine Außenstelle der berühmten Dresdener Palucca-Schule. Während der Studienzeit trat Dina im Tanzklub Grün-Gold Leipzig auf, agierte gleichzeitig aber weiter an Mutters Seite in Guben. In Leipzig begegneten sich Schwester und Bruder wieder, tanzten nebeneinander, sprachen nicht miteinander. Das tat weh.

1968 hörte die Tanzschule Wust-Hefter nach 41 Jahren auf zu existieren. Eine wehmütige Notwendigkeit. Mutter Ilse konnte nicht mehr, Tochter Dina wollte keine private Tanzschule betreiben. In den Folgejahren sahen sich viele Gubener Jugendliche gezwungen, auf die Tanzschule Fritsche in Cottbus auszuweichen.
Immer häufiger stand Ilse in jener Zeit kurz vor einem Zusammenbruch. In dieser Lebenskrise erwies sich Annelotte Wolf aus Krayne als Retter in höchster Not. Ohne Widerspruch zu dulden, „schnappte“ sie die Kranke und brachte sie bei sich im Pflegeheim unter. Bei „Mutta Wolfen“ fühlte sich Ilse wohl. Die sorgenfreie Atmosphäre und die selbstlose Fürsorge der Freundin verliehen ihr zeitweilig neue Kräfte.
Dina bemühte sich um eine Anstellung und bekam sie im Gubener Chemiefaserwerk. Dort schrieb man die Kulturarbeit ganz groß. Bereits 1959 hatte Günter Prey, Leiter des im Aufbau befindlichen Wirtschaftsgiganten, das „Erste Künstlerkollektiv in einem sozialistischen Betrieb der DDR mit Werkvertrag“ ins Leben gerufen. Es bestand aus dem Konzertpianisten und Komponisten Hans-Wilfrid Schulze-Margraf, dem Maler Günther Friedrich und dem Schriftsteller Bodo Krautz. Zum zentralen Anlaufpunkt von Laien- und Berufskünstlern avancierte die Kulturbaracke in der Kaltenborner Straße, einige Zeit von meinem Stiefvater Helmut Schwemmer geleitet. Ab Mitte der 1960er Jahre führte Ilschen darin auch Abschlussbälle durch.
Neue Impulse und eine spürbare Belebung der auf ganz Guben ausstrahlenden Kulturarbeit brachte Reimar Börnicke, zwischen 1965 und 1975 Künstlerischer Leiter und Klubhausleiter des CFG. Ihm schwebte der Aufbau eines Kinder- und Jazzballetts sowie eines Tanzklubs für Gesellschafts- und Turniertanz in kleiner Formation vor. Das berühmteste Produkt sollte der Tanzklub Dederon werden, geleitet von Dina Wust. Mutter Ilse wurde als Beraterin auf Honorarbasis eingebunden. Noch heute ist Dina ihrem Förderer Börnicke sehr zugetan, verdankt sie ihm doch die unbeschwerteste und kreativste Phase ihres und ihrer Mutter Berufslebens. Auftrittsmöglichkeiten gab es in Hülle und Fülle:

Betriebsfeiern, Stadtfeste, Freundschaftstreffen, Arbeiterfestspiele, bei denen man sogar einmal die Goldmedaille errang. Gern erinnert sich Hans-Wilfrid Schulze-Margraf an die Zusammenarbeit mit Dina Wust. Über die beruflichen Kontakte hinaus nahm sie in seinem Musikzirkel Klavierunterricht. In dem attraktiven Programm „Bilder aus dem Osten" mit Werken von Schumann, aufgeführt im CFG-Urlauberheim Jocketa bei Plauen, spielte er mit seiner Schülerin vierhändig, weil sich Dina einen Soloauftritt noch nicht zutraute.
Lange konnte sich Ilse Wust-Hefter an dem „paradiesischen Zustand" nicht erfreuen. Die heimtückische Krankheit ergriff mehr und mehr Besitz von ihr. Am 5. Februar 1971 starb die verdiente Gubener Tanzlehrerin nach langem Leiden. Sie wurde auf dem Waldfriedhof in der Obersprucke beigesetzt.
Dina Wust beendete ihre Anstellung im CFG 1973. Dafür gab es mehrere Gründe. Während ihres Studiums befreundete sie sich mit Hans-Ulrich Fexer aus Bitterfeld, der sich an der Fachschule ebenfalls zum Tanzpädagogen ausbilden ließ. Kurz darauf läuteten die Hochzeitsglocken. Nach dem Studium verschlug es Dinas Mann zunächst nach Görlitz ans Theater. In einem Provinznest wie Guben sah er keine berufliche Perspektive. Eine Wochenendehe, gewürzt mit vielen Auftritten, begann, befriedigte letztlich jedoch beide nicht. Als das Engagement auslief, eröffnete Hans-Ulrich in Magdeburg eine private Tanzschule. Die Entfernung Guben-Görlitz hatte Dina akzeptiert, die Strecke Guben-Magdeburg nicht.
Dina und Hans-Ulrich versuchten sich unter schwierigsten Bedingungen als Profipaar. Es mangelte buchstäblich an allem: Schuhe, Kleidung, Trainer, Bezahlung, Arbeit, Auto. Dina vergleicht diese Zeit mit einem Aschenputtel-Dasein. Schmunzelnd erinnert sie sich an ihre Riemensandaletten aus Weißenfels ohne Rauledersohle und geschlossene Ferse. Mit Schmalfilmkamera nahm man andere Paare auf, leitete daraus eine eigene Choreographie ab. Schritt für Schritt entwickelte sich Hans-Ulrich zum Choreographen und Trainer. Ein Höhepunkt in ihrer Karriere

sollte der erfolgreiche Auftritt beim internationalen Dresdener Tanzfestival werden. Bald trainierte der Autodidakt auch Paare des Magdeburger Tanzklubs Grün-Rot. Dina und Hans-Ulrich unterrichteten sogar Tanzlehrer und leisteten in Bulgarien Hilfe beim Aufbau von Turniertanzpaaren. Bulgarien steht aber auch für das Ende des eigenen Turniertanzes. Hans-Ulrich kehrte mit gebrochenem Bein zurück.

Bald ergab sich die Möglichkeit zu gemeinsamer Arbeit in Leipzig. Dina erhielt eine Anstellung am Pionierhaus, Hans-Ulrich agierte freischaffend im Leipziger Tanzklub sowie beim Tanzklub Schwarz-Silber in Halle. Durch den Aufbau professioneller Turniertanzstrukturen in Leipzig ging die Arbeitsstelle 1979 wieder verloren. Das im Aufbau befindliche Leistungszentrum in Frankfurt/Oder suchte engagierte Tanztrainer. In kurzer Zeit entstanden neben den drei Spitzenpaaren dreißig Nachwuchspaare. Mit der Schließung des Tanzzentrums endete 1984 das Frankfurter Gastspiel. Dina zog mit ihrem Mann nach Wittenberg. Er erhielt im Kulturhaus Maxim Gorki die Stelle eines Tanzlehrers. Sie arbeitete zuerst freischaffend, später folgte eine Anstellung im Haus der Jugend und Sportler in Dessau. Man betreute in mehreren Städten Tanzklubs, erteilte Tanzunterricht im Anfänger- und Breitensportbereich.

Mit der Wende gingen beide Arbeitsplätze verloren. Der Untergang der DDR brachte erhebliche Turbulenzen, die Kultur verlor ihren Stellenwert, wurde zur reinen und teuren Privatsache. Fortan schlugen sich Fexers freischaffend und mit Arbeitsbeschaffungsmaßnahmen (ABM) durchs Leben. Dann ein weiterer Schock. Gerade 52-jährig verstarb Dinas Mann 1996. Was tun? Die tatkräftige Frau ließ sich nicht unterkriegen, führte die Wittenberger Tanzschule allein weiter, übernahm die Trainertätigkeit in Dessau, Wittenberg, Jessen und Pretzsch.

Für einen Augenblick spielte Dina auch mit dem Gedanken, in ihrer Heimatstadt Guben wieder den Turniertanz aufzubauen. Die Realität – enormer Bevölkerungsschwund, hohe Arbeitslosigkeit, Überalterung – sprach dagegen. Dennoch gab sie das Vorhaben,

vor allem für die Jugend der Neißestadt ein positives kulturelles Zeichen zu setzen, nicht auf. 2002 war es dann soweit. Mit ihrem Tanzklub Schwarz-Gelb Wittenberg 1957 e.V. organisierte die Ballettmeisterin, rank und schlank wie eh und je, im vorbildlichen Zusammenwirken mit dem Gemeinnützigen Berufsbildungsverein (GBV) im Volkshaus Schnellkurse für je zwanzig bis dreißig Schüler. Um die sinnvolle Freizeitbeschäftigung auch bezahlbar zu machen, kostete der Kurs pro Person nur fünf Mark! Der Auftritt des Wittenberger Spitzenpaares Sabine und René sowie der polnischen Kinder-Europameister im Rock and Roll begeisterten den Gubener Nachwuchs. Dennoch blieb ein kontinuierliches Angebot wegen fehlender Wirtschaftlichkeit und zu großer Entfernung Illusion. Dankenswerterweise hat Hartmut Möbus aus Neuzelle, engagierter Heimatkundler, den letzten Auftritt von Dina Fexer-Wust für die Nachwelt auf Film konserviert.
Ohne ihren unversiegbaren Idealismus hätte Dina die umfangreichen Aufgaben nicht erfüllen können. Zudem flossen die Honorare trotz harter Sieben-Tage-Arbeitswoche nicht gerade üppig. Gänzlich ehrenamtlich die Tätigkeit als Wertungsrichterin, Organisatorin von Abschlussbällen, die Teilnahme an Turnieren. Im Juli 2007 gab die Enthusiastin ihr „Zigeunerleben im Dreivierteltakt“ auf, die mehr als 40-jährige Karriere der Tanzpädagogin Dina Fexer-Wust ging mit einer großen Tanzgala unwiderruflich zu Ende. Als Grand Dame des Wittenberger Tanzsports, der sein 50-jähriges Jubiläum feierte, erhielt sie die Ehrenurkunde des Oberbürgermeisters. Ilschen, die Gubener Tanzlegende, wäre ganz sicher stolz auf den Apfel gewesen, der nicht weit vom Stamm fiel.

Das Leben nach dem Tanz führte Dina zurück in ihre Jugend. Anrührender hätten auch die Gebrüder Grimm das Märchen nicht schreiben können: Es war einmal ein rechtschaffener Landschaftsgärtner von fürstlichem Aussehen. Seine fleißigen Eltern hießen Bienemann und nannten ihn Lothar. Den unternehmungslustigen Sohn verschlug es 1960 von der Börde an die Neiße. Der Brigadier gestaltete und verschönte mit seinen meist jugendlichen Mitarbeitern viele Objekte in der Niederlausitz, so auch das „Rosa-Thälmann-Heim“ in Guben. Damit die meist auswärtigen Bengel in ihrer Freizeit nicht auf dumme Gedanken kamen, sondern brav auf den Pfaden der Tugend wandelten, meldete der „Hirte“ seine „Schäfchen“ bei der Tanzschule Wust-Hefter an. Gute Manieren konnten nicht schaden. Die Tanzlehrerin, hocherfreut über die Zusatzeinnahme, fürchtete aber, dass die handfesten Kerle ohne ihren Vormann aus der Reihe tanzen könnten. In ihrer unnachahmlich demokratischen Art überzeugte sie den Chef, obwohl er bereits tanzen konnte, noch einmal am Kurs teilzunehmen. „Herr Bienemann, Sie müssen!“ Er tat ihr den Gefallen. Aber wo eine passende Prinzessin herbekommen?

Der praktisch veranlagte kesse Bursche wusste Rat. „Wenn Sie keine Partnerin für mich haben, tanze ich eben mit Ihrer Tochter!“ „Dame Dina“, gerade 16 Jahre alt, verfärbte sich im Angesicht des stattlichen Burschen karmesinrot. Herzklopfen. Jugendliche Schwärmerei. Lothar fing ebenfalls Feuer. Ilschen freute sich über das schöne Paar. Zum Leidwesen der jungen Leute verlor man sich aus den Augen. Schon der reale Sozialismus forderte flächendeckend blühende Landschaften. Die aber sollte es nicht nur um Guben geben. Ohne voneinander zu wissen, fanden beide Tanzpartner andere Lebenspartner, die jedoch weit vor dem angemessenen Alter starben.

In all den Jahren hatte der fürstliche Lothar sein königliches Dornröschen nicht vergessen können. Ob es sich aus dem Schlaf erwecken ließ? Mit Internet kein Problem. Nach fast fünfzig Jahren ein freudiges Wiedersehen, Zuneigung noch vorhanden, nur verschüttet. Behutsam wagten beide einen Neuanfang. Nach Beendigung ihrer beruflichen Laufbahn zog Dina nach Magdeburg zu Lothar. Heute schwelgen sie unbeschwert in der Erinnerung, genießen die Zweisamkeit auf Reisen und im Garten. Und da Dina und Lothar nicht gestorben sind, leben und genießen sie noch heute.

Weites Herz und große Stimme

Noch berühmter wurde vor und nach ihm vermutlich kein in Guben gastierender Sänger. Buchstäblich die ganze Welt kannte ihn, liebte seine Stimme und lag ihm zu Füßen. Nein, Enrico Caruso, Richard Tauber und Jan Kipura weilten wohl nie in der Neißestadt. Die Rede ist von Roman Cycowski. Sagt Ihnen nichts? Kein Beinbruch. Gut möglich, dass der Name des bewunderten Baritons nach achtzig Jahren seines größten Triumphs etwas verschüttet ist, vergessen aber, vergessen kann man ihn nie. Dafür sorgen zwei unvergängliche Worte: Comedian Harmonists! Dahinter verbirgt sich eine Vokalgruppe, die Musikgeschichte schrieb, wie es nach ihr nur noch den Beatles gelang.

Roman Joseph Cycowski wurde nach eigenen Angaben am 25. Januar 1901 in Russisch-Polen als Sohn eines orthodoxen Juden geboren. Seine Wiege stand in einem Getto in Tussyn unweit von Lodz, wo der fromme Vater zeitweilig eine kleine Spinnerei betrieb. Die Kindheit des Jungen war überschattet durch revolutionäres Ungemach und den Ersten Weltkrieg, in dem die Familie ihre materielle Existenzgrundlage verlor. In seinen Erinnerungen hielt Roman fest: „... die Polen, die Polacken, waren sehr antisemitisch, besonders das rohe Volk, und wir Jungs hatten darunter zu leiden, sehr viel“ (Fechner, S. 62).

Mit fünf Jahren erkannte Roman sein Talent zum Singen. Just in dieser Zeit kam es zu einem polnischen Aufstand gegen die russischen Unterdrücker. Die Juden unterstützten die Polen, die ihnen im Falle eines Sieges viele Freiheiten versprochen hatten. Sie zu erfüllen gedachten sie allerdings nicht einmal im Traum.

Das erste Lied, das Roman erlernte, besaß zu seinem großen Glück einen antirussischen Text. Es sollte ihn vor Prügel oder Schlimmerem bewahren. Gleichzeitig gilt es als Ausgangspunkt einer außergewöhnlichen künstlerischen Karriere.

Roman verliebte sich in das Singen, wurde Chorknabe im Tempel. Sein Vater, tätig als Rabbiner, schickte ihn auf eine illegale Talmudischule nach Piotrkow, wollte ihn ebenfalls zum Rabbiner

ausbilden lassen. Der Junge hingegen fühlte sich zum Sänger berufen. Ein Lehrer der Talmudischule entdeckte seine musische Begabung, veranlasste seine Unterweisung in Musiktheorie und Harmonielehre.
Für seine Auftritte erhielt der Knabe freie Kost in einer wohlhabenden Familie. Das war damals gängige Praxis, denn Kirchensteuern gab es nicht. Die jüdische Gemeinde lebte allein von mildtätigen Gaben.
Nach schweren Kämpfen und Verlusten auf beiden Seiten geriet Lodz zu Beginn des Ersten Weltkriegs unter deutschen Einfluss. Darüber waren die Juden sehr froh. Roman Cycowski erinnert sich: „Ja, die Juden haben in den Synagogen gebetet, daß sie den Krieg gewinnen, die Deutschen. Bloß, daß wir von den Russen befreit werden und von den Polacken. Ja, so war das. Wir Juden wünschen heute noch, daß der Kaiser damals den Krieg gewonnen hätte. Da wäre die Hitlerzeit wohl nicht gekommen. Und die jungen Menschen haben sich besser gefühlt unter den Deutschen. Wir haben große Vorteile gehabt, besonders in der Bildung. Alle Kinder konnten zur Schule gehen. Es war ein ganz anderes Leben als früher. Wir hatten uns daran gewöhnt und das ganze Leben umgestellt auf Deutsch ...“ (ebenda, S. 65).
Zu seiner beeindruckenden Stimme gesellte sich Wissbegier. Roman las philosophische Bücher, lernte Deutsch und Polnisch, vervollkommnete sein musikalisches Repertoire. Dabei halfen ihm neben der Schule ein deutscher Offizier und ein aus Russland stammender jüdischer Komponist. Der riet dem Knaben, nicht Kapellmeister, sondern Sänger zu werden.
Das Kriegsende zerstörte alle Hoffnungen auf eine deutsche Zukunft. Die Verlierer flohen, die Sieger rächten sich bitter – an den Deutschen und den Juden. Es kam zu Pogromen, viele Menschen verloren Hab, Gut und Leben. Mit Müh‘ und Not entging Roman den Exzessen nach Gründung des polnischen Staates im November 1918.
Um vor Verfolgung sicher zu sein, meldete sich Cycowski freiwillig zur neu geschaffenen Armee, obwohl er sich nie als polnischen

Patrioten betrachtete. Er kam vom Regen in die Traufe, zum alteingesessenen Antisemitismus gesellte sich ungezügelter neuer Hass auf den Bolschewismus. Polen stürzte sich in einen aggressiven Krieg gegen Russland.
Die täglichen Demütigungen und der raue Ton förderten seinen Entschluss, das schmutzige Kriegshandwerk aufzugeben, nach Deutschland auszuwandern und ein weltliches Leben zu beginnen, angefüllt mit Musik und Gesang.
1920 setzte Cycowski seine Vorhaben in die Tat um – mit falschen Papieren. Anders wäre er nicht aus Polen herausgekommen. Am Ende seines Lebens resümierte er: „Meine Eltern habe ich nie mehr gesehen. Ich bin nie mehr nach Polen zurückgegangen. Ehrlich gesagt, ich haßte Polen“ (ebenda, S. 68).

Seine erste Station in Deutschland hieß Beuthen in Oberschlesien, Stammsitz derer von Schoenaich-Carolath. Dieses Adelsgeschlecht ist vor allem berühmt geworden durch die Verwandtschaft zum „grünen Fürsten“ Hermann von Pückler-Muskau und dem „roten Prinzen“ Heinrich zu Schoenaich-Carolath auf Amtitz. Vor den deutschen Behörden enttarnte sich Roman, sein Schwindel mit dem gefälschten Pass zeitigte keine schlimmen Folgen. Er durfte ungestört im Reich leben.
In Beuthen erfuhr der neunzehnjährige Cycowski die solidarische Hilfe der jüdischen Gemeinde. Über Gelegenheitsarbeiten, Gesang und Chordirigat finanzierte er seinen Lebensunterhalt.
Die Vorsehung schickte ihm ein Mädchen mit Kunstsinn und Beziehung zum Stadttheater. Es hörte ihn singen, war entzückt und empfahl ihn dem Direktor. Der deutschen Sprache nur bescheiden mächtig, trug er bei der Vorstellung hebräische Kantoratsgesänge vor. Aus Angst vor deutschem Antisemitismus nannte er sie orientalischen Ursprungs. Der anwesende Kapellmeister schwang vor Begeisterung den Taktstock und nahm ihn als Chorsänger unter seine Fittiche. „Die Stimme war noch nicht so entwickelt wie später, aber den Bariton habe ich schon gehabt“, schätze Roman seinen Auftritt ein (ebenda, S. 68).

Bald wurde ein Studium am Beuthener Konservatorium möglich, erste Erfolge in kleinen selbstständigen Partien stellten sich ein. Um alle Brücken zu seiner „jiddischen" Abkunft abzubrechen, unterzog er sich täglichen Sprachübungen und legte sich einen deutschen Künstlernamen zu: Fritz Mühlstein.

1921 gärte es in Oberschlesien. Die Polen betrachteten das Gebiet als ihr Eigentum und marschierten ein, deutsche Freicorps verteidigten, Franzosen und Engländer mischten mit. Belagerungszustand und Ausgehverbot. Ein kurzes Engagement am Sommertheater Zoppot bei Danzig erlöste Roman aus den gewalttätigen Wirren. Nach Zoppot folgte der Freistaat Danzig. „Ringsherum war Polen, aber die Danziger waren patriotisch, die wollten zu Deutschland zurück", fasste Cycowski die allgemeine Stimmung Anfang der 1920er Jahre zusammen. Ähnliche Erfahrungen sammelte der 1927 in Danzig geborene spätere Literaturnobelpreisträger Günter Grass, berühmt geworden durch seinen Roman „Die Blechtrommel"; in die Kritik geraten durch seine lange verschwiegene SS-Vergangenheit.

An der Danziger Oper studierte Roman große Partien ein, kam aber nur in kleineren Rollen zum Einsatz.

Auf Empfehlung von Berufskollegen erhielt „Mühlstein" 1922 eine Anstellung am Stralsunder Stadttheater. Dort durfte er als lyrischer Bariton in deutschen und italienischen Opern mitwirken. Aber auch im Schauspiel und in der Operette fand man für ihn Verwendung. In der Provinz konnte man sich keine Spezialisten leisten. Die geringe Gage, außerdem galoppierte die Inflation, zwang Roman, in bescheidenen Verhältnissen zu leben. In der Familie des Mediziners Dr. Dummrath, ehemals hoher Offizier im kaiserlichen Heer, fand er preisgünstigen Familienanschluss. Der Legende nach hatte man in seinem gemieteten möblierten Zimmer 1809 elf Schill'sche Offiziere verhaftet.

Trotz seiner Liebe zur unvergleichlichen Landschaft der Insel Rügen wechselte Roman gezwungenermaßen bereits nach wenigen Monaten den Einsatzort. Festanstellungen gab es damals noch nicht. Überliefert ist Folgendes: „1923 ging ich dann an das

Sommertheater in Bad Oeynhausen und von dort im September nach Guben in Niederschlesien. Das war mein erstes Engagement als Solist, als Erster Bariton und Schauspieler. Da hab ich den ‚Waffenschmied' gesungen und auch in ‚Zar und Zimmermann'; sogar den Wolfram im ‚Tannhäuser'. Und da habe ich mich auch zum ersten Mal verliebt. Da war ich schon 24 Jahre alt. Ich bin eben ein Spätentwickler. Sie war eine Adlige, ein Frl. von Karlstadt. Sehr schön! – Aber es war nicht gut, es war nicht gut. Ich war zu sehr verliebt und habe meinen Beruf vernachlässigt. Sie lebte in Köln und besuchte mich hin und wieder. Eines Tages sang ich den Escamillo in ‚Carmen'. Sie saß in der Loge, ich wußte es aber nicht. Sie wollte mich überraschen. Den Don José sang Paul Bassermann, ein Neffe des berühmten Schauspielers, als Gast. Im dritten Akt haben Don José und Escamillo einen Kampf auf ‚Tod und Leben'. Bassermann war ein bißchen ungeschickt und schlägt mir mit der Faust auf die Nase, daß mir das Blut hinunterlief. Nun trug ich ein weißes Seidenkostüm, an dem man das Blut sehr gut herunterlaufen sehen konnte. Und wie das meine Verlobte in der Loge sah, schrie sie entsetzt auf. Sie wurde völlig hysterisch. Sie glaubte, daß ich ernstlich verwundet sei. Dabei war nichts passiert, so gut wie nichts. Sie erklärte mir, daß wir nur zusammenbleiben könnten, wenn ich diesen Beruf aufgeben würde. Sie ist dann nach Hause gefahren, und ich habe ihr einen Brief geschrieben und habe ihr Lebewohl gesagt. Ich habe ihr erklärt, daß unsere Verlobung ein Fehler gewesen sei, daß ich meinen Beruf liebe und daß ich ihn vernachlässige, weil ich immer an sie denken muß. Und darum müßten wir auseinandergehen. – 1924 und 1925 war ich in Guben und Cottbus und bekam 1926 schließlich ein Engagement nach Rostock" (ebenda, S. 72/73).

Stoff für den Heimatforscher. Der Lektüre folgten intensive Recherchen, maßgeblich befördert von Birgit Mache, Sekretärin der Dramaturgie und Archivarin am Cottbuser Staatstheater, und meiner Schwester Heidi. Trotz intensivster Suche fanden sich in der benachbarten Spreestadt keine weiterführenden „Mühlstein"-Spuren.

Unsere Neiße nahen Bemühungen konzentrierten sich auf die Ermittlung alter Programmzettel und die Durchsicht der „Gubener Zeitung". Wer Soloauftritte aufweisen kann, so unsere Überlegung, kann von der Theaterkritik nicht übersehen worden sein. Um es vorweg zu nehmen: Die Ausbeute war in beide Richtungen denkbar dürftig.

In den 1920er Jahren scheint es noch nicht üblich gewesen zu sein, jede Aufführung zu besprechen. Interessant ist ein allgemeiner „Rückblick auf die Spielzeit" am Gubener Stadttheater in der Ausgabe vom 21. April 1925. Demnach wurden insgesamt vierundfünfzig Stücke aufgeführt, davon zwölf Schauspiele, acht Lustspiele, eine Komödie, sieben Schwänke, drei Klassiker, zwei Märchenstücke, achtzehn Operetten und drei Opern. Von einem „Fritz Mühlstein" jedoch kein Wort.

Einen ersten kleinen Erfolg bescherte die von der Druckerei Albert Koenig hergestellte Festschrift „Unser Gubener Theater 1874–1924". Auf der Seite 89 wird ein „Fritz Mühlstein von Stralsund" als zum Personal des Gubener Stadttheaters gehörig aufgeführt. Ein unumstößlicher Beweis.

Jubel aber erst bei der „Carmen"-Rezension (GZ vom 8. November 1924; Erste Beilage. Nummer 264.). Die Einschätzung beginnt: „Eine große, mühevolle Arbeit ist wieder vollbracht. Die volkstümliche Oper, die den Kräften nicht geringe Schwierigkeiten bietet, ist herausgestellt mit der Note: recht gut. Die Vorstellung hätte daher auch sehr gut in dem Rahmen der Jubiläumsfestwoche gegeben werden können; sie zeigte künstlerischen Wagemut, künstlerisches Wollen und künstlerisches Vollbringen. Der Spielleiter, Direktor Heinzel, und der musikalische Leiter, Kapellmeister Petsch, können stolz sein auf ihre Leistungen, die sie gestern einem erfreulich gut besetzten Hause mit Hilfe der spielfreudigen Bühnenmitglieder und der Laien-Chor-Gesangskräfte vorlegten ... So wurden die Wesenszüge des Werkes trotz der verhältnismäßig kleinen Mittel gut herausgearbeitet, und künstlerische Begeisterung auf der ganzen Linie ersetzte das, was besonders anspruchsvolle Gemüter vielleicht vermißten. Die

Mitwirkenden, mit Ausnahme eines Gastes, alles heimisches Personal, gaben sich dem Spiel und Gesang mit ganzer Seele hin und erwarben sich dann auch den verdienten Erfolg. Paul Bassermann-Berlin spielte als Gast den Don José mit bester Auffassung ... Die Carmen sang unsere beliebte heimische Künstlerin Else Wuerl. Ihre Leistung überraschte nach der schauspielerischen wie nach der gesanglichen Seite hin auf das Angenehmste ... Beachtenswert trat Fritz Mühlstein als Escamillo hervor. Er ließ den Südländer voll wahren Lebens erstehen, kann aber etwas mehr spanischen Feuers in sich entfachen, damit er, wenn auch seine Stimmittel – besonders in der Tiefe – noch besser entwickelt sind, einmal ein vollendeter Escamillo werden".

Wie treffend die Theaterkritik die Leistung des Cycowski-Mühlstein eingeschätzt hatte, bestätigte dieser rückblickend selbst: „Das waren meine sechs Jahre als Opernsänger. Ein Engagement nach dem anderen. Aber 1926 habe ich das unterbrochen. Ich wollte nach Berlin gehen und studieren. Ich hatte mich ein bissel festgesungen. Ich hab zu früh angefangen, mit 19 Jahren..." (Fechner, S. 73).

In Berlin schlug sich Roman recht und schlecht durch. Für Existenzsicherung und Gesangsstunden reichten seine wenigen Ersparnisse nicht. Ein Jugendfreund aus Polen, inzwischen Tenor, verschaffte ihm eine Anstellung als Kinosänger, die damals zu Beginn eines Stummfilms für den guten Ton sorgten. Fortan bereiste der spartanisch lebende Junggeselle für die Stummfilmgesellschaft viele deutsche Städte. Ein lukratives Angebot, Oberkantor in der Dresdener Synagoge, schlug er aus. Sein unruhiges Blut trieb ihn zurück auf die Bühne, Opernsänger wollte er werden.

Zwischenzeitlich hatte Roman seine polnische Staatsangehörigkeit verloren. Das Konsulat in Berlin forderte seine Rückkehr nach Polen zur Ableistung des Militärdienstes, was Cycowski kategorisch ablehnte. Nach Polen zurück? Niemals!

Der nunmehr Staatenlose trug sich ernsthaft mit dem Gedanken, seine musische Ausbildung in Italien zu vervollkommnen. Doch dazu benötigte er Geld, viel Geld. Woher nehmen, wenn nicht stehlen? Guten Rat wusste der aus Guben stammende Rabbiner Dr. Warschauer. Der Name ist in der Neißestadt mehrfach belegt, so im Gubener Einwohnerbuch von 1920 mit dem Justizrat (Notar) Warschauer, Bahnhofstraße 35 a, und dem Makler Robert Warschauer, Berliner Straße 3 sowie im Ausstellungskatalog „Nachbarn von einst" mit dem Rechtsanwalt Theodor Warschauer, Büro Kastaniengraben 13 (Peter, S. 83). In welcher Beziehung stand der Cycowski-Gönner zu den Genannten?

Roman Cycowski erinnert sich: „Und dieser Dr. Warschauer arrangierte mir ein Konzert in Guben, wo ich ja ein Jahr engagiert gewesen war. Es wurde von der jüdischen Gemeinde dort veranstaltet und hatte den Zweck, Geld für mein Gesangsstudium zu sammeln. Dieses Konzert war ein großer Erfolg für mich. Über zweitausend Mark kamen zusammen. Und mit diesem Geld konnte ich dann im Sommer 1927 fast ein halbes Jahr in Italien studieren, bei dem berühmten Bariton Stracciari in Mailand" (Fechner, S. 74/75).

Das Gubener Konzert fand vermutlich in der 1878 erbauten Backstein-Synagoge, Kastaniengraben 16 – im Volksmund „Judentempel" genannt – statt. „In den 1920er Jahren war die Synagoge offenbar nicht nur Zentrum des jüdischen Gottesdienstes sondern bot durchaus einen Anziehungspunkt für nichtjüdische Gubener" (Peter, S. 14).

Am 9. November 1938 wurde die Synagoge in einem Pogrom, im Nazijargon zynisch „Reichskristallnacht" genannt, völlig zerstört. Über die Art und Weise existieren unterschiedliche Darstellungen. In den ausgewerteten Quellen wurde keine Notiz über die Wohltätigkeitsveranstaltung gefunden. Lag es an unserer Unaufmerksamkeit oder der zunehmend antisemitischen Stimmung am Vorabend des Dritten Reiches oder war der Sänger Cycowski-Mühlstein einfach noch zu unbedeutend für eine öffentliche Würdigung? Plausibel wäre letzteres, denn auch über seine Rollen am Stadttheater reflektierte die Presse aus meiner Sicht äußerst dürftig.

Nach seiner Rückkehr aus Italien unterschrieb Roman Cycowski in Berlin einen Vertrag als Chorsänger im Großen Schauspielhaus in der Friedrichstraße. Bei dem vom Revuekönig Eric Charell inszenierten Singspiel „Mikado“ lernte er Robert (Bob) Biberti und Asparuch (Ari) Leschnikoff kennen. Ein folgenschweres Zusammentreffen, denn im Dezember 1927 hatte sich auf Initiative des Schauspielschülers Harry Frommermann – Suchanzeige im Berliner Lokalanzeiger – nach dem Vorbild der amerikanischen Gesangsgruppe „The Revellers“ das Vokalensemble „The Melody Makers“ gegründet.
Infolge divergierender Auffassungen kam es wenig später zu personellen Veränderungen. Theodor Steiner wurde durch Erwin Bootz und Roman Cycowski ersetzt, für den zweiten Tenor Walter Nußbaum kam Erich Collin. Sechs außergewöhnliche Talente und Charaktere hatten sich gefunden, um die Welt zu erobern: Harry Frommermann, Robert Biberti, Asparuch Leschnikoff (Bulgarien), Roman Cycowski (Polen), Erwin Bootz und Erich Collin.
Roman zierte sich zunächst, wollte kein Tingeltangelmime, sondern ein seriöser Opernsänger werden. Die Aussicht auf das schnelle Geld änderte seinen Sinn. Einen Versuch schien ihm die Sache jedenfalls wert. Harte Proben folgten, über Wochen und Monate. Gelegentlich stellte der Stummfilmstar Asta Nielsen, Deutschlands erste „Filmgöttin“, ihre Wohnung zur Verfügung. Man hatte sie über deren Tochter Jester kennen gelernt, die zeitweilig die Freundin von Harry Frommermann war. Etwas ganz Neues, Unerhörtes, Einmaliges wollten die „jungen Wilden“ auf die Bühne bringen.
Das erste Vorsingen in der Berliner Scala endete mit einem Fiasko. „Wollen Sie in einem Vergnügungslokal oder in einem Beerdigungsinstitut singen?“, lautete die abweisende und höhnische Frage.
Als sich der Agent Bruno Levy, ein Verwandter von Frommermann, einschaltete, ging die Sonne auf. In einem Katz-und-Maus-Spiel mit der Haller Revue im Admiralspalast trotzte er Eric Charell einen lukrativen Vertrag ab, der sogar eine großzügige

Pendelerlaubnis enthielt. Die „Melody Makers“ durften neben ihrem Engagement im Großen Schauspielhaus auch auf anderen Bühnen auftreten.
Charell hatte das Sextett für die Operetten-Revue „Casanova“ engagiert, wo die Sänger als spanische, böhmische und venezianische Musikanten lediglich zwischen den Akten ihr Können zeigen durften, gewissermaßen als Pausenclowns. Mit ihrem zu braven, biederen Namen unzufrieden, schlug Charell vor, sich zukünftig „Comedian Harmonists“ zu nennen.
Fortan tingelte man von Auftritt zu Auftritt, oft mehrfach an einem Abend. Allmählich sprach sich ihr Name in Berlin herum. 1928 die erste Schallplattenaufnahme; es sollten mehr als einhundertsechzig folgen, überwiegend bei der Firma Electrola aufgenommen.
Die Deutschland-Karriere begann im März 1929 mit einem Auftritt im Hamburger Hansa-Theater. Weitere Städte und Stationen folgten. In Leipzig schließlich brachen alle Dämme. Eine unglaubliche Welle der Begeisterung spülte die Ausnahmekünstler von Erfolg zu Erfolg. Das Publikum raste, tobte, stampfte. Eine wahre Kulturrevolution war im Gange, eine neue Musikrichtung geboren. Die renommiertesten Häuser und Veranstalter bemühten sich um die Comedian Harmonists. Rundfunk und Filmbranche wurden aufmerksam. Wie eine Fieberkurve schnellte die Popularität nach oben, erreichte schwindelerregende Höhen.
Der Erfolg verpflichtete und öffnete neue Türen. Das Repertoire reichte inzwischen für ein eigenes Konzert, die Premiere erfolgte am 26. Januar 1930. Wo? Natürlich in Leipzig. Ari Leschnikoff erinnerte sich später: „Dieses Schreien, dieses Toben des Publikums, also ich war, ich war baff. Ich konnte kein Wort... nur Tränen. Ich habe geweint vor Freude. – Ich habe gesungen für die Menschen mit Herz und Verstand und habe ihnen durch meinen Gesang Zufriedenheit gegeben, ich habe sie glücklich gemacht“ (Fechner, S. 188). Und Robert Biberti resümierte an selbiger Stelle: „Später hatten wir in Leipzig noch viele Konzerte, ich weiß nicht, wie viele im Jahr. Sie waren in zwei Stunden ausverkauft.

Eine Zeitungsnotiz genügte: ‚Die Comedian Harmonists kommen!' – keine Reklame, nichts – wir waren sofort ausverkauft."
In einer Leipziger Zeitung jener Tage stand: „Da vergißt man Handlung und Theater und fordert begeistert Zugaben. Sechs weiße Negerlein geleiten uns durch neue Bühnenwerke deutscher Dichter. Wir vergessen alles andere um ihretwillen, endlose Beifallsstürme folgen jedem ihrer Solos, kein Wort des Lobes ist zuviel, sie singen begeisternd schön".
Eine Deutschlandtournee folgte, füllte bald auch in anderen großen Städten die Säle. Die Sängerstadt Finsterwalde erlebte einen Auftritt der Comedian Harmonists, für Cottbus und Guben liegen bisher keine Beweise vor.
Durch Rundfunkauftritte kannte man die Gruppe bald in jedem Winkel der Republik. Ihr Liedgut, ihre Musik begegnete den Menschen auf Schritt und Tritt, verwischte Standesunterschiede, fegte als Gassenhauer durch Städte und Dörfer. Im Jahr 1930 stand man erstmals auch vor der Filmkamera. In dem Lustspiel „Die drei von der Tankstelle" sangen die Comedian Harmonists den Ohrwurm „Ein Freund, ein guter Freund". Damit hatte man den Zeitgeist getroffen. Folgerichtig auch das erste Gastspiel im Ausland, es führte in die holländische Hauptstadt Amsterdam. Reisen in aller Herren Länder sollten folgen.
Die Gagen kletterten in astronomische Bereiche, die Ansprüche an Luxus ebenfalls. In den „fettesten" Jahren schwankte der monatliche Verdienst zwischen sieben- und achttausend Mark. Gegen heutige Summen geradezu lächerlich, für damalige Verhältnisse jedoch gewaltige Zahlen. Zur Verdeutlichung: Der Preis für eine Übernachtung in einem Exklusivhotelzimmer kostete pro Nacht acht Mark.
Der grandiose Triumph stieg einigen zu Kopf, verführte zum Leben auf verschwenderischem Fuß. Fast alle Mitglieder stammten aus ärmlichen Verhältnissen. Man kaufte Autos, Häuser und Frauen. Man genoss den Triumph aus vollen Flaschen, schmiss das Geld mit vollen Händen zum Fenster hinaus, lieferte Stoff für den Boulevard. Die Presse jubelte über jede Affäre und schlachtete sie weidlich aus.

Eine neue Qualität erreichte die Kunst der Comedian Harmonists 1932 mit dem Auftritt in der Berliner Philharmonie, eine Sensation ersten Ranges in dem geheiligten Tempel klassischer Musik. Von da ab galten ihre Auftritte nicht mehr als Klamauk, sondern als edle Kunst, die Kultstatus erreichte.

Zu ihrem vielseitigen und sensationellen Repertoire gehörten Schlager, Volkslieder, Jazz, Opernparodien, Klassikhits, Weihnachtslieder, Tonfilmmelodien, Chansons, kabarettistisch-parodistische Lieder und so genannte Nonsenssongs („Der Onkel Bumba aus Kalumba tanzt 'n Rumba"). Egal, was die Comedian Harmonists auch sangen, sie taten es mit Anmut und Inbrunst. Ihre Vorträge waren getragen von der Harmonie der Stimmen, gepaart mit parodistischem Witz. Selbst banalste Melodien nahm man ihnen ab. Mit der Mischung aus seriöser Vokalistik und spaßiger Darbietung schrieben sie moderne Musikgeschichte.

Noch heute unvergessen: „Ich küsse Ihre Hand, Madame"; „Liebling, mein Herz läßt dich grüßen"; „Kannst du pfeifen, Johanna?"; „Mein kleiner grüner Kaktus"; „Die Nacht ist nicht allein zum Schlafen da"; „Ich wollt, ich wär' ein Huhn"; „Das ist die Liebe der Matrosen"; „Veronika, der Lenz ist da"; „Ich hab' für dich 'nen Blumentopf bestellt"; „Ein Lied geht um die Welt". Bei „Wochenend und Sonnenschein" sang ich mit Tanzpartnerinnen in den 1960er Jahren beim Schwof im Volkshaus noch: „Wir sind von Kopf bis Fuß auf Liebe eingestellt".

Geradezu Schauer der Verzückung jagten die Sänger ihrem Publikum über den Rücken, wenn sie die Volkslieder: „Sah ein Knab ein Röslein stehn" und „In einem kühlen Grunde" interpretierten. Alle Größen der Film- und Musikbranche rechneten es sich zur Ehre an, mit den Comedian Harmonists gemeinsam aufzutreten. Beispielhaft genannt seien: Hans Albers, Heinz Rühmann, Willy Fritsch, Lilian Harvey, Olga Tschechowa, Theo Lingen, Paul Hörbiger und der berühmte Sänger Joseph Schmidt.

Der Euphorie folgte die Depression. Sie begann 1933 mit dem Machtantritt der Nazis. Es gab erste Konzertabsagen; plötzlich wollte man keine Juden mehr auf der Bühne sehen. Als solche galten Harry Frommermann, Roman Cycowski und Erich Collin. Die „Traumfabrik“ UFA schloss sich dem Boykott an. Die Goebbels'sche Reichskulturkammer ignorierte den Antrag der Ausnahmekünstler um Aufnahme, was einem Auftrittsverbot und einem Berufsverbot für „Nichtarier“ gleichkam. Auf deutschen Bühnen hatten Juden nichts mehr zu suchen. Mit einer schikanösen Sondergenehmigung durften nur noch abgeschlossene Verträge erfüllt werden. Ab 1. Mai 1934 waren alle Auftritte im Reich untersagt. Mit Auslandsgastspielen hielt man sich über Wasser.

Das rassistische Gift tat seine Wirkung. Die „Arier“ der Gruppe beanspruchten plötzlich einen höheren Anteil an den Gagen, weil sie ja nicht schuld daran waren, dass man in Deutschland nicht mehr auftreten durfte. Im ideologischen Sumpf beschmutzten sich die Charaktere. Dennoch blieb man zunächst beisammen und durchaus erfolgreich. Ein Höhepunkt der Auftritt in den USA. Legendär ihr New Yorker Konzert auf dem Flugzeugträger „Saratoga“ vor der versammelten Atlantik- und Pazifikflotte. Dreißig Rundfunkauftritte folgten, weitere Angebote lagen auf dem Tisch. Die gefeierten Helden hätten problemlos in Amerika bleiben können. Robert Biberti verhinderte es, er wollte zurück in die Heimat. Ohne ihn glaubten die anderen nicht auskommen zu können und folgten.

Im Reich fanden sie 1935 bereits eine bedrohliche Situation vor. Der Judenhass hatte sich deutlich potenziert. Die offizielle Ablehnung der Reichsmusikkammer lag vor. Die Hoffnung auf eine gemeinsame Zukunft zerstob im Wind, obwohl es zu letzten legalen Plattenaufnahmen kam. Ein Lied trug den prophetischen Titel: „Morgen muß ich fort von hier“.

Kurz darauf entstand ein heftiger Streit um die Namensrechte, denn beide Parteien wollten einen Neuanfang starten. Die einen in Deutschland, die anderen in der Fremde.

Die „Arier“ traten in Deutschland in veränderter Besetzung als „Meistersextett, früher Comedian Harmonists“ auf. Mehr schlecht als recht geduldet, war der Formation kein beachtenswerter Erfolg mehr beschieden. Schließlich musste auch sie sich gänzlich auflösen.

Harry Frommermann, Erich Collin und Roman Cycowski emigrierten über Wien nach London, von dort starteten sie unter der Bezeichnung „Comedy Harmonists“ eine zweite erfolgreiche internationale Karriere. Im Londoner Exil heiratete Roman seine langjährige Freundin Maria/Mary Panzram, die trotz deutscher Abstammung mit ihm emigriert war. Wie bereits seine erste große Liebe, Fräulein von Karlstadt, stammte auch Maria aus Köln.
Die Comedy Harmonists wurden im Ausland mit den Comedian Harmonists identifiziert, die Auftrittsangebote rissen nicht ab. Man bereiste Australien, Südamerika, die Sowjetunion und die USA. Persönliche Querelen führten zum Ende der Comedy Harmonists.
Roman stieg 1941 aus und ließ sich in Los Angeles nieder. Auf Anraten eines dubiosen Vetters steckte er einen Großteil seiner Ersparnisse leichtsinnig in einen Nachtklub und ging pleite. In jener Zeit erfuhr Cycowski vom Tod des Vaters, von antisemitischen Polen in Lodz auf offener Straße erschlagen. Später kam ihm zu Ohren, dass drei seiner Schwestern dem braunen Terror zum Opfer gefallen waren. Nur eine Schwester überlebte Auschwitz schwer gezeichnet.
Unter dem Eindruck des Verlustes und in Erinnerung an ein Versprechen nahm Roman den Posten eines Kantors der orthodoxen Synagoge in Los Angeles an. 1947 wechselte er zum Beth Israel Tempel in San Francisco, wo er sich hohe Achtung und erneuten Wohlstand erwarb. Auch gesellschaftlich engagierte er sich sehr, so zum Beispiel durch Gründung eines Kinderchores, der durch Rundfunkaufnahmen und Fernsehauftritte berühmt wurde. 1971 legte er aus Altersgründen sein Amt nieder und zog nach Palm Springs (Kalifornien). Wegen seiner vielen Wohnortwechsel nannte er sich spaßeshalber „Der ewig wandernde Jude“. Schon bald störte ihn die Untätigkeit. Man musste ihm die dortige Kantorstelle nicht aufdrängen, er nahm sie freiwillig an. 1998 starb Roman Cycowski – bis ins hohe Alter mit einer begnadeten Stimme gesegnet – siebenundneunzigjährig in Palm Springs.

Die Comedian Harmonists sorgten während ihres Bestehens und selbst nach ihrer Auflösung für Furore. Positive und negative Schlagzeilen hielten sich die Waage. Es gab viele Nachahmer, die als Trittbrettfahrer auf den Luxuszug aufspringen wollten. Nach dem Zweiten Weltkrieg verblasste ihr Ruhm, die Erinnerung an die Künstler der Sonderklasse lag zeitweilig verschüttet zwischen den Ruinen.

Die Renaissance der Comedian Harmonists begann in den 1970er Jahren, eingeleitet vor allem durch den Fernsehschauspieler und Regisseur Eberhard Fechner, anhaltend bis in die Gegenwart. Ihr längst zur Legende verklärter Ruf ist unüberhörbar. Zwei Beispiele mögen genügen: Der Film von Joseph Vilsmaier aus den 1990er Jahren, in dem Roman Cycowski von Heino Ferch verkörpert wurde, und die von Max Raabe gesungene Schnurre „Kein Schwein ruft mich an, keine Sau interessiert sich für mich..."

Lassen wir abschließend noch einmal Roman Cycowski zu Wort kommen: „Ich habe angefangen mit Musik, mein ganzes Leben war Musik – und so werde ich es auch enden – mit Musik! – Wenn ich zurückblicke, denke ich besonders gern an die Zeit, in der ich in Deutschland am Theater war. Ich hatte kein Geld für die Kohlen. Doch ich war für mich allein und habe die Noten von Verdi, Beethoven und Mozart ‚gefressen' wie ein Süchtiger. Es war eine völlig neue Welt für mich, ich begriff, was die Musik alles geben kann, und ich muß sagen, es war vielleicht die schönste Zeit, die ich hatte" (Fechner, S. 57 und 390).

Mag auch ein wenig Altersverklärung darin mitschwingen, in Guben gewesen zu sein, muss ganz einfach zu den schönsten Erinnerungen eines wertvollen Menschen gehören.

Die Nachtigall vom Zweistromland

Zugegeben, ganz klassisch ist mein Zweistromland nicht, liegt es doch nicht zwischen Euphrat und Tigris, sondern zwischen Neiße und Spree. Das stärkere Rauschen der mesopotamischen Flüsse gleicht die Niederlausitz problemlos durch den lieblichen Gesang von Nachtigallen aus. Einige davon tragen sogar Namen, zum Beispiel Ingrid Braun. Obwohl man sich vor Superlativen hüten sollte, kann man sie, ohne in den Verdacht der Hochstapelei zu geraten, nach Corona Schröter wohl zu den größten Töchtern Gubens zählen. Und das keineswegs nur wegen der überlegenen Körpergröße. Wenn der Applaus wirklich das Brot des Künstlers wäre, so hätte Ingrid Marie Luise Auguste Braun, die vielen Vornamen erinnern an weibliche Vorfahren, so manche Hungersnot in ihrem Leben schadlos überstanden. Schon der Anfang ihrer schauspielernden Sängerkarriere war viel versprechend.
Bei der Geburt in Guben am 26. März 1938 erwies sich die Hebamme als Prophetin. Vater Franz Braun, ein bekannter Musiker und Dirigent, wankte nach einer seiner geliebten Skatrunden wieder einmal feuchtfröhlich aus dem Prellbock nach Hause, als ihn Sohn Dieter, später ein hervorragender Orchestermusiker, aufgeregt mit den Worten: „Wir bekommen ein Kind!“ empfing. Auf einen Schlag nüchtern, radelte Vater Braun, der sich nichts sehnlicher wünschte als eine musikalische Tochter, zur Hebamme, die wenig später, eine Frühgeburt voraussehend, salomonisch feststellte: „Herr Braun, wärmen Sie das Badewasser, in zwei Stunden kommt Ihre Sängerin zur Welt!“ Sein Herzenswunsch nach einer musikalischen Tochter sollte sich glänzend erfüllen.

Franz Braun wurde am 5. Oktober 1903 in Frankfurt/Oder als Sohn des sangesfreudigen gleichnamigen Schneidermeisters und der Laienschauspielerin Auguste, die für einen Theaterverein Stücke schrieb, geboren. Bereits während seiner Schulzeit wurde das musikalische Talent des Jungen sichtbar, dennoch ergriff Franz d. J. nach dem Abschluss der Volksschule zunächst den Be-

ruf eines Vermessungstechnikers. Über Privatunterricht erlernte er das Geigen- und Klavierspiel. Musikdirektor Prof. Paul Blumenthal aus seiner Geburtsstadt entdeckte und förderte vor allem die Begabung des Jungen auf dem Gebiet der Komposition.
Frisch verheiratet, zog Franz Braun d. J. 1926 mit seiner aus Frankfurt/Oder stammenden Frau Hannchen geb. Wegener nach Guben, wo er im Katasteramt eine Anstellung fand. Ehrenamtlich übernahm er die Leitung des Freien Volkschores Guben und des Arbeiter-Gesangvereins Sprucke. Über sein Wirken in der Gubener Sängerbewegung bekam er Kontakt zum Stadttheater auf der Schützenhausinsel, wo er mehrere Konzerte dirigierte. Den größten Triumph feierte er jedoch im Kaiser Garten.
Da Franz keinen Hehl aus seiner Ablehnung des Nationalsozialismus machte, durfte er ab 1933 keine Konzerte mehr geben. Volkschor und Arbeiter-Gesangverein wurden verboten. Bis zum Ausbruch des Krieges aber leitete er den Schubert-Chor und den Reichsbahnchor Eintracht. Darüber hinaus wählte man ihn zum Bezirksdirigenten der Reichsbahnchöre im Bezirk Osten. 1938 zur Wehrmacht eingezogen, stellte der Kriegsgegner militärisch genutzte Kartenwerke her. 1944 fahnenflüchtig, schlug er sich allein bis Guben durch. So gehörte er zu den ersten Rückkehrern in das befreite, aber stark zerstörte Guben. Er wurde „Aktivist der ersten Stunde“. Neben den obligatorischen Enttrümmerungsarbeiten bemühte sich Franz Braun vor allem um die Wiederbelebung der Kultur. Schon am 1. September 1945 rief er den Gubener Volkschor neu ins Leben und übernahm die Leitung des Chores von „Gubener Wolle“. Zum künstlerischen Höhepunkt des Nachkriegsschaffens von Franz Braun gestalteten sich die Oratorien-Aufführungen „Die Jahreszeiten“ und „Die Schöpfung“ von Joseph Haydn sowie Georg Friedrich Händels „Triumph von Zeit und Wahrheit“ innerhalb der Gubener Musikfesttage von 1947 im neuen Stadttheater in der Bahnhofstraße. Das erfolgreiche Konzert erfolgte exakt zum 25jährigen Dirigentenjubiläum des Künstlers. Den Lebensunterhalt seiner Familie sicherte Franz Braun überwiegend durch Privatunterricht. Die Nachkriegszeit gehörte zur

fruchtbarsten Schaffensperiode des Musikers. Er komponierte Lieder, Chöre, Klavier-, Orchester- und Kammermusikwerke.
Mit Wirkung vom 1. Oktober 1947 gehörte der Komponist und Dirigent dem Stadttheater Guben als 1. Kapellmeister an. Eingestellt vom Intendanten Edgar Schatte löste er Gertrude Wieder ab, die seine Stellvertreterin wurde. Zu Gertrude und ihrer Schwester Elsa verw. Auga, beide nicht aus der Gubener Musikszene wegzudenken, entstand ein freundschaftliches Verhältnis.
Franz Braun erteilte seinen Kindern Dieter und Ingrid bereits in jungen Jahren Instrumentalunterricht. Entgegen der Auffassung von Oberbürgermeister Sonnet, der dem Kapellmeister eine einfühlsame pädagogische Arbeit mit Chor und Orchester nachrühmte, ließ selbiger bei seinen Kindern die soziale Ader gründlich vermissen. Zumindest künstlerisch gesehen hatten sie wenig zu lachen.
Erfreulicher für Ingrid, dass sie ihre kleinen Füße auf die Theaterbühne setzen durfte. Seinen ersten öffentlichen Auftritt feierte das Mädchen 1947 im Kinderballett des Gubener Stadttheaters als Heinerle in der Operette „Der fidele Bauer“ von Leo Fall unter der Intendanz von Robert Meissler. Bereits hier blitzte das komödiantische Talent auf, das man in Familienkreisen der Großmutter Auguste anlastete.
Am 30. April 1948 gab Franz Braun sein Theaterengagement auf und schlug sich viele Jahre als Freiberufler und Musikpädagoge durchs Leben. Neben privatem Klavierunterricht bestimmte er in der Nachkriegszeit das gesamte kulturelle Geschehen in Guben maßgeblich mit. 1956 wurde der inzwischen weit über die Stadtgrenzen hinaus bekannte Franz Braun Mitglied des Verbandes Deutscher Komponisten und Musikwissenschaftler. Dennoch erhielt er kaum lukrative Auftragswerke. Er komponierte fast ausschließlich atonale Musik (12-Ton-Musik), die sich sehr schwer singen lässt. Seine Lehrmeister und Vorbilder waren Hindemith, Schönberg und Honecker. Einige seiner umfangreichen Werke gingen durch Kriegswirren verloren, einige Nachkriegskompositionen wurden gelegentlich im Rundfunk aufgeführt. Bis 1969 wirkte Franz Braun als Musiklehrer an der Eisenhüttenstädter

Musikschule. Während eines Thüringenurlaubes erlitt er 1970 einen Schlaganfall. Damit kam seine musikalische Schaffensperiode zum Erliegen. Am 12. November 1976 verstarb er in seiner Wahlheimat Wilhelm-Pieck-Stadt Guben. Seine sterblichen Überreste ließ Tochter Ingrid 1983 nach Cottbus überführen. Das Grab befindet sich auf dem Südfriedhof.

Bei dieser beruflichen und familiären Konstellation nimmt es nicht Wunder, dass auch die musisch erzogenen Kinder in die Kulturszene eingebunden wurden. Bald schon begleitete Ingrid Vater und Bruder als kindliche Sängerin bei Weihnachtsoratorien in der Gubener Klosterkirche sowie zu Konzerten des Volkschores. Von einem gemeinsamen Auftritt zum Monat der Deutsch-Sowjetischen Freundschaft sind Programmheft und Zeitungskritik erhalten geblieben: „Vor einem vollen Haus spielte unser Heimatkomponist Franz Braun mit seinen Kindern Ingrid und Dieter Braun. – Die Cello-Sonate D-dur von Johann Christoph Friedrich Bach und die Sonate H-moll von Paul Hermann wurde von Dieter Braun (Berlin) mit gediegener Auffassung und schöner Tongebung vorgetragen. Die Erwartungen, die man an die jugendliche Sängerin Ingrid Braun stellte, wurden durchaus erfüllt. Bei den Liedern von Mozart, Beethoven und Schubert bewies sie musikalisches Verständnis, sichere Intonation und reife Auffassung. Sehr ansprechend war die Auswahl der Lieder, die dem Schaffen der modernen Komponisten Karl-Rudi Grießbach und Franz Braun galt. Besonders der feinfühlige Vortrag des zarten Wiegenliedes von Franz Braun entzückte die Hörer in seinem Zusammenklang von Sopran-Stimme, Cello und Klavier.“
Mit Fug und Recht kann man behaupten, dass die künstlerische Karriere der Ingrid Braun bereits parallel zu ihrer Schulzeit begann. Zunächst in die Pestalozzischule aufgenommen, wechselte das Mädchen 1952 in die aus Spenden neu erbaute Wilhelm-Pieck-Schule. Sie gestaltete sogar die Grundsteinlegung der damals modernsten Bildungseinrichtung der Deutschen Demokratischen Republik mit. Neben dem Vortrag eines Gedichts durfte

sie Wilhelm Pieck, dem ersten Präsidenten der 1949 gegründeten DDR, die Hand schütteln. Dass sie sich danach wochenlang die Hände nicht gewaschen haben soll, gehört ins Land der Legenden. Der strenge und unnachgiebige Vater bestand nach ihrem Schulabschluss auf einer „häuslichen" Berufsausbildung. Alles, was du fürs Leben brauchst, kannst du bei uns lernen, so seine Auffassung. Von der sangesfreudigen Mutter Hannchen erhielt sie Haushaltsunterricht, der Vater unterwies seine folgsame Tochter im Klavierspiel und Gesang. Jeden Fehler, selbst die kleinste Nachlässigkeit, bestrafte der Perfektionist mit Stubenarrest, wofür ihn Ingrid so manches Mal verfluchte. „Bloß gut, dass er meine Gedanken nicht lesen konnte", schmunzelt Ingrid heute, wenn sie sich an jene harten Lehrjahre erinnert. Mit der Weisheit des Alters ausgestattet, ist sie ihm nachträglich dankbar für das fast perfekte Klavierspiel und die automatisierte Fähigkeit zum Lesen von Partituren.
Im Braun'schen Haushalt gab es auch dann noch kein Radio und Fernsehen, als die Technik schon zur Grundausstattung fast jeder Familie gehörte. Schlager waren grundsätzlich verpönt. Zu leicht, zu seicht, keine Kunst. Franz Braun quälte seine Tochter vor allem mit atonaler Musik, die er über alles liebte und auch selbst komponierte. Toleranz gab es bei ihm nicht. Ingrid nutzte jede unbeobachtete Minute, um ihren Drang nach heiterer Musik zu stillen. In jenen seltenen glücklichen Momenten durfte sie sie selbst sein. Die Hausbewohner waren ihr erstes dankbares Publikum, von ihnen erntete sie reichlich Beifall. „Heute haben Sie aber mal wieder schön gesungen und gespielt", hieß es.
Von 1954 bis1959 nahm Ingrid Braun Privatunterricht bei Paul Friebel, Operndirektor und erster seriöser Bassist am Stadttheater Cottbus. Von ihm ließ sie sich als Sopranistin ausbilden, erhielt aber auch wertvolle schauspielerische Anregungen, die sie autodidaktisch vervollkommnete. Ihren Lebensunterhalt verdiente sie kümmerlich als Notenschreiberin für das Tanzschauorchester Max Reichelt aus Eberswalde und mit Schreibmaschinenarbeiten. Bereits 1955 erwarb sie in Leipzig als jüngste Sängerin der DDR eine berufliche Zulassung. In Leipzig war übrigens einst auch der

Stern von Corona Schröter aufgegangen, wobei diese mehr durch ihre darstellerische Grazie, ihr verfiel Dichterfürst Goethe, als durch ihren Gesang auf sich aufmerksam gemacht hatte.
Es folgten für Ingrid unzählige Auftritte mit dem Staatlichen Kulturorchester Cottbus unter Leitung von Gerhard Gregor und dem Jugendtanzorchester der IG Wismut Aue. Ein derart rastloses Auftreten, heute hier und morgen dort, heißt im Künstlerjargon tingeln.
Vater Franz verübelte der Tochter die berufliche Hinwendung zur heiteren Muse. Er sah ihr Umschwenken auf Schlagergesang und Tanzmusik als Verrat an. Erst der etablierten Künstlerin verzieh er und spendete selbst bei Operettenaufführungen Lob und Applaus. Was muss ihn das für Überwindung gekostet haben!
Dem Wunsch gehorchend, das Zigeunerleben aufzugeben und sesshaft zu werden, stellte sich Ingrid 1959 am Senftenberger Bergarbeitertheater vor. Man war von ihr begeistert. Wegen des Fehlens eines anerkannten Berufsabschlusses bot man ihr aber nur einen schlecht bezahlten Vertrag als Chorsängerin an. Schweren Herzens unterschrieb sie. Der Stachel saß dennoch tief, die Wunde schmerzte. Empört erwog sie eine baldige Kündigung. Da kam ihr 1960 der Zufall zu Hilfe. Ein Sänger der Senftenberger Bühne sollte in Cottbus vorsingen. Er bat seine Kollegin um Klavierbegleitung. Nach dem letzten Ton ihres Kollegen wandte sich Ingrid an die überraschte Kommission: „Nun will ich vorsingen". Kopfschütteln über die Unverfrorenheit, aber man ließ die jugendliche Pianistin gewähren. Zopf und Ponyfrisur unterstrichen ihre kindliche Ausstrahlung. Völlig entrückt sang sie die Butterfly, die Frau Fluth und die Rosalinde aus der „Fledermaus". Noch heute vermag sie nicht plausibel zu begründen, was sie dazu trieb, sich selbst an die schwierige Partie der Madame Dubarry zu wagen. War es Überzeugung vom eigenen Können, war es hintergründiger Humor oder jugendlicher Übermut? Voll Inbrunst sang sie mit einschmeichelndem lyrischen Sopran: „Ich habe die Liebe schon genossen". Durch einen plötzlichen Lachanfall geschüttelt, schreckte Ingrid die von ihrem Charme betörten Juroren aus der

Verzückung. Beim Singen war ihr die Doppeldeutigkeit des Textes: „Ich habe die Liebe schon genossen“ so recht bewusst geworden. Sie war schwanger. Das Lachen steckte an, die Kommission fällte ein erfreuliches Urteil. Zumindest für sie. Während Ingrid einen Solovertrag erhielt, ging ihr Kollege leer aus.

Das Cottbuser Theater, nie als Provinzschmiere verschrien, stellte eine solide Basis für eine junge Künstlerin dar. Der prächtige Theaterbau am Schillerplatz mit seinen reichlich 800 Plätzen gilt noch heute europaweit als eines der schönsten im sezessionistischen Jugendstil errichteten Theater. Die feierliche Einweihung datiert auf den 1. Oktober 1908. Gegeben wurde Lessings Lustspiel „Minna von Barnhelm“. Wesentlichen Anteil am Bau des nach Entwürfen von Bernhard Sehring errichteten Gebäudes schreibt man dem verdienstvollen und langjährigen Oberbürgermeister Paul Werner zu. Sehring hatte bereits 1896 mit dem Theater des Westens in Berlin für großes Aufsehen gesorgt. Spektakulär auch die auf den Fundamenten einer Vorgängerburg zu privaten Zwecken entworfene Roseburg bei Ballenstedt im Harz. Der Theaterbau in Cottbus gilt als Sehrings reifste Leistung. Geschickt verwob er Technik, Kunsthandwerk, Malerei und Plastik zu einem architektonischen Meisterwerk. In den 1950er Jahren wurde das Cottbuser Theater in die erste Kategorie der DDR erhoben, seit 1992 mauserte es sich gar zum Staatstheater. Beide Qualitätsstufen lockten viele später namhafte Künstler an. Exemplarisch zu nennen sind: Ellen Tiedtke, Hilmar Thate, Uwe Kockisch und Erhard Köster, der Poul Bundgaard, dem ängstlichen und tapsigen Kjeld in den weltberühmten dänischen Olsenbanden-Filmen und Papa Findig in dem Rundfunkdauerbrenner „Was ist denn heut’ bei Findigs los?“ seine Stimme lieh. Insgesamt synchronisierte Köster, verheiratet mit der Balletteuse Gisela Kathe aus Guben, mehr als 1200 Filmrollen, spielte selbst zahlreiche Figuren in Filmen und Fernsehserien wie „Blaulicht“, „Polizeiruf 110“, „Drei von der K“, „Der Staatsanwalt hat das Wort“ und „Rentner haben niemals Zeit“. Der sympathische und profilierte Schauspieler

„Strupp“ Köster, lange Zeit am Berliner Ensemble (BE) tätig, wo er viele große Rollen meisterlich gestaltete, u. a. stand er über 150 Mal als Brechts „Schweyk im Zweiten Weltkrieg“ auf der Bühne, verstarb am 21. Juni 2007 nach schwerer Krankheit in Berlin.
Als 1953 am Cottbuser Theater das erste Kabarett der DDR mit Namen „Die Fünf Stichlinge“ unter der Leitung von Walter Niklaus entstand, waren die Schauspieler Ellen Tiedtke, Ursula Wagner, Erhard Köster und der Dramaturg Edi Weeber-Fried mit von der Partie. In Nachwirkung des 17. Juni 1953 wurde die mutige Truppe 1954 verboten. Sie hatten den politisch Verantwortlichen eine zu scharfe Klinge geschlagen.
Noch ein Wort zum 1944 in Cottbus gebürtigen und heute in Madrid lebenden Uwe Kockisch, der einst als Nachtportier und Ankleider in der Herrengarderobe seine ersten Schritte am heimischen Theater wagte. Mit ihm ging Ingrid Braun 1963 ihre erste Ehe ein. Der Bund fürs Leben hielt aber nur bis 1968. Nach einer Ausbildung an der Berliner Schauspielschule „Ernst Busch“ kam Kockisch als Schauspieler für kurze Zeit ans Cottbuser Theater zurück. Inzwischen bekannt von Bühne, Rundfunk und Fernsehen, besonders durch die nach Donna Leon geschriebene Serie „Die Fälle des Commissario Brunetti“ in traumhafter Kulisse von Venedig, kehrte er erst sehr spät zu seinen Wurzeln zurück. Er moderierte 2008 den Film des Rundfunks Berlin Brandenburg (RBB): „So ein Theater! 100 Jahre Theater Cottbus“.
Der Cottbuser Heinz-Florian Oertel, der sich folgend als Sportreporter, Rundfunksprecher, Fernsehmoderator und Buchautor legendären Ruf erwarb, gestaltete den Kontakt zu Cottbus kontinuierlich. Bevor Heinz-Florian am Cottbuser Theater angenommen wurde, hatte er sich vergeblich am Gubener Theater beworben. Deutlich erinnert sich der Wortakrobat an seinen entbehrungsreichen Schauspielstart nach dem Zweiten Weltkrieg. „Mit Boulevard-Stücken tingelten wir über die Dörfer rund um Cottbus und quer durch den Spreewald. Wir spielten in Dorfgasthöfen und im Freien, und wir bekamen dafür dort ein Stück Butter, hier ein Brot und anderswo wieder einen Korb Pilze.“ Die Monatsgage

betrug achtzig Mark, das Geld reichte gerade für zwei Brote auf dem Schwarzmarkt.
Aber auch einige Gubener Akteure fanden nach dem Aus des eigenen Stadttheaters hier Anstellung, so Gisela Kathe, Anita Richter und Walter Baetz, letzter Gubener Intendant. Auch in Cottbus avancierte Baetz zum Intendanten, beging aber wenige Monate nach seinem Einstieg „Republikflucht".
Während die Gubener Theatertradition mehr und mehr verblasst, feiert der Cottbuser Musentempel nach mehrfachen Modernisierungen, Restaurierungen und Sanierungen im Jahr 2008 sein prachtvolles 100-jähriges Bestehen.

Die Kurfürstin in Zellers „Vogelhändler" wurde Ingrid Brauns erste große Gesangsrolle. Sogar der Spielplan konnte eingehalten werden, die Geburt der Tochter Kerstin lag weit genug vor der Premiere. Die Zuschauer waren von der gerade 22-jährigen Künstlerin begeistert, was die Theaterleitung jedoch keineswegs davon abhielt, die allein erziehende Mutter und Kollegin zu drängen, in Berlin vor einer staatlichen Kommission ein externes Staatsexamen im Fach Gesang abzulegen.
Die beachtliche Theaterkarriere der Ingrid Braun begann unter dem Intendanten Manfred Wedlich und setzte sich fort unter der Intendanz von Egon Maiwald, Herbert Keller, Ursula Fröhlich, Johannes Steurich und Christoph Schroth. Sie sang und spielte beinahe alles, was der Spielplan hergab, lange Zeit unter der musikalischen Oberleitung von Frank Morgenstern. In Mozarts „Zauberflöte" brillierte sie als Pamina, in der „Fledermaus" gab sie die Rosalinde, im „Zigeunerbaron" die Saffi, in „Die verkaufte Braut" die Marie. Sie sang die Micaela in „Carmen", verkörperte Hauptrollen in „Der Freischütz", „Die Csardasfürstin", „Die lustige Witwe" und „La Bohéme". Mit meiner Schwester Heidi, viele Gubener besaßen ein Ringanrecht, sahen wir die uns persönlich bekannte Künstlerin als Euridike in Offenbachs „Orpheus in der Unterwelt".
Bevorzugte Konkurrenz, gesundheitliche und familiäre Probleme, eine zweite Ehe war nach kurzer Zeit gescheitert, forderten in den

1970er Jahren ihren Tribut. Das klingt nach dem Klischee vom lockeren Künstler, trägt aber eher tragische Züge. Es trat eine kurze Besetzungsflaute ein. Bessere Zeiten begannen wieder unter dem Operndirektor Dieter Reuscher. Er hielt viel von seinem „disziplinierten Arbeitstier“ und besetzte sie in „Ariadne“, im „Rosenkavalier“ und in Wagners „Tannhäuser“, wo sie die Venus sang.
Ingrid Braun träumte nie von den Bühnen der großen weiten Welt, obwohl das berühmte Berliner Metropoltheater lockte. Sie hielt Cottbus die Treue, 42 Jahre lang, in guten wie in schlechten Zeiten. In ihrer langen Cottbuser Bühnenlaufbahn sang sie beinahe 150 Partien. Darüber hinaus gastierte sie an fast allen bedeutenden Bühnen der DDR. Abstecher führten sie auch ins Gubener Volkshaus und nach Zwickau, wo sie am dortigen Stadttheater unter der Intendanz meines Vaters die Iduna in dem Stück „Feuerwerk“ sang. Ihr sympathischer Sopran drang bis in die Rundfunkanstalten der DDR. Es folgten Aufnahmen mit dem Großen Rundfunkorchester Berlin unter dem berühmten Dirigenten Robert Hanell. Der Generalmusikdirektor (GDM), Gastdirigent in vielen Ländern der Welt, weilte übrigens auch oft in Cottbus. Mit dem Stabsmusikkorps der Luftstreitkräfte unter Generalmusikdirektor Horst Hoffmannbeck kam es ebenfalls zu einer fruchtbaren Zusammenarbeit. An ein Erlebnis erinnert sich Ingrid aber mit gemischten Gefühlen. Bei einem Flughafenkonzert trat sie gemeinsam mit der Schlagersängerin Petra Böttcher auf, beide umschwärmt von galanten Piloten. Ohne zu zögern ließen sich die hofierten Künstlerinnen zu einem Rundflug einladen. Als sich die Galane in verwegene Luftpiraten verwandelten, sie vollführten ohne Vorwarnung Loopings und Sturzflüge, glaubten Petra und Ingrid, ihr letztes Stündlein hätte geschlagen. Hoffmannbeck reagierte sauer, als seine beiden Sängerinnen knieweich und schneeweiß auf die Bühne wankten.
Beim Cottbuser Publikum besonders beliebt waren Ingrids zahlreiche Auftritte im Tierpark, zwischen 1966 und 2002 geleitet von Klaus-Jürgen Jacob, beim Pressefest der „Lausitzer Rundschau“, bei Estradenprogrammen der Konzert- und Gastspieldirektion in der Stadthalle, beim „Konzertwinter auf dem Lande“, einer

Veranstaltungsreihe zur Pflege der Volksliedkultur. Von einem ihrer Rundfunkkonzerte ließ ihr Mann Peter ihr zu einem runden Geburtstag nachträglich eine CD brennen. Nicht nur für sie, sondern auch für mich eines der wertvollsten persönlichen Geschenke.
Anfang der 1990er Jahre wurde es etwas ruhiger um Ingrid Braun. Ihr letzter Vertrag lautete: Inspizientin mit Spielverpflichtung im Solofach als Charaktersopran. Technisch in ihrem bisherigen Leben nicht gerade gefordert, flößte ihr die neue Aufgabe gehörigen Respekt ein. Ehrgeizig kniete sie sich in die ungewohnte Herausforderung, die sie dank der Hilfe des technischen Personals meisterte. Nie hatte sie sich so intensiv mit dem Leben hinter der Bühne beschäftigt. Zum Glück für ihren Seelenfrieden aber durfte sie auch unter Christoph Schroth noch vor dem Vorhang agieren. Der im In- und Ausland bekannte Regisseur des DDR-Theaters hatte als Intendant und Schauspieldirektor die künstlerische Leitung des Cottbuser Mehrspartentheaters übernommen. So wurde Ingrid in der „West Side Story", in der Kinderoper „Das Märchen vom Popen und dem Knecht Balda", in der sie die Teufelin verkörperte, besetzt. Von ihrer ungebrochenen Spielfreude konnte ich mich in den Stücken „Titanic", sie verlieh einer Lebedame des Oberdecks Gesicht und Stimme, und in der Natschinski/Schulz-Operette „Messeschlager Gisela", wo sie als Zuschneiderin auftrat, persönlich überzeugen. Als sie 1960, gerade neu verpflichtet, in eben diesem Stück die Hauptrolle der Gisela sang, spielten ihr die Kollegen einen „schweren" Streich. In dem Handkoffer, den sie wiederholt über die Bühne tragen musste, verbargen sie gewichtigen Ballast, mehrere Bühnengewichte. Ingrid ließ sich nichts anmerken, trug unter schadenfrohem Lachen tapfer ihre Last. „Als gestandene Künstlerin wäre mir das nicht passiert", sagt sie, „da hätte ich den Koffer einfach stehen lassen und ‚Träger' gerufen."
Schmunzelnd berichtet Ingrid Braun auch über die Episode: „West-Schuhe auf Ost-Bühne". Als sie für eine Operette unbedingt ein paar silberne Sandaletten benötigte, die es im Fundus und in der gesamten DDR höchstens in den Märchen der Brüder Grimm gab, fuhr sie heimlich und mit klopfendem Herzen nach

West-Berlin zu Schuh-Stiller. Glücklicherweise blieb der Gang zum „Klassenfeind“ unentdeckt und ohne Folgen.
Die aber gab es im Zusammenhang mit einem Stutzflügel. Solch ein Instrument wollte Ingrid unbedingt besitzen. Ihr Bruder Dieter schaute sich in Berlin um, sie in Cottbus. Fast gleichzeitig hatten sie Erfolg. Ingrid entschied sich für die Cottbuser Variante. Der später in den Westen gehende Zahnarzt Zeuner bot 1969 einen Stutzflügel zum Kauf an. Unerfahren in derartigen Dingen, bat sie den Chordirektor Baumert, als Gutachter zu fungieren. Dieser riet zu, Ingrid freute sich über das Prachtexemplar zum Schnäppchenpreis von 1500 Mark. Kollegen wuchteten ihr den etwas verstimmten Flügel in die Wohnung. Der beauftragte Klavierstimmer warf einen Kennerblick in das Innenleben, klappte den Deckel zu und sprach: „Das Ding kannst du verbrennen“. Der schöne Schein, erzeugt durch Goldbronze, hatte drei Rahmenbrüche verborgen. Der zur Rede gestellte Baumert entschuldigte sich. „Ich war vom Äußeren so fasziniert, dass ich gar nicht ins Innere gesehen habe.“ Ingrid erinnerte sich an den Rat des Klavierstimmers, lud viele Kollegen ein und gab eine rauschende Party. Unter Absingen schlimmer Lieder fackelte man den Stutzflügel ab.

Welche Wertschätzung Ingrid Braun selbst noch am Ende ihrer Laufbahn genoss, mag ihre 2001 erfolgte Besetzung mit einer Hauptrolle belegen. Sie spielte und sang den Vater Fadenkreuz in der Oper „Preußisches Märchen“ von Boris Blacher zum Gedenken an 300 Jahre Preußen. Am 31. Dezember 2001 verabschiedete sich die große Künstlerin für immer von der Bühne, ihr treues und dankbares Publikum verneigte sich zum letzten Mal vor ihr.
So konsequent sie ihren Beruf ausübte, so endgültig war ihr Abschied. Musik nur noch aus dem Radio. Ihre Stimme ist verstummt, der Klavierdeckel geschlossen. Unwiderruflich. Auch Tochter Kerstin, gelernte Kosmetikerin, heute Angestellte der Kassenärztlichen Vereinigung, sowie Enkelin Maria, die nach dem Abitur eine Ausbildung zur Handelskauffrau begann, schlugen keine künstlerische Laufbahn ein. Maria gehörte zwar einige Jahre

dem Theaterkinderchor an, entwickelte aber nie ernsthafte musische Ambitionen.
Für Ingrid gab es eine echte Alternative nach dem Theater. Leidenschaftlich widmet sie sich nun all den Dingen, zu denen sie im Berufsleben kaum gekommen ist. Vor allem für ihre Familie nimmt sie sich jetzt viel Zeit. Seit 1989 mit dem Ingenieur für Landtechnik Peter Brüssow, langjährig im Meliorationsbau Cottbus tätig, verheiratet, unternehmen beide viele Reisen. Besonders angetan haben es ihnen Frankreich und die Ostsee. In Bansin auf Usedom feierte Ingrid auch ihren 70. Geburtstag. Im Schnee. Gefrostetes soll sich bekanntlich länger halten.
Die immer noch sehr agile Cottbuser Theaterlegende genießt den wohlverdienten aktiven „Ruhestand“. Sie liest gern und viel, ist Zuschauer im Theater, besucht Konzerte und hält mir bei Buchlesungen in Cottbus und Guben die Treue. Regelmäßig betreibt sie Wassergymnastik und Walken. Schon oft sah ich sie mit ihrem Mann, beide organisiert im Cottbuser Skiklub, gemütlich durch den Branitzer Park „hetzen“. Sogar an den Spreewaldmarathon in Burg wagt sich das „verrückte Huhn“, so bezeichnet sie sich selbst, inzwischen heran. Sie kann bereits auf drei Teilnahmen verweisen. Als Lohn winken weniger der Applaus des Publikums als vielmehr schwergewichtige Medaillen in Gurkenform. Na dann: „Auf die Gurke, fertig, los!“

Vergessen, nein, vergessen kann man Ingrid Braun nicht. Ihre Spuren sind zu tief in die Niederlausitzer Theatergeschichte eingegraben. So erhielt sie eine Einladung zum Treffen von Gubener Theaterleuten der ersten Stunde anlässlich der Vorstellung meines Buches „Das Gubener Stadttheater 1945–1950. Historie und Histörchen“. Die emotionale Veranstaltung fand am 27. Mai 2003 im modernisierten Volkshaus statt, moderiert vom Gubener Kulturguru Lutz Materne. Es gab ein Wiedersehen mit Gisela Kathe, Johanna Krüger, Liselotte Hoppe, Betti Naschke, Anneliese Hille (alles Mädchennamen), Herbert Schütz, Hans Nitschke, Günther Hammel, Günter Nitsche, Kurt Kockegey, Heinz Strahl, Günther

Gurk und ihrem Bruder Dieter. 1928 geboren, musste der gerade 15-jährige Dieter Braun als Flakhelfer, genau wie der heute berühmte Biologe und Heimatforscher Heinz-Dieter Krausch, auf der Insel Sylt sein Leben sinnlos in Gefahr bringen. Aus amerikanischer Gefangenschaft nach Guben zurückgekehrt, nahm er ein Musikstudium in Berlin am Stern'schen Konservatorium im Fach Cello auf. Studiosus Braun weilte in jeder freien Minute in Guben, wo er als Gast oft das kleine Orchester des Stadttheaters verstärkte. Um zum Lebensunterhalt der Familie beizutragen, spielte er mit dem Vater auch auf Dörfern zum Tanz (für Vater ein außerordentliches Opfer). Nach erfolgreichem Abschluss des Studiums trat Dieter zunächst ein Engagement beim RIAS-Jugendorchester an, ehe er über die Station Friedrichstadtpalast-Orchester zum Estradenorchester des Deutschlandsenders, lange Zeit unter der Stabführung des berühmten Robert Hanell, wechselte. Heute lebt er in einem Berliner Pflegeheim. Unabhängig vom Treffen der Ehemaligen hält Ingrid über Adolf Auga, einen Musikschüler ihres Vaters und Sohn der befreundeten Ella, bis in die Gegenwart den Kontakt zu ihrer Heimatstadt. Der schon erwähnte frühere Schuldirektor versorgt sie mit Informationen über die Entwicklung in Guben, gemeinsam besuchen sie Konzerte und plaudern über die Jugendzeit.

Eine weitere Begebenheit beweist die ungebrochene Zuneigung und Verehrung, die die Künstlerin Ingrid Braun noch heute genießt: Der „Kaffeeklatsch mit Prominenten", durchgeführt am 4. Februar 2008 in der Kammerbühne des Staatstheaters Cottbus. Der Einladung der verdienstvollen Theaterarchivarin Birgit Mache waren neben Ingrid Braun der GDM Robert Hanell und der Kammersänger Friedrich Krausewald gefolgt. Ein Genuss die feinfühlige und humorvolle Moderation, mit der Hellmuth Henneberg (RBB) das Trio zu einem wahren Anekdotenstakkato führte. Jeder heizte die Stimmung auf seine Weise an: „Lachtaube" Ingrid wortgewaltig und vor Lebensfreude sprudelnd wie eine geöffnete Brauseflasche, Friedrich bedächtig, jedes Wort abwägend, Robert mit faustdickem Schalk und pointierter Rede. Kostproben gefällig? Ingrid glänzte mit der „Koffergeschichte".

Friedrich erzählte, wie ihm in Jacques Offenbachs „Ritter Blaubart“ beim Zitat: „Lasst uns sehen, was Physik vermag“, zum Gaudi des Publikums die Hosennaht platzte, und Robert gab folgende Schnurre zum Besten: Seit längerer Zeit war ihm bei seinen vielen Gastspielen aufgefallen, dass bei den unterschiedlichsten Orchestern an der Trommel immer der selbe kleine Mann saß. Neugierig geworden, sprach er den Musiker nach einigen Wochen an: „Wo sind Sie eigentlich engagiert? Überall wo ich auftrete, sehe ich Sie auch.“ Schlagfertig antwortete der kleine Trommler: „Sehen Sic, Herr Hanell, mir geht es mit Ihnen ebenso.“ Ein unvergesslicher Abend, so der einhellige Tenor des Publikums. Klaus Wilke, der namhafteste Cottbuser Kulturredakteur und Literaturkritiker, nutzte die Gunst der Stunde, den „Kaffeeklatsch“ und den 70. Geburtstag von Ingrid Braun journalistisch zu bearbeiten.

Treffen wir uns, gibt es ebenfalls immer viel zu erzählen und zu lachen. So, als ich ihr das Manuskript für das vorliegende Buch zur Durchsicht bringe. Wie immer sucht Ingrid nach ihrer Brille. „Dem Übelstand habe ich abgeholfen“, sage ich. „Wegen meiner Vergesslichkeit liegt neuerdings in jedem Raum eine Sehhilfe. Mein Optiker bot jüngst zum Preis von nur 99 Euro eine passable Gleitsichtbrille an. Da habe ich zugeschlagen.“

Ingrid wird in einem der vielen Zimmer fündig und kommt zurück. Triumphierend hält sie die Brille hoch. „Schau mal, meine ist viel schicker als deine und hat nur zweiundachtzig Euro gekostet, mit Entspiegelung und allem Schnickschnack. Die habe ich mir in Polen anfertigen lassen.“

Gerade, als ich toll sagen will, fällt das rechte Glas heraus. „Meine Brille war zwar teurer“, sage ich lachend, „dafür kann ich aber auf beiden Augen sehen.“ Die Sucherei beginnt von vorn.

Um den guten Ruf von Guben und Cottbus als Theaterstädte muss einem nicht bange sein. Das mag zumindest für die Neißestadt ungewöhnlich klingen, ist es aber nicht. Obwohl es in Guben seit Jahrzehnten kein eigenes Theater mehr gibt, bleibt die Stadt über hochbegabte Künstler im Gespräch, erinnert sei nur an Barbara

Dittus, von 1968 bis 1993 Mitglied des Berliner Ensembles. Auch Ingrid Braun ist nicht das Finale, was bei Christoph Schroth so klingt: „Die größte Faszination des Theaters ist, dass die Geschichten, die es erzählt, sich immer hier und jetzt ereignen, auch die vergangenen, vor Jahrhunderten aufgeschriebenen, oder die utopischen. Die Begegnung mit ihnen ist hautnah, allabendlich. Jetzt stirbt die Puppe Lina, jetzt verliebt sich Olivia in Cesario, jetzt empfängt Gloria den Gnadenschuß. Die Grenzen zwischen Geschichte und Geschichten werden fließend, nichts ist zu Ende gedacht oder erlebt. Immer ist ein neuer Anfang oder ein neues Sterben ...“.
Jawohl, es gibt für Guben einen neuen Stern am Theaterhimmel: Sigrun Fischer, die singende Schauspielerin. Die 1967 in Guben Geborene ist seit 1993 am Cottbuser Staatstheater engagiert, das im Oktober 2008 sein einhundertjähriges Jubiläum feiert. Schon in jungen Jahren entstand bei Sigrun der Wunsch, Schauspielerin zu werden. „Wann und wie genau das war, weiß ich gar nicht mehr, jedenfalls war ich noch ziemlich klein. Ich habe dann auch im Pionier- und FDJ-Chor mitgemacht und mich nach dem Abitur an der Theaterhochschule ‚Ernst Busch' beworben“, berichtet sie über die Anfänge ihrer Karriere. Ihre erste Station hieß Schwerin, leider nicht mehr geführt vom Intendanten Christoph Schroth, den es zwischenzeitlich ans BE, wenig später nach Cottbus verschlagen hatte. Schroth stellte in der Spreestadt ein neues Ensemble zusammen, holte dazu viele Künstler aus Schwerin. Sigrun Fischer schmuggelte sich dazu. Renate Marschall schrieb über sie: „Cottbus hat eine sehr wandlungsfähige, vielseitige Schauspielerin gewonnen, die in ihrer Ernsthaftigkeit berührt, in ihrer Heiterkeit vor Leben sprüht und von der Bühne strahlt – ansteckend“.
Mehr als sechzig Rollen, viele hochkarätig, kommen inzwischen auf das Konto der beliebten Schauspielerin. Zu Paraderollen wurden Brechts „Mutter Courage“ und die Varieté-Sängerin Sally Bowles im Musical „Cabaret“ unter der Regie des Intendanten Martin Schüler. In der Theaterkritik heißt es: „Die Schauspielerin singt grandios, enorm ausdrucksvoll und stimmstark“. Für ihre künstlerischen Leistungen erhielt sie 1999 den Max-Grünebaum-Preis.

Ein Gubener Intendant in Polen

Auf der Rückfahrt von den ostpreußischen Masuren legt unsere Reisegruppe in Torun, einst als Thorn vom Deutschen Ritterorden gegründet, einen Zwischenstop ein. Geplant ist eine Stadtführung. Weil uns die polnische Stadtbilderklärerin versetzt, bleibt Zeit, die wunderschöne Altstadt auf eigene Faust zu erkunden. Torun, heute auf der Weltkulturerbeliste der UNESCO stehend, hatte das seltene Glück, im Zweiten Weltkrieg nicht zerstört zu werden, weil die Rote Armee sie als polnisches Territorium verschonte. Im Laufe der wechselvollen Geschichte stand Torun mehrfach unfreiwillig unter deutschem als auch unter polnischem Einfluss, was sich im Gesicht der Stadt widerspiegelt. Logisch, dass daraus auch Spannungen und Konflikte erwuchsen. Der ewige Streit, ob der bedeutendste Sohn der Stadt, Nikolaus Kopernikus, Deutscher oder Pole war, ist nur ein Beispiel für die menschliche Kleingeistigkeit. Inzwischen ist die Frage diplomatisch und friedlich beantwortet. Kopernikus war und ist ein Stadtbürger.

Nach der Eroberung Polens durch die faschistische Wehrmacht fiel Torun 1939, wie schon vor 1918, wieder an das Deutsche Reich. Folglich begegnet man in Torun auch heute noch auf Schritt und Tritt deutschen Spuren. Einige sind ausgetreten, andere verschüttet.

Mir kommt in den Sinn, den touristischen Freiraum für einen Ausflug in die Thorner Theatergeschichte zu nutzen, war sie doch kurzzeitig mit dem Gubener Stadttheater verbunden. Meine Familie zeigt sich wenig begeistert von meinem Alleingang, ist inzwischen aber an Kummer gewöhnt. Heimatforscher sind rastlos und unberechenbar!

Zunächst erfrage ich an Andenkenständen den Standort des Theaters. Es gibt doch tatsächlich Polen, die nur polnisch sprechen. Erst beim dritten Versuch habe ich Glück. Zeitverlust. Mit hechelnder Zunge laufe ich durch die gepflegten Straßen und Gassen. Noch ein kurzer Sprint und ich stehe vor dem Ziel meiner

Wünsche. Grausam, aber das attraktive Gebäude ist geschlossen. Es wirkt eher gemütlich und familiär. Habe es mir größer, monumentaler vorgestellt, deutscher Heldenverehrung angemessen. Mindestens so gewaltig wie die Marienburg. Schnappschuss und wie ein gehetztes Reh retour. Die Zeiger der Uhr laufen mit mir um die Wette. Viel Zeit bleibt nicht.
Ach könnte ich doch wenigstens etwas über das Wirken von Hans Fiala in Erfahrung bringen, einst Theaterintendant in Guben und Thorn, schießt es mir durch den Kopf. Seitenstechen zwingt mich zu einem kurzen Halt.
Um zu verschnaufen, bleibe ich vor dem mächtigen Rathaus stehen und höre einem deutsch sprechenden polnischen Reiseleiter zu. Ob der etwas weiß? Auf gut Glück spreche ich ihn an. Volltreffer. Unglaublich, aber er ist die berühmte Nadel im Heuhaufen. Welch ein sonderbarer Zufall. Grzegorz hat in Torun Geschichte studiert und kennt sich aus. Alles, was er sich mühsam in vielen Jahren angeeignet hat, quetsche ich in Minuten aus ihm heraus. Ein dankbares Händeschütteln, dann entschwindet die freundliche polnische „Zitrone" aus meinem Blickfeld.
Hastig notiere ich wesentliche Stichpunkte. Ich muss mich sputen. So gut mir die Stadt auch gefällt, ganz allein möchte ich nicht zurückbleiben. Die Reisegruppe sammelt sich und hüllt mich schützend ein. Niemand, außer meinen Lieben, hat den Ausflug in die Vergangenheit bemerkt.
Meine Hoffnung, auch das Theater von Poznan (Posen) besichtigen zu können, schlägt fehl. Das dortige Theater wurde, gleich dem Gubener Stadttheater auf der Neiße-Insel, vom Berliner Architekten Oskar Titz entworfen. Entgegen der Ankündigung des Reisveranstalters fahren wir an der polnischen Messestadt vorbei.

Hans Fiala, so der Künstlername des 1883 in Wien geborenen Johann Krempel, erlernte zunächst den Beruf eines Opernsängers. Über viele Theaterstationen entwickelte er sich zu einem „versierten Theatermann von erstaunlich hohem künstlerischen Niveau": Intendant, Regisseur, Sänger und Schauspieler. 1932 übernahm er

die Intendanz in Plauen, wo er bis 1933 wirkte. Wie dem Spielplan von 1932/33 zu entnehmen ist, schwenkte Fiala schon früh auf die „völkische Linie" ein. Die von ihm inszenierten Stücke vertieften das „Empfindungsvermögen für Heldentum und Opfergeist des deutschen Soldaten". Mittels der Kunst wollte er helfen, den Nationalsozialismus zur unumschränkten politischen Anschauung werden zu lassen. In „Die Aufgaben des deutschen Theaters" schrieb Reichspropagandaminister Joseph Goebbels: „Die deutsche Kunst der nächsten Jahrzehnte wird heroisch, sachlich, national mit großem Pathos sein". Mit gigantischen, heldischen und mystischen Stücken sollte die „Volksgemeinschaft" zusammengeschweißt werden.
Zum Abschied in Plauen wurde Fiala, nach Dr. Albin Buchholz, folgendes ins Stammbuch geschrieben: „Er war bestrebt, den nationalen Charakter des Spielplanes zu unterstreichen und Dichter zu Worte kommen zu lassen, die dem vaterländischen Hochgedanken zu dienen sich bemühten". Eine sehr diplomatische Formulierung.
1934 übernahm Hans Fiala das Gubener Stadttheater. Unter seiner Leitung kam es zu einer deutlichen Hebung des künstlerischen Niveaus, was eine Reihe wertvoller Schauspiel- und Opernaufführungen belegt. Dominant blieb die vom Publikum gewünschte Lustspiel- und Operettenkost. Die Überstrapazierung der Operette, wobei nur noch die „arisch einwandfreien" gespielt werden durften, basierte auf folgender Überlegung von Hans Fiala: „... es komme im Krieg sehr wesentlich darauf an, der Spannung, die sich aus der Gesamtsituation und aus der verstärkten Arbeitsleistung ergibt, die Entspannung in erhöhtem Maße gegenüberzustellen" (GZ vom 30. April 1941).
Ob aus Zwang oder freiem Willen ist nicht mehr belegbar, jedenfalls nahm die Inszenierung von Werken des unsäglichen Zeitgeistes, meist von riesigem propagandistischen Aufwand begleitet, einen breiten Raum im Leben des Gubener Stadttheaters ein. Beispielhaft genannt seien die Machwerke: „Die Fahne weht" von Schönherr, „Brüder" und „Der Reiter" von Heinrich Zerkaulen.

Zur Uraufführung eines gleichgelagerten Stückes von Helmut M. Böttcher schrieb Fiala: „Außerordentlich viel Freude hat man an dem kraftvollen Lustspiel: ‚Eine Handvoll Kerle' gehabt, das mitten aus unserem nationalsozialistischen Erleben im Betrieb gewachsen ist" (GZ vom 3. Oktober 1939). In der Spielzeit 1938/39 gab es allein für die Wehrmacht einunddreißig und für den HJ-Ring neun (vier Pflicht) ausverkaufte Vorstellungen.
Zum Hauptträger vieler Aufführungen war die NS-Gemeinschaft „Kraft durch Freude" aufgestiegen. Ständig wachsende Zuschauerzahlen garantierte auch der Ring der NS-Kulturgemeinde. Als Lockmittel dienten ermäßigte Preise und so genannte Dutzendkarten. KdF-Mitglieder konnten zwischen drei Ringen wählen. 1939/40 erlebte Guben zweihundertvierunddreißig Vorstellungen, davon einhundertfünfundvierzig Operetten, zweiundsiebzig Schauspiele, vier Opernvorstellungen, ein Sinfoniekonzert. Die Operette „Gasparone" wurde mit vierundzwanzig Aufführungen am häufigsten gespielt. Hinzu kamen bunte Abende, Märchenspiele und Tanzvorführungen, Darbietungen in den drei Gubener Reservelazaretten und die Werkpausenkonzerte.
Rund dreiundfünfzigtausend Besucher sahen die Aufführungen des Gubener Stadttheaters. Eine beachtliche Zahl angesichts der nur etwa sechzehntausend Gubener Haushalte und der Konkurrenz von vier Lichtspielhäusern sowie der kriegsbedingten Abwesenheit vieler Männer. Ein Grund zum Jubeln. Die Presse überschlug sich in Stolz und Eigenlob. Dass Städte mit nicht mehr als fünfundvierzigtausend Einwohnern ein eigenes Theater besitzen, sei nur im Deutschen Reich möglich, ein grandioser Sieg nationalsozialistischer Kulturpolitik.
Weitere zwölftausend Zuschauer besuchten die Gastspiele. Schüchterne öffentliche Kritik. Man sprach von einem Wandel des Gubener Theaters zu einer Wanderbühne. In einem Interview, bezogen auf die Spielzeit 1939/40, sprach der Intendant allein von sechsundsechzig Veranstaltungen außerhalb Gubens. Gespielt wurde in Forst, Sorau, Senftenberg, Spremberg, Crossen, Züllichau, Luckenwalde, Fürstenberg, Lautawerk, Schwarzheide, Schwiebus,

Sommerfeld, Christianstadt und Fürstenwalde. Besonders monierte Fiala die starke Beanspruchung der Künstler. Beispielhaft genannt wurde der Tenor Walter von Lennep, der die Hauptrolle in einer Operette vierundvierzig Mal in einem Monat zu singen hatte. Kritisch beleuchtet wurden zusätzlich die strapaziösen Anfahrten bei Wind, Kälte und Regen, die aufwändigen Kulissentransporte und die teilweise ungeeigneten Räumlichkeiten. Unter diesen Umständen seien ernste Zwischenfälle nicht auszuschließen.
„Einmal war der Anhänger des Theaterautos, in dem die Musiker saßen, abgehangen und die Böschung hinunter gerollt. Es war tiefe Nacht und die Kapelle hatte auf der weiten Rückfahrt ein Schläfchen riskiert. Als man erwachte, befand man sich an einem Abhang der alten Oder. Sonst ist aber nichts passiert. Ein andermal entdeckte man, als man in Guben ankam, daß die große Baßgeige fehlte. Sie war vom Requisitenwagen heruntergefallen und im Walde bei Schönfließ von Dörflern aufgelesen worden" (GZ vom 18./19. Mai 1940).
Die Kunst liege in der Beschränkung, so sein Fazit. Crossen, Forst, Sommerfeld, Fürstenberg und Ziebingen sind ohne Probleme zu bespielen, mehr nicht.
Obwohl Fiala immer wieder betonte, dass das Theater einen wichtigen Beitrag zur Stärkung der Heimatfront und damit zum Endsieg leiste, wurde wiederholt öffentliche Klage geführt. In einer Polemik „Theater sind Zuschussbetriebe" (GZ vom 8. Oktober 1940) kurz vor Eröffnung der Spielzeit 1940/41 ist nachzulesen:
„Wenn das nationalsozialistische Deutschland seinen Schaffenden die Tore zu den Werken der Kunst öffnet, so bildet das seelische Reserven, die in Augenblicken, in denen es drauf ankommt, wichtiger sind als ‚Kassenerfolge'. Der deutsche Soldat siegt nicht nur deshalb, weil er die besseren Waffen besitzt, sondern auch, weil er kraft seiner Beseelung stark genug ist, Ideenträger zu sein. Unsere Wehrmacht kämpft mit einer Idee gegen die materialistische Weltauffassung. Dem haben die anderen nichts entgegenzusetzen. Wenn wir den Männern und den Frauen in den Betrieben

Entspannung bieten, sind sie fröhlicher bei der Arbeit, als wenn wir in ihnen das Gefühl dulden: Unsereins hat nichts vom Leben".
Mit seiner fachlichen Befähigung und seiner ehrlichen oder zur Schau gestellten nationalsozialistischen Haltung empfahl sich Fiala nachdrücklich für „höhere" Aufgaben. Dennoch kam seine Abberufung von der Gubener Bühne unerwartet, ein Nachfolger mitten in der Spielzeit war nicht in Sicht. Um den Substanzverlust in Grenzen zu halten und dauerhaften Schaden vom Gubener Stadttheater abzuwenden, wurde der Dirigent Dr. Hans Kuhlmann interimistisch mit der Führung betraut. Zu allerletzt, sagte man, kann das Theater Demokratie vertragen. Ein Theater ohne Führung gerät ins Schwimmen. Erstaunlich, dass man in jener Zeit das Wort Demokratie überhaupt in den Mund nahm.
Bis zum Abschluss der Spielzeit 1940/41 schwang der „Notnagel" den Taktstock über dem gesamten Ensemble, danach widmete er sich wieder musikalischen Aufgaben. In jener Übergangszeit kam es auch zur Aufführung der Operette „Clivia" von Nico Dostal, mit der am 2. Juli 1950 das Gubener Stadttheater nach 76 Jahren für immer von der Bildfläche verschwand.
Curt Asmus-Bach löste Kuhlmann ab. Für Guben gab er seine Intendanz am Niederschlesischen Landestheater in Jauer auf, wo er zwanzig Jahre lang gewirkt hatte. In seiner alten Wirkungsstätte verabschiedete er sich mit „Sein Prinzeßchen" von Schätzer-Perasini, wie die Gubener Zeitung vom 17. April 1941 berichtete. Der neue Intendant agierte wesentlich leiser, nicht so ideologielastig wie sein Vorgänger. Dennoch konnte er den braunen Ungeist nicht gänzlich aus dem Gubener Theater verdrängen, wie ein zeitgenössischer Bericht belegt: „Unter dem Publikum, das gestern abend der Aufführung der ‚Versunkenen Glocke' von Gerhart Hauptmann im Gubener Stadttheater mit großem Beifall huldigte, befanden sich fünf rumänische Jugenderzieher, die mit der nationalpolitischen Erziehungsanstalt Neuzelle nach Guben gekommen waren. Wie alle standen auch sie ganz im Banne des deutschen Märchendramas und seiner hervorragenden Aufführung" (GZ vom 24. Oktober 1941).

Hans Fiala wurde zu Beginn des Jahres 1941 nach siebenjähriger Tätigkeit vom Reichsministerium für Volksaufklärung und Propaganda als Intendant der Neißestadt Guben abberufen und mit dem völligen Neuaufbau des Stadttheaters Thorn beauftragt. Unter seiner Leitung sollte dort ein monumentales deutsches Theater, ein Tempel großdeutscher Kunst, entstehen.
Zu diesem Zwecke wurde das Thorner Theater 1941 durch den Hausarchitekten des Propagandaministers umgebaut. Das ging nicht ohne Seitenhieb auf die bisherige „polnische Wirtschaft" ab. Nach der tendenziösen Darstellung des Leiters der Reichspropaganda-Abteilung Danzig war das Stadttheater „während der polnischen Zwischenherrschaft völlig verwahrlost und ist nunmehr unter persönlicher Anteilnahme des Führers erneuert und umgebaut worden" (Drewniak, 1983).
Bereits bei der Theatereröffnung im Jahre 1904 hatte Kaiser Wilhelm II. eine seiner berüchtigten Brandreden gehalten. Mit flammenden Worten verkündete er damals: „Von dieser Bühne wird nie ein polnisches Wort gesprochen werden!" Irren ist menschlich. Heute trägt das Theater sogar den Namen eines berühmten polnischen Regisseurs: Wilam Horzyca.
Die feierliche Eröffnung des Mehrzwecktheaters erfolgte am 28. März 1942 als „wichtiger Beweis für den Kulturwillen des wiedergewonnenen deutschen Ostens" im Rahmen des „Kulturwerkes Deutsches Ordensland".
Das erste von Hans Fiala inszenierte historische Drama „Anke von Skoepen" von Friedrich Bethges erfüllte ganz den Zweck einer „deutschen Kulturmissionierung des Ostens". Er brachte aber auch die Oper „Rosenkavalier" von Richard Strauss auf die Bühne. Unter seiner Führung kam es zur Gründung einer Ballettschule. Auf Grund seiner Verdienste berief man Fiala schon bald in den Präsidialrat „Deutsches Ordensland".
Das Thorner Theaterpublikum bestand vor allem aus Soldaten der Garnison und deutschstämmigen Einwohnern der Stadt, die polnische Bevölkerung war mit diskriminierenden Einschränkungen zugelassen. Die Gaubehörden verstanden das Theater als

Instrument deutscher Kulturpropaganda und der „völkischen Umerziehung“.
Trotz des vielversprechenden Einstiegs demissionierte Fiala schon bald. Welche konkreten Gründe dazu führten, ist nicht bekannt. Lapidar stellte man fest, er wäre in Thorn nicht warm geworden. Politische Gründe können es eher nicht gewesen sein, denn als er bereits zum Ende der Spielzeit 1942 wieder nach Plauen ging, wurde er erneut den Forderungen und Wünschen des nationalsozialistischen Kultur- und Propagandaapparates gerecht.
Die militärischen Ereignisse überschlugen sich, die Katastrophe rückte näher. Am 1. September 1944 trat Joseph Goebbels‘ Befehl, alle deutschen Theater zu schließen, in Kraft. Man benötigte die Künstler nicht mehr für Spiegelfechtereien auf der Bühne, sondern für das echte Hauen und Stechen auf den europäischen Schlachtfeldern.
Hans Fiala erwarb sich als Förderer und Bewahrer deutschen Kulturgutes in Guben und Thorn durchaus Verdienste, wirkte aber auch unheilvoll als Sprachrohr nationalsozialistischer Theaterkultur. Der Kritiker Jost bescheinigt Fiala, dass er „in der Kampfzeit tapfer auf seiten eines zukunftsreichen deutschen Theaters gestanden hat“ (in: Drewniak, S. 92).
Der aus heutiger Sicht umstrittene Theatermann Hans Fiala starb am 10. Januar 1945 in Plauen an den Folgen einer Lungenentzündung.

Ballverliebt

Wir sitzen gemütlich in einem Kiekebuscher „Schaufenster“ und genießen die Ansicht eines gepflegten Grundstücks. Vor uns Stabachs „Appellplatz“, ein mustergepflastertes Rondell mit mehreren Wegezuführungen. Ich schwelge im Panorama aus sattgrünem Rasen, einem hölzernen Pavillon, dunklen Tannen und einem edlen Teich. Ungewöhnlich mild ist es. Das Wetter schlägt Kapriolen, im tiefsten Winter seit Wochen Frühlingstemperaturen.
Eine Schneise im grünen Sichtschutz gibt den Blick frei auf die Bahnstrecke Cottbus-Forst. Ab und zu huscht eine schmucke blauweiße Connex-Regionalbahn durch die Idylle. Ihre beachtliche Geschwindigkeit führt uns symbolhaft die Vergänglichkeit des Lebens vor Augen. Das Leben rinnt einem durch die Finger wie Wasser. „Ja“, pflichte ich Stumpa bei, „im Alter verwandelt sich die Zeit in puren Goldstaub.“

„Meine Erinnerungen an die Kindheit sind sehr dürftig“, sagt Klaus Stabach, leger in Sportsachen von Energie Cottbus gekleidet. „Wenn ich mich recht entsinne, hatte ich fast immer Hunger. Richtig sattgegessen habe ich mich zum ersten Mal beim ASK ‚Vorwärts‘ Cottbus, da war ich aber schon achtzehn Jahre alt. Vielleicht stimmt das nicht ganz, aber diese Zeit ist in meinem Gedächtnis als Schlaraffenland gespeichert.
Es war für mich ungeheuer schwer, an den Brotkorb heranzukommen. Erstens war ich sehr klein, zweitens das achte Kind meiner Eltern und drittens ernährte der Krieg die Menschen nur sehr kümmerlich.“
„Das will ich dir gern glauben“, werfe ich ein, „unsere schlechten Erfahrungen decken sich.“
„Ich wurde im September 1940 in der Gubener Stadtrandsiedlung geboren“, fährt mein Gegenüber fort. „Unsere Doppelhaushälfte stand im Eibenweg Numero vier. Drei Generationen unter einem bescheidenen Dach. Wir schliefen wie die Heringe. Nicht jeder hatte ein eigenes Bett.“

„Kenne ich gut“, unterbreche ich erneut, „in unmittelbarer Nachbarschaft, im Wacholderweg, wohnten meine Großeltern und meine Eltern unter ähnlichen Bedingungen.“ Es handelte sich um eine in den Dreißiger Jahren entstandene Arbeitersiedlung unweit der Mückenberg-Kasernen.
„Mein Vater Fritz“, so Klaus, „verbrachte seine Kindheit in der Alten Poststraße. Meine ebenfalls aus Guben stammende Mutter Maria geb. Schulze war wegen der vielen Kinder Hausfrau. Da das Geld nicht hin und nicht her reichte, ging sie nebenbei noch waschen. Zu ihrer Stammkundschaft gehörte eine Familie Klein von der Berglehne. Ihr ist es zu verdanken, dass wir nach der Flucht nicht auf der Straße standen. Zwei Zimmerchen bewohnten wir nach Hitlers ‚Endsieg‘. Unglaublich, wie man auf so engem Raum leben konnte.“ Stolz lässt Klaus seinen Blick in die Tiefe seines großzügigen und geschmackvoll eingerichteten Wohnzimmers gleiten.
„So weit ich denken kann, gibt es in unserer Familie nur Schlosser. Beide Großväter übten diesen Beruf aus und Fritze war Maschinenmeister in Wilkes Hutbude in der Gasstraße.“
Einen Moment hält mein Gesprächspartner inne, so als müsste er Herr seiner aufbrechenden Gefühle werden. Dann spricht er weiter. Bedächtig. „2006 bin ich zu den Wurzeln meines Lebens zurückgekehrt. Ganz schön aufregend. Unser Siedlungshäuschen steht noch und ist gut in Schuss. Jetzt wohnt eine polnische Familie darin. Ganz sympathische Leutchen. Der Mann, inzwischen Rentner, soll ein hohes Tier in der polnischen Armee gewesen sein. Merkt man dem Anwesen an, alles pieksauber, sage ich dir und generalstabsmäßig gepflegt. Von wegen ‚polnische Wirtschaft‘.
Wie konnten wir in dieser kleinen Behausung überhaupt existieren? Zehn Personen! Mutter, Vater, Oma, fünf Schwestern, ich und mein Bruder Heinz. Unglaublich.“ Klaus schüttelt den Kopf. „Der älteste Bruder Rudi musste mit siebzehn Jahren in den Krieg und starb jung auf dem ‚Feld der Ehre‘ im Osten. Ich habe ihn nicht kennengelernt, den armen Kerl.

Für mich hielt der Krieg einen anderen Schrecken bereit. Da war ich gerade vier Jahre alt. Wir saßen Anfang 1945 in unserem Keller, die Russen beschossen Guben. Überall krachte es. Verstanden habe ich die Ängste der Eltern, meiner Oma und Geschwister sicher noch nicht. Instinktiv aber muss ich die Gefahr wohl gespürt haben. Plötzlich stoppte der Einschlag einer Granate mein Schreien. Ein fürchterliches Getöse. Das Geschoss schlug in unser Haus ein. An der gegenüberliegenden Gebäudefront klaffte ein gewaltiges Loch. Meine Schwester Inge blutete. Ein Splitter hatte sie am Kopf verletzt.

Dann erinnere ich mich an eine weitere grässliche Aufregung. Handwagen wurden in aller Eile beladen, ich obenauf. Großmutter Stabach hatte die Nase voll von Adolfs Scheiße. Von Guben kriegen mich weder ‚Unsre, der Iwan noch die Polacken' fort, schimpfte sie und blieb. Kein Zureden half. Wir haben nie wieder von ihr gehört", sagt Klaus und seufzt.

„Manchmal musste ich ein Stück des Fluchtweges laufen, was mir gar nicht gefiel. Irgendwann hieß es zurück. Das Wort ‚Zurück' hat sich mir fest eingeprägt.

Die Freude an unserem Heim, das trotz des Treffers im Nachbargrundstück noch stand, dauerte nicht lange. Mit wenigen Habseligkeiten wurden wir über die Neiße gejagt, so erzählte man später. Mutter nahm Kurs auf die Altsprucke. Kleins waren noch froh, dass sie keine Fremden ins Haus gesetzt bekamen.

Zu beißen gab es kaum etwas. Unterernährung, wohin man schaute. Schon als kleiner Bengel trieb es mich hinaus in die Natur. Völlig ungebunden durchstreifte ich Wald und Feld, immer auf der Suche nach etwas Essbarem. Weißt du, wie schlimm Hunger ist?"

Ich nicke. „Glaubt uns das heute noch jemand?"

Klaus fährt fort: „Eingeschult wurde ich 1946 in die Reichenbacher Heimatschule. Dort habe ich viele Freunde gewonnen. Die meisten meiner Kumpels stammten aus dem Dorf. Mein bester Freund aber sollte Herbert Brückner werden, wie ich ein Flüchtlingskind von jenseits der Neiße. Wir haben zusammen

Kühe gehütet – für Schmalzstullen. Riesenlatschen waren das. Kein Problem für mich ausgehungerten Kuckuck. Pro Tag gab es zusätzlich noch fünfzig Pfennige. Von meinem ersten selbst verdienten Geld habe ich mir einen Tischtennisschläger gekauft. Die Freude an der sportlichen Bewegung ist mir bis heute erhalten geblieben.
Ferner haben wir uns auch als Wilddiebe betätigt. Nicht schlechter als die Großen. Fallen gestellt, Rotfedern geangelt, Hechte gestochen, Nester ausgenommen. Ein Kumpel hat kleine Vögel aufgezogen, darunter ein zahmes Eichelhäherpärchen. Als ein Bauer es ihm wegschoss, hat er tagelang geweint.
Bei einer offiziellen Jagd durfte ich mit Herbert Treiber spielen. In einem unbeobachteten Moment brachten wir zwei erlegte Hasen auf die Seite. Man hat uns erwischt und fürchterlich verdroschen. Eigentlich jagten wir immer irgendetwas hinterher. Der Hunger hielt uns in Trab. Stoppeln (Ähren sammeln), Kartoffeln lesen, Wiesengräser kauen, Pilze suchen, Beeren pflükken und Rüben klauen. Was gerade anfiel. Manchmal ging es auch schief."
„Stimmt", sage ich grinsend. „Waltraut Panwitz erinnert sich an einen Fall, wo ihr Stabach-Jungen in ihrem Garten beim Möhren stehlen ertappt wurdet."
„Anstatt in die Höhe wuchs ich in die Breite", fährt Klaus fort. „Aus dem schmächtigen Kerlchen wurde ein Dickerchen.
Waren wir mal nicht auf Nahrungssuche, haben wir gebolzt. Beim Fußballspielen konnte ich zeitweilig sogar das Rumoren in meinen Eingeweiden vergessen. Gab es Schnee, sind wir mit Ski und Schlittschuhen gelaufen. Unsere Winterparadiese hießen Schirnacks Berg, Kaltenborner Berge und Schwarzes Fließ. Im Sommer marschierten wir zu Fuß zum ‚Deulo', zum Pastlingsee oder zum Pinnower See. Wird einer den gefräßigen Kohlebaggern entgehen? Dort haben wir mit zusammengebundenen Decken gezeltet. Mutter war froh, wenn wir ‚nich heeme' waren und uns selbst versorgten. Jawohl, Rabauken waren wir, wie der Gubener zu sagen pflegte.

1951 sind wir in die Frankfurter Straße in eine größere Wohnung gezogen, in ‚Schicholds Kasernen', direkt neben Café Riedel. Sollen die ersten Gubener Neubauten gewesen sein, entstanden aus ausgebombten Geschäftshäusern. Mein Bruder Heinz lebte sich schneller ein als ich, er spielte schon bald in der Mannschaft ‚Guben Ost'. Es handelte sich um Jungen, die alle in der Frankfurter Straße wohnten. Fast jedes Gebiet hatte eine Straßenfußballmannschaft. Wer da aber alles mit von der Partie war, weiß ich nicht mehr. Ich bin fast jeden Tag nach Reichenbach gelaufen."
„Da kann Manni Weiche aushelfen", beruhige ich. „Bei ‚Guben Ost' spielten Manni, dein Bruder Heinz, die Brüder Rolf, Manfred ‚Mallo' und Klaus Reinke, dazu ‚Gagsche' und ‚Manne' Lehmann, Horst ‚Otto' Hentschke, ‚Horschte' Freyer, Klaus Halenz und Siegfried Liebenau, der ein Ruinenopfer wurde. Auf dem Weg zur Schule, glaube ich, fiel Siegfried ein Stein auf den Kopf. Die Verletzung war so schwer, dass er wenig später starb. Siegfried war der Sohn der Wirtsleute Liebenau, deren Gaststätte direkt neben Elektro-Pahms lag. Du selber warst nur gelegentlich dabei. Überhaupt spielte der Fußball nach dem Krieg eine bedeutende Rolle. Bei Jung und Alt. Wer sich mit dem runden Leder beschäftigte, vergaß wenigstens für Stunden die Schrecken des Erlebten und die Sorgen des Alltags. Mit Fußball kitzelte man die Lebensfreude unter den Trümmern im Kopf wieder hervor. Spiel und Spaß. In den ‚Gubener Nachrichten' fand ich eine eindeutige Bestätigung dafür. Ausgelassene Fröhlichkeit beim Prominenten-Fußball ‚Aktenstaub gegen Sackleinen'."
„Richtig", greift Klaus meinen „Kopfball" auf. „Aber damals traf man sich überwiegend spontan, aus einem Bedürfnis heraus. Heute ist Fußball degradiert zum Aggressionsventil und ein gnadenloses Geschäft, eine Droge fürs Volk. Fein ausgeklügelt und bunt schillernd inszeniert. Mit Fußball kann man so herrlich manipulieren, von den Gebrechen der Gesellschaft ablenken."
„Wohl wahr", teile ich seine Auffassung. „Nichts Neues. Brot und Spiele fürs Volk, das praktizierten schon die alten Römer. Doch zurück zu Mannis frischen Erinnerungen. Die Jungenmann-

schaften der Alten Poststraße nannten sich ‚Schwarz-Weiß', die der Kirchstraße ‚Fortuna'. Man trug zwischen 1945 und Anfang der 1950er Jahre sogar Stadtmeisterschaften aus. Dann organisierten sich die meisten Bengels in offiziellen Sportgemeinschaften. Manfred Weiche fuhr viele Jahre zweigleisig. 1955 meldete er sich bei den Feldhandballern von Dynamo Guben an. Sein erster Übungsleiter war der aus Weißagk stammende und aus Forst gekommene Amtsleiter des VPKA Guben, Major Reinhold Starik, vor dem Krieg Nationalspieler.
Wenig später lockte der Fußball Manni in die Reihen von Fortschritt Guben. In den 1960er Jahren fummelte er in der Bezirksklasse Cottbus, Staffel Ost. Er schaffte sogar den Sprung in die Stadtauswahl, mit der er auch gegen die Gubiner Auswahl spielte. Den Namen ‚Katze' verpasste man ihm wegen seiner geschmeidigen Paraden als Torwart.
Nach Beendigung seiner Ballspielkarriere widmete sich Manni dem Kegeln in der Bäckerinnung. Als die ‚Kalunschienschieber' den ‚Sauerteig' hinschmissen, wechselte er zu Lok Guben. Heute lässt der ‚angegarte' Senior seine aktive Laufbahn im Kegelklub ‚Nullvier-Nullsieben' ausklingen. Er schiebt eine ruhige Kugel, wie man so treffend sagt."
Nach einer kurzen Pause setze ich den historischen Bericht fort. „Als Ball, so Manni, hätte euch zunächst eine mit Lumpen gefüllte rissige Lederhülle gedient, später ersetzt durch Gummimauken. Das Fußballfeld lag zwischen Neißeufer am Lohmühlenweg sowie den Hinterhäusern von Glaser Altmann und dem total ausgebrannten Haus, in dem einst Singer-Nähmaschinen verkauft wurden. Die seitliche Begrenzung erfolgte durch einen großen Haufen Abbruchsteine, gelagert an der Mauer des Grundstücks von Bilder-Weiße und dem Hinterhof von Optiker Berenstecher. Ein Tor war an eine Schuppenwand angenagelt, das andere stand frei zur Neiße zu.
Wie die Alten sungen, so zwitscherten die Jungen. Auf den Trümmerbergen bautet ihr euch einen Bunker und spieltet Krieg. Regelrechte Straßenschlachten fanden statt. Die Narbe eines Steinwurfs ziert noch heute Mannis Gesicht.

Als Kinderspielplatz erhielt sich das Areal bis hoch in die 1980er Jahre. Manni erzählte mir, dass ihr Schlingel in einem strengen Winter Herrn Berenstecher um Wasser angingt für eine Spritzeisbahn. Könnt ihr haben, antwortete dieser, keine Frage. Als Gegenleistung bat er euch ungewohnt höfliche Kinder, im Sommer für ihn Detektiv zu spielen. Gerne, Herr Berenstecher. Worum handelt es sich? Ach, wisst ihr, aus meinem Garten verschwindet zur Erntezeit regelmäßig das Obst von den Bäumen. Wollt ihr mir helfen, die dreisten Diebe zu fangen? Klar doch, Herr Berenstecher. Ehrensache. Psychologischer Trick oder ahnte er wirklich nicht, welche ‚Früchtchen' ihn bestahlen?"

„Erinnerst du dich an euern Mundraub", wende ich mich mit einer Frage an Klaus, „den uns Manni bei jeder Familienfeier erzählt? Einmal, so sagt er, seid ihr von dem Besitzer eines geplünderten Apfelbaums erwischt worden. Was tun? Kurze Beratung. Auf dein Anraten hüpften Manni und Bubsche gleichzeitig vom Baum, jeder lief in eine andere Richtung. Du aber sprangst auf den Rücken des Mannes, der vor Schreck umfiel und auch dich nicht zu fassen kriegte. Wahr, oder Legende? Im Garten von Pfarrer Asse sollt ihr diebischen Elstern ebenfalls zugange gewesen sein."

„Ist ja irre, woran sich Katze noch alles erinnern kann." Klaus grinst. „Schon möglich, aber ich will mich nicht festlegen. Alles schon so lange her. Besser entsinne ich mich an unsere wilde Badestelle am Lohmühlenweg. Wollten wir uns vom heißen Spiel abkühlen, sprangen wir über die in der Mauer eingelassenen Überlaufgitter direkt in die Neiße oberhalb der gesprengten Stadtbrücke und des kaputten Wehrcs. Die Sache hatte nur einen Haken, es handelte sich um Grenzgebiet: Betreten verboten. Gegenüber unserer ‚Badeanstalt' lag eine flache Insel, entstanden aus Schwemmsand. Dort ‚paddelten' wir gerne hin. Der dichte Bewuchs gab reichlich Sichtschutz. Bei Niedrigwasser sind die Konturen der Insel noch heute erkennbar. Tauchten Grenzer zu Pferde auf, versteckten wir uns auf Pfiff zwischen Sträuchern und Ruinen. Unser Alarmsystem funktionierte vorzüglich."

„Hat dir Manni auch erzählt – hat er erzählt, wie wir im Garten von Pfarrer Asse...?“
„Hat er, hat er.“ Wir müssen lachen. „Nee, was waren wir doch für Ludersch. Nur Bleedsinn im Kopp! Ho, ho, ha, ha.“ Bevor Klaus weitererzählt, verharrt er mit glänzenden Augen, angefüllt mit überschäumender Kindheitsromantik. Einen Moment lasse ich den aufgewirbelten Lebensstaub sich setzen, dann versuche ich, den Redemotor wieder anzukurbeln.
„Was weißt du noch über die Schulzeit?“
„Hör mir bloß mit Schule auf, daran habe ich keine so guten Erinnerungen“, greift Klaus meine Anregung auf und schmunzelt hintergründig. „Schuld daran war vor allem meine Klassenleiterin, Frau Moritz. Die konnte ich auf den Tod nicht ausstehen. Oft hatten wir den selben Weg zur Schule. Ließ sich ein Zusammentreffen nicht vermeiden, begann für mich ein Gang nach Canossa. Heinz auf einer Seite, ich auf der anderen, trippelten wir neben dem pädagogischen Übel her. Und dann begann die tibetanische Gebetsmühle ihre Litanei: ‚Warum lernst du so schlecht, Klaus, dein Fleiß ist mangelhaft, dein Verhalten stinkt zum Himmel, du bist ein Rüpel. Nimm dir gefälligst an deinem Bruder ein Beispiel. Heinz ist folgsam, strebsam und intelligent. Der wird seinen Weg machen, bei dir sehe ich schwarz’. Bleede Knalltiete, bleede, dachte ich und trottete missmutig neben ihr her.
Den Rest gab mir Otto Birkner, ein verknöcherter Lehrer. Der hatte eine sehr lockere Hand, trotz demokratischer Erneuerung der Schule. Was habe ich bei dem für Prügel abgefasst. Nein, der brave Schüler Ottokar war ich wirklich nie.
Erträglich wurde die Schulzeit für mich erst durch Direktor Sparmann und Herrn Raabe, den wir im letzten Jahr zum Klassenleiter bekamen. Beides feine Kerle, wer wollte, konnte viel von ihnen lernen.
Direktor Sparmann war ein begeisterter Fußballfan und so wurden Heinz und ich bald seine Lieblinge. In der Damaschkeschule, die ich ab der fünften Klasse besuchte, erlebte ich erstmals die Segnung von Privilegien. Da wir für ‚seine Schule’ Ehre einlegten,

förderte uns der Primus, wo er konnte. Damals fanden regelmäßig Fußballspiele zwischen den Schulen statt. Richtige Meisterschaften gab es. Durch unseren Umzug in die Stadt sollten wir in die Friedensschule umgesetzt werden. Sparmann verhinderte es, er wollte seine Vorzeigefußballer und Erfolgsgaranten nicht verlieren. Also sind wir täglich aus der Stadt in die Obersprucke gelaufen, womit wir uns die besondere Zuwendung redlich verdienten. Oder? – Die Mannschaft der Damaschkeschule belegte immer vordere Plätze. Im Kreis galten wir als unschlagbar und 1953 errangen wir sogar den Titel eines Bezirksmeisters. In meiner Mannschaft spielten noch Dieter Natusch, Eberhard ‚Bolle' Ebert, Harri Jerichow, Rainer ‚Monte' Gebhard und Wolfgang ‚Gemi' Gemsjäger. – Dann kamen die Sportgemeinschaften auf. Wir sollten uns organisieren. Unsere komplette Mannschaft ging zu Fortschritt Guben. Hinzu kamen ehemalige Gegner aus der Pestalozzischule und der Friedensschule. Dazu gehörten Manfred ‚Bubsche' Bubner, der mir ein richtiger Freund wurde, sowie Lothar Gutsche, Manfred Bräske, Werner Schröder und Winfried Baartz. Mit der Truppe sind wir 1956 dann DDR-Meister der B-Jugend geworden. Im Endspiel besiegten wir den haushohen Favoriten Lok Leipzig. Das war ein Jubel. Über Nacht waren wir gefeierte Helden. Jeder kannte uns, jeder beglückwünschte uns. Alle Damaschkianer waren dabei. Später zerfiel die Mannschaft leider, zu viel intelligente Jungen dabei. Die gingen in alle Himmelsrichtungen zum Studium.
Neben dem Sektionsleiter Horst Laube, dem Trainer Helmut Otto und dem Mannschaftsleiter Werner ‚Plattkopp' Böhme bin auch ich, nicht nur spielerisch gesehen, an dem Erfolg schuld. Wenn jemand das Training nicht ernst nahm oder gar schwänzte, kriegte er es mit mir zu tun. Als Mannschaftskapitän und als der körperlich Stärkste. Aufmucken gab es bei mir nicht, da war ich knallhart. Alles für den Fußball, alles für den Erfolg. Eine Mannschaftskasse wurde eingeführt. Wer unpünktlich war oder sich einen anderen Fehltritt erlaubte, musste Strafe zahlen. Eine echt gute Erziehung."

Wir stoßen mit einem Schluck Oppacher Mineralquelle an. Ein trockener Mund erzählt nicht gern. Dann sprudelt Klaus verbal weiter. „1955 habe ich eine Lehre begonnen beim VEB Textima in der Grunewalder Straße, ganz in der Nähe vom Schlachthof. Die Lehrstellen haben wir uns selbst besorgt, mein Freund Herbert und ich. Unzählige Bewerbungen gab es, wir haben uns durchgesetzt. Unser Lehrmeister Zimny hatte vor dem Krieg mit meinem Vater zusammengearbeitet. Vielleicht gab das den Ausschlag. Ich wurde Schlosser, Fortsetzer der Familientradition. Ein Jahr arbeitete ich als Geselle, nebenher spielte ich Fußball bei Fortschritt Guben. – Den Anstoß zu meiner Fußballerkarriere verdanke ich Manfred Bubner. Wir waren zu dritt im Jugendklub in der Wilhelm-Pieck-Straße, hingen rum, wie man das heute nennt. Guben ödete uns an. Nischt los hier. Bloß raus aus dem Nest und hinein in die große weite Welt. Was haltet ihr davon, wenn wir zur Marine gehen, schlug Bubsche vor. Wir waren begeistert. Der Vorschlag gefiel uns so sehr, dass wir stehenden Fußes zum Wehrkreiskommando marschiert sind. Wochen später kam Bescheid. ‚Schello' Schellack und ‚Bubsche' lehnte man ab. Eener hatte zu hohen Blutdruck, der andere Plattbeene. Nur mich konnten sie gebrauchen. – Der Chef des Wehrkreiskommandos sagte, gut und schön. Bevor du baden gehst, Wasser hat keine Balken, spiel lieber Fußball, das kannst du besser als schwimmen. Ich könnte dich beim ASK Vorwärts Cottbus unterbringen.
Mir gefiel der Vorschlag des Majors nicht schlecht. Nach meiner Unterschrift leitete er alles in die Wege. Zwischendurch hatte ich bei der ASG Vorwärts Cottbus-Süd mit dem Boxen angefangen. Meine Kumpels meinten, meine Rechte sei waffenscheinpflichtig. Dreimal wöchentlich fuhr ich zum Training in die Bezirksstadt. Letztlich aber fiel die Entscheidung für den Fußball, Gott, oder wem auch immer, sei Dank.
Das Dienstverhältnis in der Nationalen Volksarmee (NVA) sollte 1958 beginnen. Ich fuhr mit meiner Schwester Helga nach Cottbus. Auf dem Bahnhof trennten wir uns. Am nächsten Tag erfuhr ich, dass sie in den Westen gegangen ist. Major Rolf Diekmann, ein

ehemaliger 400 m Läufer und DDR-Meister, stellte mich nur als Zivilkraft an. Keiner glaubte mir, dass ich von der ‚Republikflucht' keine Kenntnis hatte. Wenn es anders gewesen wäre, könnte ich es heute ohne Probleme gestehen. Aber ich habe tatsächlich nichts gewusst. Erst nach einem halben Jahr, inzwischen von meiner Ehrlichkeit überzeugt, dann doch die Vereidigung.
Unser Dienstobjekt war der Flughafen, gespielt haben wir im Stadion 8. Mai. Entgegen meiner Absicht habe ich für Vorwärts nur wenige Spiele absolviert. Das kam so: Bei einem Punktspiel in Elsterwerda waren zwei Talentesucher aus Berlin anwesend, die bestanden darauf, dass ich nach Berlin zum ASK Vorwärts wechsle. Ratzbatz erfolgte die Delegierung, womit ich natürlich einverstanden war. Wer wollte nicht ganz oben mitmischen!
Schon Ende 1958 trainierte ich in Berlin, wohnte aber in Strausberg. Unterkunft, Trainingsmöglichkeiten und das Stadion an der Kantianstraße in Berlin boten beste Voraussetzungen für eine erfolgreiche Laufbahn. Wenn ich so zurückdenke, eine wundervolle Zeit. Den Sprung in die Oberligamannschaft schaffte ich dennoch nicht auf Anhieb. Zunächst kickte ich in der Reserve.
In Berlin habe ich das Fußball-ABC erst richtig gelernt. Neben den hervorragenden Trainern Seeger und Lammich lag das vor allem an den Spielern Kiupel, Krampe, Kalinke, Hunger, Kaulmann, Meyer, Asmy, ‚Wippel' Wirth, Reichelt und Tormann Spickenagel. Feine Kerle waren das. In Berlin wurde kaum Alkohol getrunken, da herrschte strenge Disziplin, der Schlendrian fing erst später an."
„Sollten Sportler nicht generell gesund leben?", werfe ich ein.
„Schon, schon, aber du weißt ja. Einen Sieg muss man begießen. Jeder möchte mit dir anstoßen, dir einen ausgeben. Na, und der Kummer über eine Niederlage muss ebenfalls gemeinsam ertränkt werden. Das ist ein ungeschriebenes Fußballergesetz. Du siehst, Gründe zum Trinken gibt es immer. Zeitweilig habe ich sogar geraucht. Die ovalen Jubilar-Zigaretten und Pfeife, meist beim Angeln und beim Skat spielen. Beiden Leidenschaften fröne ich bis heute vor allem am Schwielochsee, wo ich einen kleinen Bungalow

besitze, ganz in der Nähe von Hut-Heinrich und Druckermeister Legler. Gern angle ich aber auch in Peitz und in Norwegen."
„Hör auf, du zerstörst ja alle meine Illusionen, dass Fußballer Sportler seien."
„Das darf man nicht so eng sehen. In der Blüte seiner Jugend glaubt man, dass einem solche Sünden nichts anhaben können. Verlacht haben wir die Moralprediger. Als ich wegen des Verdachts auf TBC in eine Lausitzer Heilanstalt zur Beobachtung eingewiesen wurde, ist mir der Schreck in die Glieder gefahren und das Lachen vergangen. Von heute auf morgen habe ich die Glimmstengel aus meinem Leben verbannt. Ich kann nur allen jungen Leuten raten, sehr sorgsam mit ihrer Gesundheit umzugehen."
Klaus hält für den Bruchteil einer Sekunde inne.
„Wenngleich ich in Berlin den ganz großen Durchbruch nicht schaffte, erlebte ich dort meine zwei schönsten Fußballerjahre. Die Schuld für das vorzeitige Aus muss ich vor allem bei mir selber suchen. Es fehlte mir an der bedingungslosen Einstellung, nur für den Sport zu leben. Mein Kopf war nicht frei von anderen Verlockungen. Mit Fußball allein wirst du auch nicht glücklich, dachte ich. Zu dem, was ich als Glück ansah, gehörten auch die Frauen. Und davon gibt es ja so unendlich viele und schöne! Erst lockte mich Jutta Leschke, blitzsaubere Tochter aus der gleichnamigen Gubener Kohlehandlung. Dann erwartete mich meine langjährige Freundin Renate Pfeiffer in Guben. Ihre Eltern besaßen ein stattliches Haus und konnten eine helfende Hand gut gebrauchen. Nicht einmal allzu schweren Herzens nahm ich den enormen Karriereknick in Kauf. Die keineswegs düsteren Gubener Aussichten trösteten mich über den Abgangsdienstgrad Unteroffizier hinweg.
Besonders reizvoll das Arbeitsangebot der Firma Textima. Man steckte mich in eine Jugendbrigade, deren Leiter ich wurde. Dort verdiente man sehr gutes Geld. Wer es mit Frauen hält, darf eine gut gefüllte Geldbörse nicht verschmähen. Freudig aufgenommen wurde ich auch in der 1. Männermannschaft von Fortschritt Guben, für die ich eine echte Verstärkung darstellte.

Dann kam es zu dem denkwürdigen Entscheidungsspiel zwischen Fortschritt Guben und Dynamo Cottbus um den Aufstieg in die Bezirksliga. Es sollte die Weichen meines Lebens neu stellen. Cottbus gewann. Dynamo leitete ein feiner Trainer, Erich Lydecke. Der wollte mich unbedingt haben. Ich stürzte in einen Gewissenskonflikt. Auf der einen Seite das herzliche Willkommen in Guben, alle Wege waren mir geebnet worden, auf der anderen Seite die Chance eines fußballerischen Neuanfangs. Da es in meiner Partnerbeziehung inzwischen kriselte, entschied ich mich schweren Herzens für Cottbus. Damals habe ich mich oft an die Worte von ‚Sieke' Brauer erinnert. ‚Junge, werde Sportler', hatte er mir immer wieder geraten. ‚Mache dein Hobby zum Beruf'. Noch heute bin ich ihm dankbar dafür.
Mir schien, als sei ganz Guben sauer. Man beschimpfte mich als undankbar und Verräter. In ihrem Lokalpatriotismus gefangen, verstanden viele Gubener meine leistungssportlichen Beweggründe nicht.
Die beruflichen Aussichten in Cottbus waren vielversprechend. Dynamo bot das gleiche Gehalt und den Dienstgrad eines VP-Meisters. Die Dienststelle lag in der Tranitzer Straße. Anfänglich arbeitete ich in der Funkabteilung, später wechselte ich ins KFZ-Wesen. Dort gefiel es mir ausgezeichnet. Ich lernte von einem ‚alten Hasen' Unfälle zu bearbeiten und Autobleche fein säuberlich auszubeulen. Fußball gespielt wurde auf dem Sportplatz in der Schlachthofstraße.
In Cottbus lernte ich auch Regina kennen; getraut wurden wir 1961. Zwei Söhne sind aus unserer Ehe hervorgegangen, die 1977 tragisch endete. Kurze Zeit nach der Scheidung starb meine ehemalige Frau.
Fußballer kommen ohne weiblichen Trost nicht aus. Obwohl gebranntes Kind, scheute ich das Feuer nicht. Es hieß Karin und stammte aus Chemnitz. 1978 heirateten wir. Bis auf den Tag alles im grünen Bereich. Ohne Karins Unterstützung und Verständnis hätte ich mich dem Sport niemals mit voller Kraft widmen können. Sie hat großen Anteil an meinen Erfolgen und trug mit mir die

Last von Niederlagen. Sie war und ist mein Ruhepol, meine Quelle, aus der ich Kraft schöpfe.
Mein Dynamo-Gastspiel endete abrupt, aber ebenfalls schmerzvoll. Auf die Bezirksleitung der SED zitiert, erhielt ich den Parteiauftrag, nach Senftenberg zu gehen, um dort die Mannschaft von Brieske-Ost zu unterstützen. Sie spielte am unteren Limit in der Fußball-Oberliga. Die Sache war nicht ohne Reiz, aber ich wollte von Dynamo nicht weg. Dort fühlte ich mich geborgen wie in einer Familie. Als Genosse blieb mir allerdings keine Wahl.
1961 kam ich nach Senftenberg, wo ich im Internat mit Wolfgang Gemsjäger und Manfred Kupferschmied alte Bekannte traf. Ein schwacher Trost angesichts des unfreundlichen Klimas. Das Publikum reserviert. Die Alten akzeptierten uns Neue nicht. Mir war, als hätten sich die eingesessenen Spieler hinter einem Erdwall verschanzt. Was fanatische Lokalpatrioten forderten, konnten wir grüne Jungs nicht leisten. Es hat lange gedauert, bis wir in der Elsterkampfbahn unter den Kumpels einigermaßen warm wurden. Mir fehlten ganz einfach der Spaß und die Lockerheit. Fußball ist und bleibt die schönste Nebensache der Welt.
Der ‚Kohlenpott' Brieske war eine schwere Lehrzeit für mich. Nur gut, dass ich es bereits in der Kindheit gelernt hatte, mich gegen Widerstände durchzuboxen. Neben meinen Erfahrungen im Überlebenskampf hat mir dabei vor allem meine körperliche Kraft geholfen. ‚Mit dem ist nicht gut Kirschen essen', warnte man. Vorsicht im Umgang mit mir war tatsächlich geboten, denn ich galt als unberechenbarer Heißsporn. Wegen meiner bulligen Gestalt nannten mich einige auch ‚August der Starke'. Meine häufigeren Spitznamen aber waren Stumpa, Dicker und Schlunk."
Respektvoll blicke ich auf Stumpas Riesenpranken. „Im vollen Saft deiner Jugend hätte ich damit auch nicht unbedingt Bekanntschaft schließen mögen", sage ich und lache. Wie, um sich zu vergewissern, betrachtet Klaus seine noch heute beeindruckenden Schaufeln.
„Aus Senftenberg wollte ich unbedingt weg, koste es, was es wolle. Wie aber unbeschadet rauskommen aus dem ‚nachtschwarzen

Tagebau'. Mir fiel nichts anderes ein, als über die Stränge zu schlagen. Wild wie ein rossiger Hengst. Systematisch habe ich ‚Scheiße' gebaut. Es hagelte Disziplinarstrafen. Wegen Alkoholmissbrauchs endlich wurde ich vorübergehend vom Spielbetrieb suspendiert. Da nahm mich unser junger Trainer Herbert Beulich eines Tages zur Seite und redete Fraktur. ‚Junge', sagte er, ‚du bist ein großes Talent. Verbaue dir die Zukunft nicht. Tritt auf die Bremse, es kommen auch wieder bessere Zeiten. Von hier geht es bald weg.' Die Ansage wirkte wie eine herzerfrischende kalte Dusche. Der Kopf wurde klar. Von Stund an riss ich mich zusammen und lief brav im Geschirr.

Wir spielten eine saumäßige Saison und stiegen ab. Gemunkelt wurde, dass beim SC Cottbus eine neue Oberligamannschaft aufgebaut werden sollte. Verstanden hat das keiner, denn in Cottbus gab es denkbar schlechte Wohn-, Trainings- und Wettkampfbedingungen. Während in Senftenberg sogar eine imposante Halle gebaut wurde, trainierten wir in Cottbus unter freiem Himmel, mal hier und mal da. Niemand sah uns gern.

Fünf Briesker Spieler fanden sich bereit, in die Bezirksstadt zu gehen. Unser Stützpunkt befand sich in der Bahnhofstraße. Die Trainer wechselten häufig. Sportlich begann es in der DDR-Liga. Angestellt wurde ich bei VEM als Schlosser. An zwei Tagen arbeiteten wir im Betrieb, ansonsten stand Training auf dem Programm. Das ging nicht lange, dann folgte ein Arbeitsvertrag mit dem Kraftwerk Schwarze Pumpe. Die Werkbänke nutzten wir kaum, wer wollte schon wochenlang auf unsere Ergebnisse warten. Richtige Produktionshemmschuhe waren wir. Alibiarbeiter. Berufsfußballer durfte es im sozialistischen Sport nicht geben.

Der geplante Aufstieg in die Oberliga gelang nicht auf Anhieb. Da mein Stammplatz sicher war, grämte ich mich darüber nicht sonderlich. Dann stand wieder einmal ein Trainerwechsel an. Der in Senftenberg entlassene Beulich wirkte in Cottbus als Juniorentrainer, wo er gute Arbeit leistete. Nun sollte er mit uns den Aufstieg schaffen. Er war kein schlechter Trainer, aber Wunderdinge traute ich ihm nicht zu. In einer Skatrunde ließ ich unüberlegt die laxe

Bemerkung fallen: ‚Der wird auch bald an einem Baum hängen.' Damit wollte ich lediglich ausdrücken, dass er nicht lange Trainer der Liga-Mannschaft sein würde. Diese spaßig gemeinte Äußerung wurde dem Trainer hinterbracht. Abstieg in die Reserve. Wie konnte man derartig blöd sein. Ich ärgerte mich schwarz über das klassische Eigentor. – Akuter Personalmangel rettete mich. Stabach durfte aushilfsweise wieder ran. Wir spielten gegen Schwarze Pumpe. Dort gelang mir das Goldene Tor. Neuer Ligaalltag.
1966 erfolgte die Gründung der dem Fußball vorbehaltenen BSG ‚Energie'. Erster Vorsitzender wurde Werner Jonas. Bis 1970 blieben wir Angestellte von Schwarze Pumpe, arbeiteten von nun an aber auch offiziell nicht mehr.
Eine folgenschwere Knieverletzung zwang mich, an ein Leben nach dem Fußball zu denken. Knochenabsplitterung. Glücklicherweise besaß ich eine Unfallversicherung. Die zehn Mark im Monat zahlten sich aus.
1967 entschloss ich mich, meinen geistigen Horizont zu erweitern. Zusätzlich motivierte mich das Vorurteil, Fußballer hätten ihren Kopf nur zum ‚Köppen'. In zwei Jahren erwarb ich die Sonderreife zum Studium an der DHfK. 1970 wurde ich als Fernstudent immatrikuliert und gleichzeitig als Sportlehrer in Kolkwitz eingesetzt, wo ich bis 1975 unterrichtete. Da ich selbst noch aktiv war, kam ich nie auf die volle Stundenzahl. Staatliche Großzügigkeit.
Bis 1974 habe ich die Töppen geschnürt. Den Höhepunkt erlebte ich 1973, als wir mit unserem Trainer Manfred Kupferschmied in die Oberliga aufstiegen. Ein Fußballkrimi. Das letzte Spiel musste entscheiden. Wir benötigten ein Unentschieden. Vorwärts Stralsund, Gemmi spielte inzwischen dort, musste unbedingt gewinnen. Durch ein Traumtor gingen wir in Führung. Rate mal, wer es schoss?"
Schulterzucken. Ich spiele den Ahnungslosen.
„Waaas, das weißt du nicht?"
„Klar, doch. Wollte dich nur aus der Reserve locken. Den Knaller in den Winkel habe ich sogar im Fernsehen verfolgt. Von da an kannte dich die gesamte DDR-Fußballgemeinde."

„Wahrlich, mein schönstes Tor. Ein Sonntagsschuss in den Dreiangel. Stralsund rannte in der zweiten Halbzeit an, schaffte den Ausgleich. Kurz vor Schluss fast noch das Aus. Frei vor dem Tor stehend, köpfte ein gegnerischer Spieler über das Tor. Das Ding konnte man gar nicht vorbei drücken. Aber so ist Fußball. Ich war der gefeierte Held, habe die Ovationen genossen und den Erfolg begossen. Im folgenden Jahr stiegen wir allerdings gleich wieder ab. Freud und Leid ganz dicht beieinander.
Nach meiner Fußballerlaufbahn wurde ich Mannschaftsleiter. Mehrfach spielten wir in der DDR-Liga auch bei Chemie Guben. Am Rande des Spielfeldes kam es zu herzlichen Begegnungen mit Weggefährten von einst. Man hatte mir den ‚Verrat' längst verziehen. Ich bezeichne diese Zeit heute als Fahrstuhljahre. Es ging rauf und runter. Einem Aufstieg folgte prompt der Abstieg. Spieler und Trainer wechselten. Einen Aufstieg schafften wir mit Dieter Schulz, unserem langjährigen Torwart."
„Den kenne ich", werfe ich ein. „Dieter war über Jahre mein Kollege, erst an der Pädagogischen Schule für Kindergärtnerinnen, später an der Fachschule für Sozialwesen. Ein Sportsmann durch und durch. Eure Lebensläufe ähneln sich. Aus Schlesien vertrieben, blieb Dieter mit seinen Eltern in Welzow hängen, dort erlernte er das Fußballspielen. Während du aber Tore ballern wolltest, suchte er sie zu verhindern. Als Torwart schaffte er es bis in die Juniorenauswahl des Bezirks. 1963 kam Dieter Schulz zum SC Cottbus, bis 1972 stand er in der Ligamannschaft von Energie zwischen den Pfosten. Aber das weißt du ja besser als ich.
Dem Studium an der DHfK als Lehrer für Sport und Geschichte verdankte Dieter dann seinen Einsatz als Assistenztrainer bei Kupferschmied und Kreul. Den Cheftrainerposten konnte er nur knapp zwei Jahre halten. Der Aufstieg von 1981 wurde sein größter sportlicher Erfolg. Wir Kollegen waren mächtig stolz auf ihn. In jener Zeit entdeckte Trainer Schulz Petrik Sander bei der ASG Süd Cottbus und holte ihn zu Energie. Eine Investition, die sich bezahlt gemacht hat. Auch nachdem Dieter Schulz als Trainer aufgab, blieb er dem Verein in verschiedenen Leitungsfunktionen treu.

Es war für mich nicht immer leicht, seine schulischen Verpflichtungen mit dem Ehrenamt bei Energie zu koordinieren, das kannst du mir glauben.
1996 berief Ede Geyer den Fußballverrückten zu seinem Spielbeobachter und Talentesucher. Als Dieter seinen 60. Geburtstag feierte, der Saal der Kneipe in Klein Gaglow platzte aus allen Nähten, bedankte sich der Verein mit der Ehrenmitgliedschaft. Bis auf den Tag steht der Senior im Kasten der Altliga und schlichtet als Mitglied des Ehrenrates Vereinsstreitigkeiten. Weißt du überhaupt, Klaus, dass ihr beide die Dinos von Energie seid?“ Ohne die Antwort abzuwarten, schiebe ich ihm den Ball wieder zu.
„Weil wir uns nicht dauerhaft in der Oberliga behaupten konnten“, nimmt Klaus meinen Steilpass auf, „erhielten einige Trainer sogar Morddrohungen. Idiotie, aber Tatsache. Dieter Schulz und Manfred Kupferschmied erzählten aufgeregt von den Ängsten ihrer Familien. Da hört der Spaß auf.“
„Und wie ging es bei dir sportlich und beruflich weiter?“, lasse ich meinem Gesprächspartner keine Zeit zum Verschnaufen.
„1975 wurde ich als Sportlehrer nach Krieschow versetzt. Dort erhielt ich zu einem Ehrentag den Titel ‚Oberlehrer‘, zu verstehen wohl als Würdigung meines gesellschaftlichen Engagements für den Fußball. Mein pädagogisches Dasein beendete 1991 eine Kommission, die mich wegen meines lädierten Knies, inzwischen eine schwere Arthrose, aus dem Rennen nahm. Die Berufsunfähigkeitsrente schmälert heute meine Altersbezüge.
Als Mannschaftsleiter von Energie, unter Trainer Gutmann, blieb ich bis 1984 auf dem Posten, dann stieg ich zum Technischen Leiter auf. Auf der Trainerbank saß inzwischen ‚Fritze‘ Bohla. Irgendwann gab es Querelen in der Führungsetage, man wollte mich ausbooten, kaltstellen. Die Angestellten votierten einmütig für mich, der Vorstand scheiterte. Bis zur Wende blieb ich in der Funktion.
Nach dem Zusammenbruch der DDR drohte sich unser Verein aufzulösen. Konfusion, wohin man schaute. Die Lausitzer Fußballtradition schien am Ende. Da beschloss der nun zuständige DFB

mit einer Lizenzliga eine Übergangsregelung zum Profifußball. Die besten Lizenzmannschaften sollten in die 2. Bundesliga aufsteigen. Bei uns lief sportlich nicht viel, Bruchlandung. Absturz in die Regionalliga.

Wochenlange heiße Diskussionen über einen Neuanfang. Drei hauptamtliche Planstellen wurden aus dem Boden gestampft. Ich übernahm zusätzlich die Funktion eines Leiters der Geschäftsstelle. Hört sich gewaltig an. Mädchen für alles wäre treffender. 1991 warf unser Manager Ohlich das Handtuch. Über Nacht befand ich mich auf dem freien Schleuderstuhl. Für das äußerst mäßige Gehalt fand sich kein anderer. Eine enorme Herausforderung. Bange machen gilt nicht, sagte ich mir, andere kochen auch nur mit Wasser. Karin machte mir Mut. Auf Regen folgt Sonnenschein. Du schaffst das!

Das perfekte Chaos, als wir in die Oberliga abstiegen. Nur ein Fähnlein der Aufrechten hielt das Banner hoch. Aufgeben war nie mein Ding. Übrig blieben der Präsident Dieter Krein, der Trainer Hans-Jürgen Stenzel, meine Wenigkeit und vier Spieler. Etwas später stieß noch Hajo Prinz dazu.

In mühevoller Kleinarbeit formten wir eine neue Mannschaft. Als Stenzel finanziell nicht mehr zu halten war, übernahm Nikolinski das Training. Erste Sponsoren wurden gewonnen und tragfähige Verbindungen zum DFB hergestellt. Ein Lichtblick die Teilnahme am Intertoto-Wettbewerb, wo viel Geld floss. Auf diesem bescheidenen Fundament konnte man aufbauen.

Voll durchgestartet sind wir aber erst, als sich die Buga-Objektgruppe im Stadion der Freundschaft einmietete. Zuvor mussten wir jedoch den Schutt hinter der Tribüne beräumen. Mit Hacke und Schaufel. Eine schweißtreibende Arbeit, sie spülte aber Geld in die leere Vereinskasse und einen kühnen Gedanken in unsere Köpfe. Eduard Geyer, letzter DDR-Nationaltrainer, wäre der richtige Mann für einen Höhenflug. ‚Ede Beinhart' unterschrieb. Die Fata Morgana wurde Realität.

Beflügelt durch den wirtschaftlichen Aufschwung fassten wir in der Oberliga Tritt. In der Lausitz wurde wieder guter Fußball

gespielt. Die Geyerlinge schafften in der Saison 1994/95 den Aufstieg in die Regionalliga.
Kurzes Verschnaufen, dann der nächste Schritt. Achtung, Stolperstein. Lähmendes Entsetzen über eine unangemeldete Tiefenprüfung der Steuerfahndung. Kaum jemand kannte sich im bundesdeutschen Steuerdschungel aus. Knapp auf eine Million beliefen sich die Schulden, angehäuft in vielen Jahren.
Zum Glück wollte niemand den Verein zerschlagen, weshalb eine Lösung zur langfristigen Rückzahlung gefunden wurde. Durch gute Sponsorenarbeit, ein wesentliches Verdienst von Präsi Dieter Krein, gelang es, den Schuldenberg allmählich abzubauen.
Eine Männerfreundschaft entstand, das Energietriumvirat. Gute Spieler wurden eingestellt und durch Firmen bezahlt. Keine Dauerlösung, darüber war man sich im Klaren. Laut Auflage vom DFB musste der Profiverein Energie Arbeitgeber sein. Das gelang nach dem vielumjubelten Pokalsieg gegen Hannover 96. Eine Winterschlacht, die keine Wünsche offen ließ. Davon werden noch Generationen berichten."
„Der helle Wahnsinn", bestätige ich, „obwohl zeitweise das Flutlicht ausfiel. Ein Schöpfungsakt von ‚Fußballgott' Detlef Irrgang. Schnee von gestern, aber ein unvergessliches Erlebnis."
„Danach ging es steil bergauf", setzt Klaus fort. „Über die 2. Liga schafften wir die Sensation: Bundesliga. Vieles gelang in jener Zeit. Wunder als Dutzendware. Mit der Organisation des Trainingslagers in Dubai wurde ich zum Vorreiter für andere. Selbst der erfolgreichste Bundesligamanager Uli Hoeneß steckte sich am Spielfeldrand an meiner Begeisterung an. Wenig später tauchte auch Bayern München im Sandmeer der Emirate auf. Das Fernsehen übertrug die Übungsspiele zwischen Cottbus und München. Einmal, das passierte allerdings in einem Punktspiel, zogen wir vor heimischer Kulisse den Bayern sogar die Lederhosen aus."
„Richtig, das Stadion der Freundschaft glich einem Tollhaus. Es kochte über wie Richter'sch Wurschtkessel in Groß Drewitz. Diebisch gefreut habe ich mich. Nie mehr 2. Liga, grölten die Fans. Keiner wagte mehr über ‚Edes Gurkentruppe' zu spotten."

„Energie galt zunehmend als gute Adresse. Bis, ja bis es in der Saison 2001/2002 zur Kirch-Fernsehkrise kam. Damit konnte niemand rechnen. Fest eingeplante Gelder blieben aus. Hinzu kam eine unnötige Affäre um einen Spielertransfer. Anzeige. Die Staatsanwaltschaft griff ein und inszenierte eine Kriminalkomödie. Leider habe ich keine überzeugende Rolle in dem Räuber- und Gendarmenstück gespielt. Die Berichte in den Medien hörten sich abenteuerlich an. Die Presse witterte eine Sensation. Von versteckten hohen Summen in verschiedenen Währungen war die Rede, aufgefunden hinter einer Waschmaschine, bewacht von einer Katze. Wilde Autoflucht und polizeiliche Verfolgung. Spannend wie in einem amerikanischen Thriller. Letztlich erwies sich die ganze Story als viel Lärm um nichts. Seifenschaum statt schmutzige Wäsche. Das Verfahren musste wegen erwiesener Unschuld schnell wieder eingestellt werden.

Natürlich haben die Untersuchungen und Anschuldigungen an den Nerven gezerrt. Es ist schon ein ungutes Gefühl, wenn einem der Staatsanwalt im Nacken sitzt. Das lukrative Fußballgeschäft ist eine ständige Gratwanderung am Abgrund der Legalität. Ermessensspielraum und Gesetzesrahmen sind weit gefasst. Da können auch dem Gutwilligsten Fehler passieren.

Während des Ermittlungsverfahrens liefen wir Spießruten. Leider begriffen wir die rufschädigende Kampagne nicht als untrügliches Anzeichen für ein heraufziehendes Gewitter. Wo frischer Wind vonnöten gewesen wäre, die dunklen Wolken auseinanderzutreiben, entfachten wir allenfalls ein laues Lüftchen. Auf ausgetretenen Pfaden glaubten wir, fest im Sattel zu sitzen. Blind ignorierten wir die Gefahr, sahen die zuckenden Blitze nicht. Nichts als Theaterdonner, dachten wir. Doch da rollte die Lawine schon.

Panik auf der Titanic. In der Hektik unterliefen weitere Missgeschicke, herbeigesehnt von Neidern, die in aller Stille an unseren Stühlen sägten. Zu allem Unglück blieb der sportliche Erfolg aus. Erst rollte Edes Kopf, dann musste ich meinen Hut nehmen. Zuletzt verließ Dieter Krein das sinkende Schiff. Es kam zu Irritationen im Triumvirat. Inzwischen ist unsere Männerfreundschaft

halbwegs gekittet. Einig sind wir uns, dass die Talfahrt vor allem äußere Ursachen hatte. Die aufgelaufenen Schulden ergaben sich aus fehlenden Fernsehgeldern, schwachen Zuschauereinnahmen und dem verpassten Aufstieg. Verglichen mit den Verbindlichkeiten berühmter Traditionsvereine geradezu lächerlich, aber dennoch Schulden. Und wir hatten uns ganz fest vorgenommen, nie auf Pump zu leben."
Die Erinnerung an seinen unschönen Abschied vom Fußballberuf hat Klaus sichtlich aufgewühlt. „Mein Abgang bei Energie Cottbus war schmerzlich, gar keine Frage. Der Verein war und ist mein Leben, meine Heimat. Ihm verdanke ich viel, habe ihm aber auch einiges gegeben. Das wird niemand bestreiten können."

Klaus ist still geworden. Gelegenheit für mich, ein kurzes Fazit unseres Gesprächs zu ziehen: Für Klaus Stabach war und ist der Fußball alles. Fußball hat sein Leben gestaltet, mit ihm verdiente er sein Geld und das nicht einmal schlecht. Durch das runde Leder erlebte er beglückende Höhen und schmerzliche Tiefen. Die Sonne des Erfolges beschien ihn lange. Fern jeden Aberglaubens hat er den Monat November als besonders glücklich für sich erkannt. In diesem Monat hätten sich stets die entscheidenden Weichen gestellt.
Der Anstand vor der Leistung anderer gebietet es, anzuerkennen, dass Klaus Stabach, ein echter Gubener Junge, ein bedeutendes Stück Lausitzer Fußballgeschichte geschrieben hat. Er ist ein unauslöschlicher Baustein von Energie Cottbus. Auf seinen Leistungen und Erfolgen konnten andere erst aufbauen, das darf niemals vergessen, verkleinert oder ignoriert werden. Die heute Verantwortlichen sollten sich der Aktivisten der ersten Stunde dankbar erinnern. Um sich selbst zu erhöhen, sollte man andere nicht erniedrigen. Gegenwart und Zukunft wachsen immer nur aus der Vergangenheit.
„Gehst du heute noch ins Stadion?", knüpfe ich den gerissenen Gesprächsfaden.
„Ja, inzwischen sind die Wunden vernarbt. Mit der Führung bin ich fertig, aber die Fans haben mir nichts getan. Es ist angenehm,

von vielen erkannt und freudig begrüßt zu werden. Erstaunlich, wie unterschiedlich die Offiziellen und die Zuschauer teilweise die Leistungen auf dem Platz beurteilen. Manchmal könnte man denken, jeder hat ein anderes Spiel gesehen. Da merkt man erst, wie die Pflicht die Wahrnehmung beeinflusst. Früher sah ich vieles auch mit der rosaroten Brille."

„Unterhältst du noch Kontakt zu deiner Heimatstadt?", leite ich das Ende unseres Interviews ein.

„So lange meine Schwester Christel noch in Guben wohnte, war ich öfter in heimatlichen Gefilden. Bis zum Tod meines Bruders Heinz fuhren wir auch gelegentlich zu den von Lutz Materne organisierten Oldiefeten."

„Als die Oldies zum erstenmal im sanierten Volkshaus gefeiert haben, war ich auch dabei", sage ich. „Schwager Manni hatte mich eingeladen. Die ersten wollten schon um Mitternacht aufbrechen. Keine Kondition mehr, die Schlappschwänze, frotzelte er und stimmte den traditionellen Durchhaltespruch von damals an: Die Stunde rennt, die Olle pennt, tschüs, tschüs, liebe Olle, wir trinken noch ne Molle!"

„Richtig", entgegnet Klaus. „Einfach köstlich, die Freunde und Begleiter der Jugend um sich zu haben. Was ‚LuMa' für den Sport und die Kultur in Guben leistet, kann man gar nicht hoch genug einschätzen. Ohne Lutz Materne, das Organisationstalent, wären wir alle längst vergessen, vor allem wir Sechsundfünfziger. Unglaublich, wie uns die vielen, vielen Gäste zur Einhundertjahrfeier des Gubener Fußballs oder zur 1. Fan-Meile empfingen und hochleben ließen. Ein unvergessliches Erlebnis für mich."

Ölschinken wider den Hunger

In jungen Jahren schob Sepp reichlich Kohldampf. Schmalhans Küchenmeister saß ständig mit am Tisch. Fünf hungrige Mäuler galt es zu stopfen, fast ein Ding der Unmöglichkeit. Die Eltern waren arm wie Kirchenmäuse. Vielleicht lag darin der Grund für Mutter Maria, geb. Formanski, fromm und brav die Nähe des Gotteshauses zu suchen? Wenn schon nichts zu beißen, dann wenigstens geistige Nahrung! Vaters Geld, Adolf schlug sich mühselig als Landarbeiter durchs Leben, reichte weder hinten noch vorn.

Der kleine Sepp erblickte am 2. Januar 1906 im ostpreußischen Bischofsburg als Josef Witt das Licht einer rauen Welt. Viel zu lachen gab es nicht. Bruder Anton und Schwester Anni komplettierten die Familie. Wie alle Arme-Leute-Kinder besuchte der Junge die Volksschule. Seine gestrengen Auswendig-Pauker vermochten es nicht, der ausgeprägten Feinmotorik, der lebhaften Fantasie des Jungen und seiner schnellen Auffassungsgabe Zügel anzulegen. Ihr Brett vorm Kopf versperrte ihnen jedoch nicht völlig die Sicht. Sie erkannten das Talent ihres Schülers und die Möglichkeit, sich in seinem Glanz zu sonnen. Seht her, Vorgesetzte, bei uns kann man durchaus etwas lernen.

Den Eltern missfiel, was sie sahen. Nicht aus Prinzip, aus drückender Not. Feingliedrige Hände und ihres Kindes Hang, die Welt mit Stöckchen und Stift zu bearbeiten. Jedes Stück Papier bekritzelte er, in den Sand malte er Figuren. Wie sollten sie in ihrer Lage Verständnis für seine „brotlose Kunst“ aufbringen? Folglich sah sich Sepp gezwungen, seine Arbeitskraft ganz in den Dienst der Familie zu stellen.

Mit allerlei Gelegenheitsarbeiten verdiente sich das schmächtige Bürschchen seinen Unterhalt. Die Eltern dankten es ihm. Eine Sorge weniger. Jahre vergingen im Einerlei der Jahreszeiten und stupider Tätigkeit. Sepps künstlerische Ader versiegte im erbitterten Existenzkampf glücklicherweise nicht. Ganz im Gegenteil. Immer stärker spürte er seine Berufung. Nicht Mistgabel und Sense sind deine Bestimmung, sondern Pinsel und Farbe.

Von dem wenigen Geld, das er auf die hohe Kante legen konnte, erwarb er die Dinge, die ihn ans ersehnte Ziel bringen sollten. In jeder freien Minute malte Sepp. Zunächst ungeordnet, zufällig, was er sah und ihm gerade in den Sinn kam. Ohne jede Technik, nur der Intuition und Begabung gehorchend und der Vorlage oder Natur abgeschaut. Dabei schärfte er seine Wahrnehmung, trennte Wesentliches von Nebensächlichem, erwarb Fertigkeiten. Bald erkannte er seine Stärke – die Fähigkeit der fotografischen Abbildung eines Objektes, um es dann in aller Stille und Abgeschiedenheit aus dem Gedächtnis zu reproduzieren. Er benötigte nicht die stundenlange Inspiration des Ausschnitts der Natur, der abzubildenden Person oder eines Gegenstandes. Meist genügte ihm ein intensiver Blick, dann hatte er „sein" Bild im Kopf.

Allmählich füllte sich seine Kunstmappe mit Zeichnungen, geeignet, sich damit zu bewerben. Wider Erwarten hielten seine Werke den kritischen Augen der Lehrer der Königsberger Kunstschule stand. Naiv, aber nicht schlecht, alle Achtung. Da lässt sich was draus machen.

Zunächst aber galt es die Hürden eines freien Stipendiums zu nehmen. Sein erkanntes Talent ebnete den Weg. Josef Witt durfte studieren, auf Staatskosten. Sehr spät, aber nicht zu spät, freute sich der junge Mann. Die Freude erwies sich als Sternschnuppe. Den Krieg hatte er nicht auf seiner Rechnung. Der bescherte ihm zwar freie Kost und Logis, aber nicht den ersehnten Abschluss als Grafiker und Kunstmaler. Die braunen Anstreicher schlugen ihm den Pinsel vorzeitig aus der Hand, die Wehrmacht drückte ihm als Ersatz ein Gewehr hinein. Für einen hungrigen Mann durchaus eine Alternative, für einen Künstler eher nicht.

Seiner ostpreußischen Heimat blieb überhaupt keine Wahl, sie ging im Bombenhagel unter, begrub auch Maria Witt weit vor der Zeit. Der Vater verkrallte sich in die Scholle seiner Vorfahren. Fliehen kam für ihn überhaupt nicht in Frage. Sein Schicksal ist unbekannt. Sepp hörte nie wieder von ihm.

Der faschistische Wahnsinn hetzte ihn von Land zu Land, ehe er in der Sowjetunion in Gefangenschaft geriet. Elendes Vegetieren,

aber am Leben. Im Lager lernte Sepp Künstler aus Guben kennen, darunter den Maler Johannes Breitmeier und den Musiker Erich Mika. Nie gehört von dem Städtchen an der Oberneiße, aber feine Kerle hat es gezeugt. Meine Heimat ist unwiederbringlich dahin, die Verwandtschaft unauffindbar, überlegte er. Warum nicht Guben? Dort würde er sich bei einem Neuanfang wenigstens auf Gleichgesinnte, auf Freunde stützen können.
Liebe auf den ersten Blick war es nicht. Die neue Heimat blutete aus vielen Wunden. Die Nachkriegsrealität bot keinen Raum für schwärmerische Verklärung. Es war einmal ... eine Perle der Niederlausitz.
Es musste weitergehen. Die Hände in den Schoß legen war nie Sepps Ding. Sein fröhliches, optimistisches Naturell trieb ihn an. Hinzu kam die Motivation: Nie wieder Krieg! Im Geist der neuen Zeit sah Sepp Witt eine Perspektive für sich und seine Berufung. Wenn das Zimmer in der Sächsischen Straße auch klein und bescheiden war, so eroberte er sich von dort aus doch Schritt für Schritt sein zweites Zuhause.
Es gibt keine schlechtere Zeit für Kunst, witzelte Sepp, es kann nur besser werden. Lasst uns die Lebensfreude der vom Krieg gezeichneten und vom Nationalsozialismus deformierten Seelen wecken und die Kunst ernährt wieder ihren Mann, sprach er sich und seinen zögerlichen Freunden Mut zu. Ab sofort bin ich freischaffender Maler.
Kunst und Künstler brauchen Öffentlichkeit, müssen von sich reden machen. Witt malte alles und für jeden, was ihm gerade vor die „Flinte" kam. Vor allem edle Hirsche in bergiger Landschaft wurden sein Markenzeichen. Über Flüsterpropaganda erweiterte sich sein Kundenkreis stetig. Aber: Mühsam ernährte sich das Eichhörnchen.
Erhard Noack, Lehrling im Malergeschäft Seuring, erinnert sich, dass Herr Witt im Laden seines Lehrmeisters sehr häufig Farben kaufte. Er sei ein guter Kunde gewesen.
Akuter Nachkriegsmangel zwang Sepp, vorübergehend mit gewöhnlicher Tusche auf Pappe zu malen. Als es die Verhältnisse

erlaubten, stieg er auf Ölfarben und Leinwand um. Alles, was er an Malerutensilien in Guben nicht bekommen konnte, besorgte er sich aus Berlin. Dort deckte ein privater Kunstverlag seine Bedürfnisse. Den Geldwert wog Sepp gezwungenermaßen mit seinen Bildern auf. Für ihn ein schmerzliches, aber unvermeidbares Verlustgeschäft. Schnell bestätigte sich sein Verdacht, dass das Schlitzohr damit in Westberlin und der Bundesrepublik einen schwunghaften, lukrativen Handel trieb.

Eine künstlerische Tribüne bot der bereits im Juni 1945 gegründete „Kulturbund zur demokratischen Erneuerung Deutschlands", angeregt durch die KPD und propagiert durch den Dichter Johannes R. Becher. „Das Manifest und die Leitsätze des Kulturbundes waren ein demokratisches Programm der geistigen und kulturellen Erneuerung unseres Volkes, ein Programm zur Durchsetzung der antifaschistisch-demokratischen und antiimperialistischen Umwälzung", resümierte Hans Pischner auf dem X. Bundeskongress im Jahre 1982.

Die Gubener Ortsgruppe entstand am 17. März 1946. Johanna Berenstecher, Johannes Breitmeier, Karl Buder, Herbert Dolling, Gertrud Gützlaff, Ursula Schöpe, Sepp Witt und andere bildeten innerhalb des Kulturbundes eine rührige Arbeitsgemeinschaft „Bildende Kunst". Die vielbeachtete erste Ausstellung fand im Mai 1947 in der Pestalozzischule statt.

Ins Bewusstsein der Gubener drängte sich Sepp Witt auch als Sportsmann. Jahrelang betätigte er sich als Fußballschiedsrichter, der Reipoplatz sah ihn als begeisterungsfähigen Zuschauer. Immer und überall war Josef Witt präsent. Die Rechnung ging auf, der Enthusiasmus zahlte sich aus, wenn auch nur pfennigweise.

Auch familiär kam einiges in die Reihe. Schwester Anni zog ebenfalls nach Guben und arbeitete später über einen langen Zeitraum als verheiratete Anni Richter beim Rat des Kreises.

Sepp verliebte sich alsbald in Meta Stark, verwitwete Tschierschky. Die 1923 in Guben geborene deutlich jüngere Braut hatte im Krieg ihren Mann verloren. Die alleinerziehende Mutter brachte den 1942 zur Welt gekommenen und sich zu einem

Pädagogenschreck entwickelnden Sohn Wolfgang mit in die Ehe, als man 1948 heiratete. Meta stammte von der Gubener Ostseite und war 1945 mit Tausenden anderen von dort vertrieben worden. Sie arbeitete bei Griebels in der Alten Poststraße als Friseuse.
An die Familie Griebel knüpfe ich angenehme persönliche Erinnerungen. Griebels wohnten seit Anfang der 1950er Jahre in unserem Neubaublock in der Karl-Marx-Straße und besaßen den ersten Fernsehapparat in meiner kleinen Welt. Großzügig luden sie zum Gemeinschaftsempfang. Einer der Nachbarschafts-Profiteure war ich. Bis in den späten Abend hinein durfte ich internationale Sportereignisse am Bildschirm verfolgen. Besonders gern denke ich an die spannenden Eishockeyweltmeisterschaften mit den rassigen Kämpfen zwischen der Sowjetunion, der Tschechoslowakei, Schweden und Kanada. Eine geschenkte umfangreiche Bierdeckelsammlung vervollkommnete mein Glück.
Sepp Witt vertat seine Zeit nicht mit Fernsehen. Er produzierte Nachwuchs – an Gemälden und Töchtern. Rund um die Uhr. 1948 kam Ingrid auf die Welt. Im Abstand von je zwei Jahren folgten Ursula und Monika. Ein geräumigeres Familiennest musste her. Witts zogen in die Dr.-Ayrer-Straße. Bescheidener wirtschaftlicher Aufschwung ermöglichte den Kauf eines Reihenhäuschens in der Kaltenborner Straße 46.
Aus jener Zeit ist mir Sepp Witt persönlich bekannt, wenn auch nur flüchtig. Wir wohnten gleich um die Ecke in der Karl-Marx-Straße, vormals Westring. Mein Stiefvater Helmut Schwemmer, Bühnenmaler und Technischer Leiter am Gubener Stadttheater, folgend Werbeleiter der HO und des CFG, und Sepp pflegten Kontakt zueinander. Nun ja, am häufigsten traf man sich wohl in Kneipen. Während sich Stiefvater regelmäßig nach einer Kaschemme verabschiedete, absolvierte Witt meist einen Parcours mit vielen Stationen. Nacheinander übersprang er die Hindernisse: Feldschlößchen, Gambrinus, Stadt Guben, Busching, Weißer Hirsch, Wolfsquelle und Café („Röckchen hoch“) Riedel. Manchmal auch in umgekehrter Reihenfolge.
Tochter Ingrid liebte Vaters Rundgänge durch die Gubener

Lokalitäten, fielen für das Mädchen doch meist Bockwurst und Brause ab. Ihres Erzeugers Drang zu Zapfhahn und Tresen erwuchs nicht vordergründig aus der Liebe zum Alkohol. Seine eigentliche Triebfeder bestand im Bedürfnis nach Geselligkeit. Der Kunstmaler Witt war ein lebenslustiger Mensch, der gern viele Leute um sich scharrte. Überall traf er Bekannte zum Schwatzen und nicht selten ergaben sich aus den Gesprächen Aufträge zum Malen. Eine glückliche Symbiose von Gemeinschaftsgeist und Geschäftssinn.

Gerühmt wurde Sepp wegen seiner Kameradschaftlichkeit und Hilfsbereitschaft. Manfred Ewersbach kann ein Lied davon singen. Obwohl selbst nicht im Überfluss lebend, half er dem Hobbymaler mit einem Keilrahmen aus. Eine Geste, die der heute in Taubendorf lebende Ewersbach nicht vergessen wird, entstand daraus doch die erste Einfassung eines eigenen Werkes. Der aus Guben stammende bedeutende Berliner Maler und Grafiker Klaus Janck schätzt Ewersbachs Kunst hoch ein.

Mit Fahrrad, Baske und Zigarre – überwiegend kalt, ganz im Stile des legendären Egon Olsen von gleichnamiger Bande – mauserte sich Sepp Witt zu einem Gubener Original. Er gehörte zum Stadtbild wie „Versicherungs-Hübner“, die „flotte Lotte“ aus Krayne, „Ilschen“ Wust-Hefter,„Lumpen-Lisa“, „Kunstgewerbe-Eichhorn“, das „Dreieck“ und die „Kugelbrücke“.

Seine Allgegenwärtigkeit und Volkstümlichkeit trübte den Gubenern zunächst den Blick für die wahre Kunst des Meisters. Wenn man ehrlich ist, fiel es auch dem gutwilligsten Kenner nicht ganz leicht, sie hinter der Lohnmalerei, pro Woche musste mindestens ein Bild fertig sein, zu erkennen. Es gab buchstäblich nichts, was der „Pinselquäler“ nicht malte und bemalte. Bloß gut, dass damals Graffiti noch nicht in Mode waren.

Er beschriftete Kranzschleifen für die Gärtnerei Schmiechen, entwarf Plakate für Sportveranstaltungen, entwarf Urkunden für den Friseur Edwin Ambrosch, fertigte Werbung für Hausmanns Karussells und Luftschaukeln, verzierte rustikale Möbel für Foto-Reinert. Einen lukrativen Auftrag, gut bezahlte Arbeit für Wochen,

erhielt er von Gerhard Noack, Gaststättenleiter vom Kerkwitzer Jägerhof. Gastraum und Saal sollten mit Tiermotiven verschönert werden. Leider fielen die Kunstwerke einer späteren Renovierung zum Opfer. Erinnerungsfotos – Fehlanzeige!?
Zunächst arbeitete Sepp, zum Ärger der Familie, in der Küche. So manches Mal hing der Haussegen schief. Die Einrichtung eines Ateliers wurde unumgänglich. Es entstand in der Laube seines geliebten Gartens in der Kaltenborner Straße. Zwischen Obst und Gemüse, Hühnern und Kaninchen fühlte er sich wohl. Seine Liebe zum Garten sprudelte aus mehreren Quellen. Zum einen boten ihm Bäume, Früchte, Blumen und Tiere die schönsten Motive, zum anderen bereicherte er den Speiseplan.
Unschön der Winter. Die Laube war nur beheizbar mit einem Eiseröfchen. Und zwickte der Frost auch bitterlich, gemalt wurde trotzdem. Frau und Kinder mussten essen. Dick eingemummelt in allerlei Kleidungsstücke, abgeschnittene Fingerlinge an den Händen, schwang Sepp den Pinsel. Die permanente Fußkälte griff seine Nieren an. Daraus entwickelte sich ein chronisches Leiden, ursächlich für seinen vergleichsweise frühen Tod.
Witt malte Bilder über Bilder auf Wunsch und Bestellung, signiert mit „S. Witt“. Und was man sich alles wünschte! „Elfen“, „Lustige Vagabunden“, den 1908 eingeweihten und 1945 zerstörten Bismarckturm – meist nach der weit verbreiteten Postkarte „Lärchenstieg und Bismarckturm“ gezeichnet – Blumen, Tiere, Landschaften, Spreewaldmotive und immer wieder Hirsche, röhrende Hirsche. Auf dem Berg, im Tal, am Wasser, halb verdeckt durch Bäume, nebelumwallt oder von der Sonne beschienen. Selbst vor alten Meistern schreckte der Besessene nicht zurück. Einige Kopien gelangen täuschend echt.
Unerschöpflich die menschlichen Vorlieben. Geschmack kommt von schmecken. Vieles schmeckte dem Künstler nicht, seiner Kundschaft etwas abzuschlagen aber kam ihm nicht in den Sinn. Er lebte von ihr.
Um viele Aufträge ranken sich inzwischen heitere Geschichtchen und amüsante Anekdoten. So lieferte Frau Ambrosch, Gattin des

Friseurmeisters, reichlich Gesprächsstoff. Die „Auswärtsche" hatte allerhand Macken. Sie gilt als Erfinderin der Schonbezüge. All ihre Sitzmöbel schützte sie vor Beschmutzung – durch Zeitungen. Empfing sie einen Gast, durfte er sich seinen Hintern nur auf Agitation und Propaganda breitdrücken. Edwin, ihr Mann, fürchtete seine Holde wie der Teufel das Weihwasser. Im Haushalt Ambrosch hatte sie die Hosen an.
Edewin, wie sie ihren Pantoffelhelden in fremdartigem Dialekt nannte, hatte zu parieren. Frau Ambrosch sah und hörte alles, kein Wunder bei stets offenen Fenstern. Einmal gab es Südfrüchte, was selten genug vorkam. Die Ambroschen rief so laut, dass es die ganze Straße hörte: „Edewin, Edewin, zieh' deine grüne Jopfe an und geh', es gibt Zitrönchen!" Ihre ulkigen Sprüche pfiffen damals die Spatzen von den Dächern, einer hörte auf den Namen Manni Weiche.
Eine andere Geschichte erzählt von Dr. Kirsch, der drei Bilder von Sepp sein eigen nannte. Um seinen Patienten die Angst vor'm Arzt zu nehmen, hing der Medizinmann zwei kleine Motive in den Warteraum und eine großformatige Landschaft in sein Praxiszimmer. Eines schönen Tages fehlten die Bilder im Warteraum. „Langfingrige Liebhaber" der Witt'schen Kunst hatten zugeschlagen. Kurz darauf soll ein Zettel an der kahlen Wand gehangen haben, worauf sinngemäß zu lesen stand: „Hier hingen zwei wertvolle Bilder, die von wertlosen Banausen gestohlen wurden".
Leider überdauerten viele Witt-Schöpfungen, darunter viele Unikate, den Anlass nicht, für den sie entstanden. Oft waren sie den Auftraggebern oder Konsumenten nicht einmal ein Foto wert. Meine intensiven Recherchen, auch nur eine seiner liebenswerten Fußballkarikaturen aufzutreiben, scheiterten bisher kläglich.
Um sich über Wasser zu halten und seine Familie ernähren zu können, hatte Sepp auch Gebrauchsgrafiken für Fußballspiele der Mannschaften KWU Rot Weiß Guben und Fortschritt Guben gefertigt. Ich sah die Plakate über dem Eingang des Reipoplatzes prangen. Was haben wir Kinder uns Anfang der 1950er Jahre darüber gefreut. Die Erwachsenen schmunzelten, gingen vorüber und schon war alles vergessen. Bis zum nächsten Heimspiel.

Nicht viel anders erging es seinen Gemälden, im Volksmund „Ölschinken“ geheißen. Für mich und meine Familie ein Muss bei den rituellen Schaufensterbummeln bei Bänisch und Weiße.
Der Gubener verpackte seine Anerkennung gern in mitleidige Spöttelei, auf den ersten Blick verletzend und abwertend. Wer ihm den Puls genauer fühlt, hört unverkennbar Zuneigung, Herzlichkeit und Freundschaft.
Zu Lebzeiten ist es Sepp Witt nicht gelungen, seinem künstlerischen Werk in der breiten Öffentlichkeit die gebührende Wertschätzung zu verschaffen, obwohl es durchaus vereinzelte Stimmen gab, die sein Talent und seine Bedeutung für die Gubener Nachkriegskultur erkannten. Gerhard Gunia, verdienstvoller Gubener Heimatgeschichtler, gehörte dazu. Als Wandzeitungsredakteur der gerade eröffneten Friedensschule schrieb er einen Beitrag über den Kunstmaler Josef Witt. Die Wandzeitungsblätter, kurz nach Gründung der DDR noch nicht mit platter und verlogener Agitation überfrachtet, gingen im Laufe der bewegten Zeit verloren.
Eine gewisse Berühmtheit erlangte der Gubener Maler erst nach seinem Tode; Schicksal vieler bedeutender Künstler. Inzwischen besitzt Sepp Witt Kultstatus, seine weit verstreuten Bilder sind auf dem Markt gesucht und erzielen beachtliche Preise. Aufwand, Geld und Ausdauer sind nötig, um einen „öligen Hirsch“ zu erwerben. Mit etwas Glück ist auch mal ein Schnäppchen dabei. So der Rückkauf eines Bildes auf dem Flohmarkt für schlappe fünf Euro. Die Verwandtschaft, allen voran Tochter Ingrid und Söhne, die reges Interesse an Großvaters Kunst zeigen, vermeldet erste nennenswerte Erfolge. Dank der Großmut des Herrn Schwierz, letzter Gaststättenleiter der Broiler Bar, vormals Weißer Hirsch, konnte ein beeindruckendes Hirschmotiv vor dem Verlust gerettet werden. Weitere „große Fische“ gingen ins Netz. Darunter herrliche Still-Leben und Landschaften.
Das vermutlich einzige Porträt, 1954 von des Künstlers Hand geschaffen, befindet sich im Besitz der Nachkommen von Hans Höhne, weiland Wirt des Feldschlößchen – bereits 1920 geführt von Paul Höhne – und Spezi von Sepp.

Die Männerfreundschaft entstand beim Skatspiel, eine der tiefen Leidenschaften des Malers. Manchmal flogen nicht nur die Karten, sondern auch die Fetzen. Beim Skatspiel ärgerte sich Sepp bis zur Weißglut, da kannte er keine Verwandten. Seine leidenschaftlichen Ausbrüche trafen häufig Schwester Anni, die hin und wieder mit von der Partie war.
In den eigenen vier Wänden spielte man am eckigen Küchentisch, im Feldschlößchen am runden Stammtisch. Aus dem mache ich Kleinholz, sagte eines schönen Tages der Kneipier. Die neuen Möbel sind schon bestellt.
Bist du denn von allen guten Geistern verlassen, regte sich Sepp auf und nahm sich des geliebten Stückes an. Fortan stand der Tisch in seiner Küche in der Kaltenborner Straße. Bis heute hält die Familie ihm die Treue. Gegenwärtig steht er bei Stiefsohn Wolfgang in Ziltendorf und erfreut sich bei Gartenpartys ungebrochener Beliebtheit.
Bescheiden, wie er gelebt, starb Josef Witt, von seiner Umwelt kaum wahrgenommen, am 31. August 1975 in Guben. Seine Frau Meta – bis 1948 Friseuse, danach Krippenerzieherin – wohnte noch einige Zeit in der Kaltenborner Straße, dann verkaufte sie das Haus weit unter Wert, ganz ähnlich, wie es ihr Mann mit dem größten Teil seiner Bilder getan hatte. Zu seinen Lebzeiten war es ihr nicht gelungen, ihm einige besonders gelungene Bilder abzutrotzen. Sepp verkaufte alles. Seine Witwe lebt noch heute hochbetagt in Guben.
Den kargen künstlerischen Nachlass umsorgt Tochter Ingrid, mir bestens bekannt aus gemeinsamer Schulzeit. Gleich mir besuchte Ingrid zuerst die Wilhelm-Pieck-Schule, um anschließend in die Pestalozzischule zu wechseln. Irgendwann verloren wir uns aus den Augen.
Ingrid erlernte den Beruf einer Verkäuferin beim Konsum. Zur Berufsschule fuhr sie mit der Bahn nach Cottbus in die Kommunale Berufsschule Sandow, als Oberstufenzentrum später geführt von meinem befreundeten Kollegen Rainer Lorenz. Eine dieser Fahrten verband sich für sie mit einem schrecklichen Erlebnis. Sie

saß in dem Personenzug, in dem Franz Moskwa, langjähriger Leiter der HOG Volkshaus, in Kerkwitz tödlich verunglückte. Beruflich trieb es sie in die Arme von Spiel- und Haushaltswaren Stark, inzwischen gibt es in dem Traditionsgeschäft an der Egelneißebrücke Süß- und Spielwaren, partnerschaftlich in die von Bernd Philipp, Technologe im OBW Guben. Zur Hochzeit gab es vom Ehemann nicht nur einen wunderschönen Brautstrauß, sondern vom Vater zusätzlich einen phantastischen „in Öl und Herzblut eingelegten Fliederstrauß“. Er gehört für mich zu Sepp Witts eindrucksvollsten Arbeiten. Bedauerlicherweise konnte sich Bernd Philipp nur noch kurzzeitig aktiv an der Pflege des künstlerischen Erbes seines Schwiegervaters beteiligen. Eben fertig mit der Errichtung eines Eigenheims, verstarb er 2006 an einer tückischen Lungenkrankheit.

Im Rahmen meiner Nachforschungen zum Kunstmaler Witt stieß ich zwangsläufig auf die Firma Bilder-Weiße. Oder war es umgekehrt? Vielleicht nahm ich beider Witterung sogar schon in Krayne auf. Ja, so muss es gewesen sein. Kein Zweifel. Bei der Begutachtung der „Teichperle der Niederlausitz“ fand ich die miteinander verquickten Spuren von Witt und Weiße über Eva und Heinz Matuszewski.

Der Blick weitet sich über das nach Süden sich öffnende wunderschöne Neißetal. Weißgraue Wolken ziehen quer zum Strom, verweben, bauschen sich auf, zerfransen. Rastlos wie unsere Träume, Sehnsüchte und Erinnerungen gebären sie ständig neue Formen, luftig und leicht, schwebend und jagend, entstehend und vergehend. Auf der Westseite des Flusses zieht sich, einem Schmuckband gleich, der Neißedamm, der sich unter dichtem Blätterdach des Turnerwäldchens in naher Ferne verliert. Rechts von ihm, inmitten blühender Gärten, darunter der von Erika und Harry Ziersch, die erhabene Silhouette des Naemi-Wilke-Stifts. Unter seinem Dach habe ich einmal gelesen; viele Stühle waren frei geblieben. Wer in einem Krankenhaus ist, möchte raus. Patienten

haben eigene Sorgen. Und wer draußen ist, möchte nicht hinein. Daran hätte ich denken müssen. Die Situation erkennend, Gerd besaß ein feines Gespür für leise Töne, stärkte mir der „Kieselsteiner“ mit seiner Anwesenheit den Rücken. Obwohl er seine Gefühle nie dick auftrug, füllte er manche Lücke aus. Ein leiser, aber echter Freund.
Von der polnischen Ostseite grüßen backsteinrote Erinnerungen an Wolfs Villa und Tuchfabrik, eingebettet in frisches Ufergrün. Die schreiende Nachtclubwerbung ist fast zugewachsen.
Unser Standpunkt ist gut gewählt. Wir stehen in einem weitläufigen Erker eines Hinterhauses in der Frankfurter Straße. Als ich Matuszewskis das erste Mal besuchte, lebte Heinz noch. Im Frühjahr 2007 kommen wir uns etwas verloren vor in den großen Räumen. Melancholie liegt in der milden Luft, die uns schon den ganzen Winter über verwöhnte. Als könne Frau Eva meine sentimentalen Gedanken erraten, lässt sie ihren wehmütigen Gefühlen freien Lauf. „Sie haben Recht, Herr Schatte, ein intaktes Haus mit gepflegtem Garten und phantastischer Aussicht. Aber, trotz wunderschöner Wohnungen und bester Lage wohnt außer mir gegenwärtig nur noch ein Mieter hier. So ändern sich die Zeiten. Bald werden auch die letzten ‚Ureinwohner' der Frankfurter Straße, Frau Stellmacher und ich, ausgestorben sein. Die nächste Generation verkörpern Altmanns und Durings.“ In ihren hellblauen Augen schimmert entrückter Schalk. Fein, denke ich, die Lebensfreude ist nur verdeckt, nicht gänzlich verschüttet.
„Vor dem Krieg bot sich ein noch viel interessanterer Blick auf die Gubener Lebensader“, erfahre ich weiter. „Da herrschte emsiges Treiben auf dem Wasser und an den Ufern. Von uns aus gut zu beobachten der kleine Kran und das große Boot mit aufmontiertem Schaufelradbagger. Herr Woithe, der Besitzer, bewahrte damit die Oberneiße vor Versandung. Der Kran stand am Ende der Ufereinfassung am Lohmühlenweg, hob Kies aus zum Bau der Chaussee Guben-Cottbus. Erst als der Krieg das Wehr demolierte, versandete der Fluss, es entstand eine Insel mit hohem Bewuchs. Nach der Instandsetzung überspülte die Insel, die Strömung trug

das Schwemmland größtenteils wieder ab. Wenn die Neiße heute Niedrigwasser führt, treten die Konturen der Insel auf Zeit deutlich zutage."

„Daran erinnere ich mich", werfe ich ein. „Wir wohnten nach dem Krieg in der Winkelstraße, die Neiße gehörte zu meinen bevorzugten Spielplätzen."

„Ist Ihnen die Flussbadeanstalt unterhalb Wolfs Fabrik mit ihrer u-förmigen Bebauung, überwiegend Umkleidekabinen, noch bekannt?"

„Nicht aus eigener Anschauung. Nur von Fotos her, genau wie die um 1900 erbaute Badeanstalt unterhalb des Wehres, unmittelbar vor den Stufen der Theaterinsel. Als ich dort Anfang der 1950er Jahre paddelte, war das Baden offiziell verboten. Aber was verboten ist ... Aus eigener Anschauung kenne ich nur noch die Badeanstalt am Westufer, unmittelbar im Anschluss an die Ufermauer. Ein beliebter Treffpunkt für die Gubener Jugend der 1950er und 1960er Jahre."

„Bevor sie gebaut wurde", sagt Eva, „badeten die Gubener Nachkriegskinder knapp oberhalb des kaputten Wehres. Sie stiegen verbotenerweise einfach über die schmiedeeisernen Gitter in der Ufermauer und sprangen von dort ins Wasser, immer auf der Hut vor Grenzern. Von unseren Fenstern aus konnten wir das nicht ungefährliche Versteckspiel gut beobachten."

„Wie sind Sie überhaupt hierhergekommen, Frau Matuszewski?"

„Das ist eine längere Geschichte. Haben Sie etwas Zeit?"

„Ein Altersteilzeitvorruhestandsgenießer hat keine Arbeit mehr, folglich jede Menge freie Kapazität. Ho, ho! Nein, ich muss nicht mehr auf die Uhr sehen."

Paul Weiße stammt aus Lebus, wurde 1882 dort geboren. Seine Frau Johanna, eine geborene Riedel, hingegen kam 1902 in Guben zur Welt. Aus gutbürgerlichem Hause stammend, besuchte sie das Gubener Lyzeum, wo sie sich mit Agnes Johanna Anna Charlotte Günther, Tochter des Gutsbesitzers von Birkenberge (poln. Brzozów), anfreundete. Als Annelotte Wolf erwarb sich die

Freundin nach dem Krieg einen legendären Ruf im Gubener Land. Bis zu ihrem Lebensende 1978 leitete „Mutta Wolfen" in Krayne ein Altenpflegeheim.
Sein erstes Geschäft eröffnete Paul 1910 in der Gubener Schulstraße. An der Neiße hellem Strande lernten sich Evas Eltern kennen, geheiratet haben sie in der Stadtkirche. Die Aktivitäten zum Wiederaufbau des Gubener Wahrzeichens verfolge ich mit inniger Anteilnahme.
Im Einwohnerbuch der Stadt Guben von 1920 finden sich unter der Rubrik „Geschäfts- und Gewerbetreibende" unter dem Stichwort „Bildereinrahmungsgeschäfte" drei Eintragungen: „Müller, Frieda, Frankfurter Str. 39/40; Weiße, Paul, Schulstr. 7, und Welz, Alfons, Schulstr. 25/26". Im Jahrgang 1930 ist der Eintrag auf „Bildereinrahmungsgeschäft und Bilderhandel Paul Weiße Schulstr. 7" erweitert.
Seit Paul sich vor allem auf den Großhandel mit Bildern spezialisierte, lief das Geschäft ausgezeichnet. Nach der Hochzeit gab seine Frau ihren Beruf auf und arbeitete im Geschäft mit.
Johanna gehörte zu den wenigen Mädchen mit einem höheren selbstständigen Berufsabschluss. Sie hatte Dentistin (Zahntechniker und Zahnarzt in einem) bei Fräulein Käte Rawengel gelernt – neben Charlotte Bauer vom Jentschplatz die einzige Frau in diesem Beruf, die eine Praxis im Obergeschoss des Hauses Frankfurter Straße 22 führte. Ebenerdig befand sich der Gasthof zum grünen Baum, 1920 geführt von August Strauß.
Eine große Werkstatt und ein umfängliches Lager auf dem Hinterhof der Schulstraße, besetzt mit mehreren Angestellten, komplettierten die Firma Weiße. Der Patron pflegte ein sehr freundschaftliches Verhältnis zu ihnen. Tochter Eva erinnert sich, dass er eine kranke Mitarbeiterin mehrfach in Gubbinchen besuchte. Wegen des familiären Arbeitsklimas trennte sich der verdienstvolle Tischler schweren Herzens von der Firma, als ihn das Soldatenschicksal ereilte.
Spezielle Lieferautos wurden angeschafft. Ohne Kundenservice lief bald nichts mehr. Selbst private PKW leisteten sich Weißes.

Ein langjähriger Fahrer war der Sohn des Neiße-Kranfahrers Woithe. Leider mussten im Krieg alle Fahrzeuge an die Wehrmacht abgegeben werden.
1932 kaufte Paul in der Frankfurter Straße vier Mietshäuser. Vom Dreieck aus gesehen auf der linken Seite, mit herrlichem Blick auf die Neiße, das reichlich 250 Jahre alte schmale Fachwerkhaus Nummer 16. Ganz früher soll es eine Gaststätte gewesen sein. Als Paul es erwarb, befand sich der Schuhmacher Bartusch darin. Das Nebenhaus gehörte Pumpen-Noack. Zu Evas Erstaunen trennte nicht einmal eine Giebelmauer auf dem Boden die benachbarten Häuser. Auf wundersame Weise überlebten beide historischen Gebäude den schrecklichen Krieg.
Auf der gegenüberliegenden Straßenseite legte sich Paul die Häuser Nummer 36–38 zu, die er zu einem sehenswerten Gebäude umbauen ließ. In Front zur Frankfurter Straße entstand ein modernes Ladengeschäft. Der sich auf dem Hof befindliche Seitenflügel wurde gründlich überholt. Völlig neu entstanden die Werkstatt und das Hinterhaus, in dem Tochter Eva 1933 geboren wurde und noch heute lebt.
1939 gab Paul Weiße das Ladengeschäft auf, neuer Mieter wurde die Friseuse Strauß. Von da an widmete er sich nur noch dem Großhandel. Paul bezog seine hochwertige Ware hauptsächlich aus Leipzig, Berlin und Wien. Die Auswahl erfolgte über Katalog. Im Angebot war alles, was der Kunde wünschte: Holzschnitte, Scherenschnitte, Radierungen, Kupferstiche, Ölgemälde – Originale und Drucke. Der bedeutendste Lieferant hieß Druckerei May aus Leipzig, aus der nach dem Krieg der Verlag der Kunst hervorging. Die Bilderdrucke wurden meist auf Rollen geliefert und erst nach Bedarf geschnitten und gerahmt.
Der Aufgabe des Ladens ging eine Absprache mit Kurt Bänisch voraus, der als Nachfolger von Bilder-Weiße am Markt ein eigenes Bildergeschäft eröffnete.
Im Einwohnerbuch von 1939 steht: „Kurt Bänisch Kunsthandlung Markt 17–18“. Das Fernsprechbuch von 1941 für den Bezirk der Reichspostdirektion Frankfurt (Oder) beinhaltet folgenden

Eintrag: „Kurt Bänisch früher Paul Weiße Kunsthandlung Markt 17–18“.
Vor seiner Selbstständigkeit wohnte „Kurte“ Bänisch an der Kahnbaustelle und arbeitete in der Leisten- und Rahmenfabrik Aders & Blumenberg in der Mittelstraße. Bis zur kriegsbedingten Evakuierung Anfang 1945 führte Bänisch das florierende Geschäft am Markt.
Nach der katastrophalen Niederlage des deutschen Faschismus mietete sich Kurt in der Ruine des ehemaligen Gasthof zum grünen Baum in der Frankfurter Straße ein, folgend umbenannt in Straße der Freundschaft. Das zerbombte Obergeschoss ersetzte er durch ein flaches Dach aus geteerter Pappe, die von „Dachpappen-Paule“ stammte. Heute steht auf dem Boden des inzwischen weggerissenen Gebäudes ein Schmuckstück, die tadellos restaurierte alte Gubener Postmeilensäule.
Der erbitterte Völkermord hatte auch der Existenzgrundlage der Firma Weiße erheblichen Schaden zugefügt. Das Vorderhaus wies sechs schwere Einschüsse auf, Treffer auch im Seitenflügel. Vom Hinterhaus, das in keiner Weise den üblichen Vorstellungen eines solchen entspricht, brannte das gesamte Dachgeschoss aus. Das gleiche Schicksal erlitt das Geschäftshaus auf dem Nachbargrundstück nach schweren Treffern, auf dessen Grund und Boden sich die Werkstatt befand, die ebenfalls Totalschaden erlitt.
Wollte man leben, musste es sofort weitergehen. An einen spontanen Wiederaufbau im großen Stil war nicht zu denken. Also backten Weißes kleine Brötchen. Im alten Pferdestall, auf dem Hof des Fachwerkhauses gelegen, entstand durch Um- und Anbauten eine Werkstatt, die schon bald drei bis vier Beschäftigte beherbergte. Hinzu kam Tochter Eva, die im elterlichen Betrieb die Buchhaltung erlernte und übernahm.
Die maroden Fachwerkhäuser verschwanden Anfang der 1960er Jahre, die Lücke füllte Paul mit einem provisorischen Schaufenster aus. Heute befindet sich auf den Grundstücken ein Neubau, in dem sich gegenwärtig das Geschäft Chelsea eingemietet hat.

Das Aus für Bilder-Weiße kam 1968 mit Pauls Tod. Seine Witwe konnte den Betrieb nicht aufrechterhalten. Sie erreichte ein hohes Alter, starb erst 1992 in ihrer Heimatstadt.
Momentan ist der Laden im Vorderhaus, im Laufe der Jahre in zwei kleine Verkaufseinrichtungen geteilt, an die Deutsche Bank und Textilwaren-Weise vermietet.

Nach einer kleinen Erzähl- und Verarbeitungspause möchte ich wissen, in welcher Beziehung der Kunstmaler Josef Witt und die Firma Weiße gestanden haben. Und schon sprudelt das Bächlein wieder munter.
Schon kurz nach dem Kriegsende putzte Sepp Witt Klinken. Froh über die Offerte, ging Paul Weiße sofort darauf ein. Beide mussten auf die Beine kommen, waren voneinander abhängig, der Künstler und der Geschäftsmann. Witt bot die Kunst, Paul die Kunden. Bis 1968 blieben sie ein Gespann. Eingebunden in das Geschäft wurden alsbald auch Bilder-Bänisch und die Glaserei Altmann.
Zu meinem „tierischen" Vergnügen „lachten" mich aus den Schaufenstern von Weiße und Bänisch über viele Jahre die für Witt typischen röhrenden Hirsche an.
Die Familie Engmann, Besitzer der Sembtener Motormühle, zählte zu den ersten „Bilderstürmern". Ihr von Flüchtlingen geplünderter Hausstand bedurfte einer gründlichen Erneuerung und Ergänzung. Da kam ihnen Sepp Witt gerade recht. Der hungrige Künstler zog 1946 mit seinen Ölschinken über Land. Gern tauschte er seine Bilder gegen Mehl und Kartoffeln.
Nach Flora Engmanns Tod interessierte sich niemand für das Landschaftsbild des „unbekannten Meisters". Weg damit. Den Frevel verhinderte der Landarzt Dr. Dieter Oertel, folgend Kreisarzt von Guben und bis zum Zusammenbruch der DDR Bezirksarzt von Cottbus, der gleichzeitig ein Vertiko und eine Anrichte aus massivem Holz vor der Vernichtung bewahrte. Lange Jahre unbeachtet im Keller, verbreitet das Gemälde heute aus neuem Rahmen frischen Glanz. Eine Pracht, die dem Namen des kleinen, großen Menschen und Malers Josef Witt außerordentlich gut zu Gesicht steht.

Wie ein Fürst einem Maler zu unsterblichem Ruhm verhilft

Der Geburtsschrei von Frank Merker im Gubener Amselweg 4 ging im nahenden Kanonendonner und Belfern der Maschinengewehre fast schon unter. Die Front rückte unaufhörlich näher und spülte alsbald den unverwechselbaren Charme der Neißestadt in die Gosse. Die Freude über den Neuankömmling hielt sich folglich in Grenzen, zu sehr überlagerten die Sorgen des Kriegsalltags die Stammhalterankunft. Mutter Elsbeth nicht arbeitsfähig und Vater Kurt im Krieg. Nur in Großvaters Wein fiel kein Wermutstropfen. Vom ersten Tag an liebte er seinen Enkel abgöttisch.
Oskar Merker saß sein Leben lang als Kutscher bei der Speditionsfirma Wilke auf dem Bock und hatte schon so manchem Sturm trotzig Paroli geboten. Gemeinsam mit seiner Frau und der Schwiegertochter verfrachtete er die wenigen Habseligkeiten der Familie und den Säugling auf ein Fuhrwerk und trabte los. Man ging auf die Flucht, wie man sprach. Unsägliche Strapazen unterwegs. Mit Mühe brachte Oskar seine kleine Fuhre über den Berg. Um mich alten Zausel ist es nicht schade, dachte er. Aber der Junge, mein Frank, der muss überleben. In Thüringen war Endstation.
Die Rückkehr in die Heimat gestaltete sich nicht weniger beschwerlich. Man erreichte Guben erst nach der Vertreibungsaktion und kam in der schwer zerstörten Frankfurter Straße auf einem Hinterhof unter. Mutters Milchquelle war inzwischen versiegt. Dafür sprudelte in unmittelbarer Nachbarschaft eine „Wolfsquelle“. Oskar Merker beehrte Röschen Wolf in ihrer Kneipe oft mit seinem Besuch. Nur auf ein Schepperchen, wie er seinen großen Durst fadenscheinig ummäntelte. Die Tarnung gelang nur unvollkommen, denn wenn andere auf einem Bein nicht stehen können, kann ein Kutscher auf drei Rädern schlecht fahren. Bring ma man noch een Kleenes, Reeschen. Prost!
Allmählich Normalität. Mutter fand Arbeit bei der Krankenkasse, Vater, gelernter Hutmacher, kehrte aus Gefangenschaft zurück und Großvater Oskar kutschierte für Wilkes wieder Fracht durch

Guben. Sein Hüh und Hot, begleitet vom Knallen der Peitsche, war Musik in des Enkels Ohren. Frank verehrte den Alten sehr, mehr als die Eltern und die andere Verwandtschaft.
Die Fünfziger Jahre brachten erfreuliche und schmerzliche Umbrüche. Umzug in die Mittelstraße, Einschulung in die Friedensschule und den Tod des Großvaters. Ein Trauma für den Jungen, bis heute schwebt Wehmut wie unsichtbarer Nebel über dem Verlust. Das Leben übertünchte die Trauer, spülte sie nie weg. Die Erinnerung konserviert auf Leinwand mit Farbe und Öl. Über den eigenen Tod hinaus.
Mir gefällt der Alte mit der Zigarre und dem Pferd, was Merker offensichtlich freut. Das Bild strahlt Ruhe und Gelassenheit aus, ist gleichsam Brücke in meine eigene Gubener Vergangenheit. Keine Heimatduselei, aufrichtige Gefühle: Freude und Geborgenheit.
„Ich wusste, ich muss ihn malen, aber erst, wenn ich das kann", sagt Enkel Frank. „Manches hast du im Kopf, vielleicht Jahre, und irgendwann musst du es malen."
Die Kinderfreundschaft mit Klaus-Peter, Sohn von Spielwaren-Berndt, tröstete. Unvergesslich die Ausflüge an den Göhlensee zum Angeln. Manchmal verbrachte Frank sogar einen Teil seiner Ferien im Angelhäuschen der Familie Berndt. Irgendwann, fast unbemerkt, ging die Kameradschaft in die Brüche. Vom Cottbuser Winde verweht oder vom Wasser der Neiße hinweggespült?
Der Neißestrand mit seinen hellen Kieseln und Sandbänken, seinen sacht im Wind schaukelnden Weiden, mit silbrigem Schilf und sattgrünen Wiesen gruben sich genauso tief in Franks Gedächtnis ein wie die patrouillierenden Grenzer hoch zu Ross.
Ohne voneinander zu wissen und Notiz zu nehmen, besuchten Frank und der Autor parallel die 1952 eingeweihte Wilhelm-Pieck-Schule. Wir Schiepchen wurden natürlich von den Höherklassigen keines Blickes gewürdigt. Eine bewusste Überschneidung unserer Lebenslinien ergab sich nicht. Erst Jahre nach der Wende kreuzte ich mit dem Bohemien die Klingen. Er Pinsel, ich Feder. Das Duell bestand aus einem friedlichen Wortgefecht.

Ende der 1950er Jahre die räumliche Trennung. Frank zog mit seinen Eltern nach Cottbus, ich blieb, wechselte nur in die Pestalozzischule.
Die Mittlere Reife erwarb Frank 1959 in Cottbus, im Kopf den Berufswunsch eines Forstingenieurs. In Wald und Flur fühlte er sich wohl. Vom Traum zur Realität führte ein Weg über den Facharbeiter, erworben im Staatlichen Forstwirtschaftsbetrieb Peitz. Da neben Borkenkäfern und Kiefernspannern weiteren Menschheitsschädlingen das Kriegshandwerk gelegt werden sollte, rief die Nationale Volksarmee Frank zum Wehrdienst an die Waffen. Weil die feindlichen Soldaten aber auf heiße Bohnen nicht sonderlich scharf waren, löffelten sie lieber die kalte Suppe, die man ihnen eingebrockt hatte. So blieb dem Gefreiten Frank genügend Zeit zum Grübeln. Im Ergebnis des Überlegens, Abwägens und Zweifelns kam er zu dem Entschluss, dass ihm ein künstlerischer Beruf vielleicht doch besser zu Gesicht stünde als harzige Hände. Hatten seine feingliedrigen Finger Bleistift und Pinsel nicht besser geführt als Axt und Säge? Schon als kleiner Junge empfand er überschwängliche Freude, wenn ihm Striche und Kreise zu sinnvollen Figuren gelangen. Mit Feuereifer und Ausdauer hatte er gemalt und manches Lob geerntet. Animiert von der begabten Mutter, sie zeichnete ebenfalls für ihr Leben gern, entstand im Laufe der Jahre eine große Mappe mit kleinen kindlichen Kunstwerken.
Eine bescheidene Auswahl davon legte er seiner Bewerbung an die Fachschule für angewandte Kunst in Berlin-Schöneweide bei. Die Absage schmerzte fürchterlich. Frank zweifelte an seinem Talent. Zurück in Cottbus, hielt er sich ziemlich kopflos mit allerhand Gelegenheitsarbeiten über Wasser, so bei der Konzert- und Gastspieldirektion als ungelernter Plakatmaler. Dem Betrachter war's egal. Die Plakate gefielen.
Vaters Aufstieg zum Bezirkssekretär für Jugendweihe beim Rat des Bezirkes brachte frischen Wind in die Karriere des verkrachten Künstlers. Über ihn kam der Sohn mit Rudolf Graf in Kontakt, einem anerkannten Maler der Dresdener Schule und Bezirksvorsitzenden des Künstlerverbandes. Mit das Beste, was der Bezirk

Cottbus damals zu bieten hatte. Die Last seiner Zeichenmappe, die er zum Meister schleppte, wog vor Ehrfurcht mindestens das Doppelte. Graf starrte entsetzt auf Merkers Malerei. Scheiße, entfuhr ihm seine Stellungnahme. Nein, mein Junge, so geht Kunst nicht. Du malst doch gerne? Ja. Dann lerne es. Von der Picke auf. Wann wollen wir damit anfangen?

Kein Rausschmiss trotz Verriss. Am fernen Horizont ein matter Hoffnungsschimmer. Frank nistete sich im großen Herzen des Meisters ein. Graf entwickelte für das schlummernde Talent ein eigenes Programm. Farblehre, Zeichenübungen, Beobachtungen. Anleitung und Ergebniskontrolle führten zu sichtbaren Fortschritten. Um der Natur ganz nahe zu sein, holte man sich einmal sogar aus dem Geflügelladen Konopka tiefgefrorene Fasane, malte in eiskaltem Zimmer und brachte die Tiere zügig zurück in die Kühltruhe. Fische holte man aus einem Laden in der „Sprem", Feldblumen vom Wegesrand. So entstanden Still-Leben. Besonders hilfreich die von Rudolf Graf vermittelte Bekanntschaft mit Gerhard Knabe, ebenfalls gestandener Künstler. Dessen in Dresden und Berlin gewonnenen Fachschulerfahrungen, er wusste, worauf es ankommt, womit man Eindruck schindet, erwiesen sich als Gold wert.

Der zweite Anlauf gelang 1967 an der Berliner Fachschule für Werbung und Gestaltung. Drei harte, aber wertvolle Jahre. Die Zufriedenheit der Lehrer mit Merkers Entwicklung beförderten neue Träume und Wünsche. Überzeugt von seinen Fähigkeiten, meldete er sich nach erfolgreichem Fachschulexamen zum Gebrauchsgrafiker sofort zur Aufnahmeprüfung an der Hochschule für Bildende Kunst in Berlin-Weißensee an und – schaffte sie mit Bravour. Da ihn die Weite künstlerischer Freiheit verführte, fiel er bereits nach dem zweiten Semester einer „ideologischen Säuberungsaktion" zum Opfer. Im Falle seiner Rückkehr auf den Pfad sozialistischer Tugend räumte man ihm die Fortsetzung der Ausbildung nach einer läuternden Bedenkzeit ein.

Aus Verärgerung und Dummheit kam er auf das Angebot nicht zurück. Der Perfektionierung seiner Meisterschaft leistete er damit einen Bärendienst. Um seinen Lebensunterhalt bestreiten zu

können, verdingte sich Frank in Berlin als Gebrauchsgrafiker. Obwohl in der Metropole tätig, riss der Kontakt zu Rudolf Graf nie ab. Der in Cottbus etablierte und inzwischen weit über die Grenzen der Stadt hinaus bekannte Künstler verschaffte ihm eine Reihe von Weiterbildungsangeboten, die Merker zielstrebig nutzte. Wenn ich jetzt versage, kann ich die Malerei an den berühmten Nagel hängen, war er sich völlig im Klaren.
Graf ist dem Autor über seine Töchter Uta und Gemma bekannt. Erstere malte er als kleines Mädchen mit allerhand Kinderzimmerutensilien. Das Gemälde erwarb später die Pädagogische Schule für Kindergärtnerinnen, so dass ich mich oft daran erfreuen konnte. Mit Gemma, inzwischen bekannte Cottbuser Künstlerin, war ich zeitweilig im Keramikzirkel unserer Bildungseinrichtung verbunden, angeleitet von der sensiblen Malerin Bettina Schierz-Winkler.
1975 ließ sich Frank Merker als freischaffender Künstler in Cottbus nieder. Mit einem Fördervertrag des Verbandes Bildender Künstler in der Tasche, dessen Mitglied er 1977 wurde, gelang der Durchbruch.
Wesentlichen Anteil an seiner Karriere hat neben Graf vor allem Günther Friedrich, der heute als Nestor der sozialistischen Lausitzer Maler gilt. Friedrich ist Merker ein gnadenloser Kritiker, ein streitbarer Partner und ein väterlicher Freund. Ihre Ateliers am Schlosskirchplatz liegen Tür an Tür. Eine ungeheuer produktive Phase beginnt. Man spornt sich gegenseitig an, lernt voneinander. Kaum ein Genre wird ausgelassen. Man probiert, experimentiert und diskutiert, häufig im Carl-Blechen-Club, der ersten Cottbuser Künstler-Adresse.
Herbert Schirmer, letzter Kulturminister der DDR, schreibt: „Frank Merkers Landschaften, Porträts und Still-Leben sind in ihrer Farbfülle, dem Zauber des Lichts und in ihrer reduzierten Lebendigkeit ein aufrichtiges Bekenntnis eines realitätsbewussten Künstlers.“ An anderer Stelle heißt es: „Frank Merkers erlebnisbetonte Bilder sind, auf den kürzesten Nenner gebracht, eine Art Hymnus an die Natur, das Lebendige in ihr und ein Bekenntnis zur

Wirklichkeit. Zurückzuführen ist dies auf die empfindsame Erlebnisfähigkeit und Natürlichkeit eines Künstlers, der in allen Dingen das Ursprünglich-Einfache wie den universalen Zusammenhang sucht und findet. Sein ganzer Lebensstil ist durchsetzt vom starken Bedürfnis nach Naturerleben, nach Wahrnehmung und Aufbewahrung des Gesehenen. Frank Merker ist ein Maler, der in seinen Bildern alles Unwesentliche tilgt und das Naturvorbild in ein dem Original nahestehendes Spiel rhythmischer Form- und Farbbeziehungen übersetzt. Ein Maler, der sich der Ausstrahlung des Motivs überlässt, den Regungen seines Inneren folgt und das ausgewählte Motiv ohne Gefühlsüberschwang sieht."

Eine Ausstellung jagt die andere. Im In- und Ausland. Durch staatliche Unterstützung und Auftragswerke kann man gut leben. Die Kunst bringt einen nicht an den Bettelstab, vor allem dann nicht, wenn sie sich dem Zeitgeist verpflichtet fühlt.

Der Erfolg steigt nicht zu Kopf, Merker bleibt auf dem Teppich. Fertig bist du nie, sagt er, du schaffst dir immer neu die Spannung zwischen Anspruch und Aufgabe, zwischen Wunsch und Realität. Dennoch gönnt sich der Maler den „Luxus" einer Sommerwohnung auf einem Mecklenburger Bauernhof. Bescheiden geht es zu in Carwitz, aber die Motive springen wie von selbst auf die Leinwand. Merker verliebt sich künstlerisch in den Norden der Republik, bleibt Monate der Lausitz fern. Die Stille und Beschaulichkeit des ländlichen Milieus sowie die Ehrlichkeit und Bedächtigkeit seiner Bewohner haben es ihm angetan.

Er malt sich in einen Rausch, komponiert mit Farben lautlose Sinfonien, weckt mit Buchillustrationen kindliche Fantasie. Im Altberliner Verlag erscheint in hoher Auflage die Kinderbuchreihe: „Ein Tag im Leben eines Tieres". Dazu gehören „Falco, ein Tag im Leben eines Wanderfalken" und „Fluk, ein Tag im Leben eines Delphins". Jüngst lieferte Merker mit einem Katta das ansprechende Titelbild für einen illustrierten Jubiläumsführer durch den Cottbuser Tierpark, erschienen im CGA-Verlag.

Schritt für Schritt erarbeitet sich Frank Merker einen Platz an der Sonne. Schon bald nennt man den Gubener in einem Atemzug mit

seinen Lehrmeistern und weiteren hervorragenden Malern wie Dieter Dreßler, Heinz Mamat, Ernst Sauer, Heinz Sieger, Bettina Winkler, Günter Rechn und Georgios Wlachopulos.
Der Sturz vom Olymp hat einen Namen: Wende. Der Untergang der DDR reißt ihre Kunst mit in den Abgrund. Der berüchtigte Sprung ins kalte Wasser. Da Frank Merker nicht mit allen Wassern der Marktwirtschaft gewaschen ist, verändert sich sein Leben dramatisch. Aus dem behüteten und geachteten freischaffenden Künstler der DDR wird über Nacht ein malender freier Niemand. Von heute auf morgen bleiben die lebensnotwendigen Aufträge aus. Die Kunst ersäuft im Konsum. Merker, ein ohnehin widersprüchlicher Charakter, zieht sich wie ein Einsiedlerkrebs in vier baufällige Wände zurück, Symbol für die Abkehr von der unerfreulichen Welt.
Nach einer Phase der Orientierungs- und Hoffnungslosigkeit neue Lichtblicke. Auf seine Initiative hin kommt es im Verein mit Gerhard Knabe, Hans Scheuerecker und Dieter Zimmermann zur vielbeachteten Ausstellung „Günther Friedrich und Freunde“ in den Brandenburgischen Kunstsammlungen Cottbus; Referenz an den einstigen Kollegen anlässlich dessen 70. Geburts- und 15. Todestages.
Dann ein Auftrag, der ihm möglicherweise zu unsterblichem Ruhm verhilft. In der Branitzer Siedlung entsteht eine neue Gaststätte mit historischem Ambiente. Ihr Name, wie könnte es anders sein, Pücklerstube. Merker soll leeren Bilderrahmen tolle Pückler-Atmosphäre einhauchen. Der Cottbuser Verleger und Zeitungsherausgeber Jürgen Heinrich findet Gefallen an den Arbeiten. Aus seiner Begeisterung entspringt ein Anschlussauftrag, das Porträt des Fürsten Hermann von Pückler-Muskau-Branitz, Ehrenbürger von Cottbus.
Das Werk, ein Pastell im Format 40 mal 65 Zentimeter, gelingt über die Maßen gut. Der aktuelle Chef des Hauses, Hermann Graf von Pückler, verharrt bei der feierlichen Übergabe begeistert vor dem Porträt. Sein Kommentar: „Strahlende Augen, energischer Mund, kühne Nase. Genau so habe ich den Ahnen vor meinem geistigen Auge.“ Er zollt hochadliges Lob. Exzellent.

„Mich beschäftigte schon seit geraumer Zeit das Lebenswerk dieses Mannes, der mit Bäumen, farbigen Flächen und Wasser wie ein Schöpfer hantiert“, begründet der Künstler seine Treffsicherheit. „Und vor allem sein soziales Denken. Nicht einer Clique waren die Parks zugedacht, sondern einfach allen Leuten hier. Das musste für mich drinstecken im Bild.“

Wenn nicht sein Lebenswerk, so wird zumindest das Konterfei des extravaganten „grünen Fürsten“ von der beeindruckenden Kunst des in Guben gebürtigen Malers Frank Merker künden, der am 10. August 2008 im Alter von nur 64 Jahren verstarb.

Der Literaturkritiker Klaus Wilke formuliert in seinem Nachruf sehr treffend: „Frank Merker sah sich als Teil [der] Natur und feierte malend diese seine ‚Mitgliedschaft’ im Kreise von allem, was da kreucht und fleucht. Er wollte aber durchaus auch andere an dieser Naturfreude teilhaben lassen, wollte den Wert dessen bewusst machen, was uns umgibt. Dem diente die Klarheit von Farbe und Stil in allen seinen Bildern. Statt dem Betrachter Rätsel aufzubürden, zog er alles Störende vor der Naturkulisse weg und gab sie mit klarem Strich zu erkennen: Seen, die von ehrfürchtigen Wäldern gesäumt und von einem tiefen, blauen Himmel überschirmt werden; die aufgehende Mondscheibe, die die Landschaft gelb berändert; gravitätisch schwebende Greifvögel vor blauer Himmelskulisse. Und selbst wenn Nebel herrscht, hilft Merker hinter den Schleier zu schauen. – In diesen Bildern hätte einer Urlaub machen können, so viel Ruhe und Beschaulichkeit entströmen ihnen. Zuweilen legt sich auch etwas Melancholie über die Landschaft. Dabei war er gar nicht von solcher Ruhe. Oft war er mit sich selbst uneins und machte es auch seiner Umwelt nicht leicht. Mag sein, seine Bilder sind Wünsche nach einer Harmonie die wider das Chaos in seinem Alltag stritt. Ein Abbild seiner Seele sind sie jedenfalls nicht“.

Der Verleger Jürgen Heinrich hielt im Andenken an Frank Merker fest: „Seine Vorwürfe artikulierte er in wohlgeformten Satzkonstrukten; grimmig, aber präzise gebaut, wie die Bilder auf der Staffelei. – Er arbeitete sich hinein in die landschaftlichen Weiten, in die großen Himmel Mecklenburgs und fluchte die Menschen weg aus der Enge seiner Künstlergruft. In die hatte er sich zurückgezogen, seit ihm die künstlerischen Partner abhanden kamen, mit denen er diskutieren konnte, um Schaffensfragen und um den Sinn des Malens. Sein Fluch galt der Beliebigkeit dieses saumäßig satten, für ihn kulturlosen Daseins. Seine wertvollen Bilder genügten nicht, ihm Miete, Licht und ein wenig Freude zu finanzieren. Grimmig rührte er im Kaffeetopf und hörte auf zu hoffen".

Wahrlich, Merker war nicht erpicht auf Menschenanwesenheit, dennoch lässt er dankbare Menschen zurück, die ihn und seine Bilder mochten und mögen.

Ein Freundeskreis rief zu einer Spendenaktion auf, um dem großen Maler Frank Merker einen würdigen Abschied gestalten zu können.

Eine regionalgeschichtliche Sensation

Auf den ersten Blick erscheint die Gubener Tuchmacherfamilie Lehmann kein besonders attraktiver Forschungsgegenstand für einen Historiker zu sein. Zu abgegriffen das Thema, zu häufig publiziert und kolportiert. Alle Eulen sind schon nach Athen getragen, glaubte ich, bis ich eines Besseren belehrt wurde. Um Neuem auf die Schliche zu kommen, müssen wir jedoch einen gedanklichen Umweg gehen.

„Haben Sie schon mal etwas von einer Bärenklauer Kirche oder Kathedrale gehört?" Die Gubener Stadtarchivarin Evelin Richter konfrontiert mich mit dieser schicksalsschweren Frage bei einem meiner Besuche der Gubener Stadtverwaltung. Sie kennt meine Vorliebe für alles Ländliche, „Paurische". Mein eindeutiges Nein wird mit einem schelmischen Lächeln quittiert. „Dachte ich mir's doch. – Aber ich", fügt sie triumphierend hinzu. Ungläubiges Staunen, dann aufflackerndes Interesse. Im Handumdrehen stehe ich in Flammen, brenne lichterloh wie eine Fackel. Unbändige Neugier schüttelt mich.

„Purer Zufall", sagt Frau Richter und gewährt mir einen „Anbeißblick" in eine verstaubte Zeichenmappe. Was ich sehe, verschlägt mir den Atem, nimmt mir die Sprache. „Das ist – das ist eine echte Sensation", stammele ich und weiß im selben Moment, dass alsbald ein riesiger Berg Arbeit auf mich zukommt. Mein erster Weg führt zur Familie Halbing nach Bärenklau, dem Stein des Anstoßes. Um nicht mit der Tür ins Haus zu fallen, pflügen wir beschnuppernd zunächst einige Bärenklauer Furchen. Man kennt mich vom Hörensagen, hat schon einiges von mir gelesen. Das erleichtert das persönliche Kennenlernen erheblich. Vertrauen gegen Vertrauen. Heinz Halbing ist sehr froh, dass ich mich gemeldet habe. „Bei Ihnen ist die Sache in guten Händen. Außerdem hat es mein Heimatort verdient, auch einmal in die Schlagzeilen zu geraten. Denn bei uns gibt es viel Erfreuliches und Wissenswertes zu entdecken", sagt er stolz, was ich ihm unwidersprochen abnehme. In loser Folge erfahre ich viel Interessantes

über den bereits 1295 erstmals urkundlich als „Bernbruch“ erwähnten Ort und die Halbing-Familie.
Besonders attraktiv war die Wassermühle mit Lokal, früher ein beliebtes Ausflugsziel. Die als Schneidemühle oder Sägewerk betriebene Untermühle wurde erst in den 1970er Jahren abgerissen. Zuletzt diente sie den Kampfgruppen als Übungsobjekt. Sehenswert für Gäste auch die Bärenklauer Schule am Grabkoer Weg, Anfang der 1930er Jahre erbaut und zur damals schönsten Dorfschule der Provinz Brandenburg gekürt. Heute fristet sie eher ein stiefmütterliches Dasein. Weder Paukerärger noch Kinderlachen schallen durch die verwaisten Flure.
Heinz‘ Großvater Wilhelm Halbing stammte aus Grabko. Um 1850 erbte er die Bärenklauer Wirtschaft, bekannt als Torsaule Kopschek, von seinem Onkel. Wilhelm hatte zwei Söhne, Theodor und Paul. Der Erbe Theodor überlebte den Vater nicht. Folglich musste der 1888 geborene Paul 1913 in den sauren Apfel beißen. Zur Wirtschaft gehörten zwei Pferde, fünf Kühe, vier Stück Jungvieh, drei Schweine, etwa elf Hektar Acker und Wiese sowie neunzehn Hektar Wald. Viel lieber wäre Paul Postschaffner geblieben, erst in Bärenklau, dann in Booßen bei Frankfurt/Oder.
Allein konnte er die Arbeit auf Hof und Feld nicht schaffen. 1914 heiratete er Martha Pusch aus Bärenklau, die bereits 1920 sehr jung starb. Aus der Ehe gingen 1916 Sohn Ewald und 1919 Tochter Elsbeth hervor, 1945 in Breslack an Typhus gestorben. Gevatter Tod mähte weiter, auch nach dem Krieg.
Was blieb Paul anderes übrig, als sich eine neue Partnerin zu suchen. Er fand sie im Kuhkaff Pinnow beim Bauern Schultke. Die Hochzeit mit Anna geht auf das Jahr 1921 zurück.
Auch der zweiten Ehe blieb Kindersegen beschieden. Drei Söhne: Erich, Günther und Heinz. Der 1922 geborene Erich erlernte den Beruf eines Metzgers, der Krieg wurde für ihn ein Schnitt ins eigene Fleisch. Schwerverwundet kehrte er heim. Der zweitgeborene Günther (1924) beging Dorfflucht, um Lehrer zu werden. Seine Ausbildung prädestinierte ihn zum Reserveoffizier. Für Grossdeutschland geriet er in sowjetische Kriegsgefangenschaft. Ein

Unfall unter Tage führte ihn wieder über Tage. 1948 nach Hause entlassen, fand er nacheinander Anstellung im Schuldienst Guben, Fürstenberg und Potsdam. 1956 hielt er die Zeit für gekommen, Republikflucht zu begehen. Nach der Wende mauserte sich Günther vom Flüchtling zum Rückkehrer. Nach Cottbus zog es ihn. Die Hauptrolle in unserer Geschichte aber spielen die Söhne Ewald aus erster und Heinz aus zweiter Ehe. Mit dem Ende seiner Wehrpflicht begann für Ewald der Krieg. Ade, du schöne Heimat. Zunächst betrat der Landser Polen und Frankreich. Dann steckte man ihn in Rommels Afrikacorps. Mit staubtrockener Materie besaß der gelernte „Teegaffe" so seine Erfahrungen. Als Bäcker hatte er oft Sandkuchen gebacken.

Der Tommy stellte dem deutschen „Wüstenfuchs" eine Falle. Um den gescheiterten Eroberern den Appetit am „Schwarzen Gold" gänzlich zu verderben, verfrachteten die siegreichen Engländer die Gefangenen nach Australien. Von dort kehrte Ewald 1947 auf die eigene Scholle zurück.

Wer sich in der Welt auskennt, sagten sich die Bärenklauer, der wird auch für uns den richtigen Weg finden. Ewald wurde Bürgermeister. Auf diesem Posten schlug er Wurzeln. 35 Jahre lang hielt er das Dorfschifflein auf Kurs. 1997 verstarb der verdienstvolle Kommunalpolitiker.

Bruder Heinz, 1927 zur Welt gekommen, lernte das bäuerliche Leben bei Vater Paul von der Pike auf. Die theoretische Unterweisung erfolgte an der Gubener Landwirtschaftsschule, zwei Wintersemester lang. An den Direktor Dr. Horster hat Heinz noch lebhafte Erinnerungen.

Der Krieg beendete die Lehre vorzeitig. 16-jährig wurde Heinz Soldat. Zunächst kam er zum RAD nach Calau. Nach kurzzeitiger Flakausbildung ging es nach Frankreich. Auf Grund eines starken Ohrenleidens, das ihn sein ganzes Leben lang schmerzhaft begleitet, schickte man ihn Kartoffeln schälen. An dem kleinen „Küchenbullen" fanden die Amis keinen Gefallen, weshalb sie ihn einsperrten. Wegen „Futtermangels" durfte er bereits 1946 an die heimische „Krippe" (Wirtschaft Nr. 9, heute Bärenklauer Straße 18) zurückkehren.

Flüchtlinge, wohin das Auge sah. Ungewöhnlich, aber das Bärenklauer Neue Schloss des Gubener Tuchfabrikanten Lehmann blieb von massenhaften Einquartierungen verschont. Die Idee, es als Schulungs- und Erholungsheim zu nutzen, schien schon sehr früh geboren worden zu sein. Festen Wohnsitz darin hatten bis 1947 auch einige wenige ehemalige Bedienstete von Peter Lehmann-Bärenklau, so der Fahrer Zuchold, die Wirtschafterin Frieda Hampel, deren Schwester Magdalena, ihre Nichte Erika Schulz, das Zimmermädchen Pape sowie die Köchin Leni Fabig.
Frieda Hampel diente der Herrschaft schon auf Schloss Beitzsch als rechte Hand. Selbst noch lange nach Aufhebung des Dienstverhältnisses sprach sie hochachtungsvoll von der „gnädigen Frau" und dem „gnädigen Herrn". Nach und nach brachte das Faktotum auch ihre Beitzscher Verwandtschaft bei Lehmanns in Bärenklau unter.
Nach dem Krieg wechselte Frieda als Fräulein Hampel an die Bärenklauer Schule, wo sie bis weit in die 1960er Jahre als Handarbeitslehrerin unterrichtete und zur Legende wurde. An ihren Standardspruch „Langes Fädchen, faules Mädchen" erinnern sich ihre Schülerinnen noch heute schmunzelnd. Schwester Magdalena heiratete und hieß fortan Richter. Mit ihrem Richard siedelte sie in Bärenklau. Frieda zog vom Schloss zur Schwester in das neu entstandene Siedlungshaus, wo sie 1982 im Alter von 89 Jahren starb.
Leni Fabig blieb als Köchin im Heim. An ihrer Seite fand Ilse Hoffmann von 1947–1949 eine Anstellung als Beiköchin. Ilses Vater Max war als Landheimarbeiter untergekommen. Bei der Familie Hoffmann handelte es sich um Vertriebene aus dem östlichen Guben. Der Kreis schloss sich, als Ilse Heinz Richter heiratete, den Sohn von Magdalena und Richard.
Obwohl sich die Bewohner, die Bürgermeister Eckert und Halbing sowie der Heimleiter Schallert alle Mühe gaben, konnte die Plünderung wertvoller Einrichtungsgegenstände und Kunstwerke, der letzte Besitzer hatte außer dem eigenen Leben kaum etwas retten können, nicht gänzlich verhindert werden. Wer wollte alle

Personen kontrollieren, die täglich ein und aus gingen? Zu den individuellen Diebstählen gesellte sich das Beutemachen der Sieger.
Auf Befehl des russischen Kommandanten beauftragte Bürgermeister Eckert den jugendlichen Heinz Halbing und dessen Freund am 30. April 1947, die gesamte Lehmann'sche Bibliothek nach Guben zur Kommandantur in die Berliner Straße zu fahren. Alle noch vorhandenen Bücher wurden auf ein Pferdefuhrwerk verfrachtet.
Unterwegs sahen sich die Jungen einige besonders schöne Exemplare an. Keiner hatte die Bücher gezählt. Ein kurzer Halt. Auf dem Rückweg wollte man die „Erinnerungsstücke" aus dem Versteck holen.
Der Wachhabende zeigte sich ungnädig. Obwohl viele „Muschkoten" auf dem Hof herumlungerten, mussten die „Fritzen" die schwere Fracht selbst abladen. Das nahm viel Zeit in Anspruch und kostete Kraft. Der blutjunge Kulturoffizier Sascha Nowak, später stellvertretender Stadtkommandant, zeigte Erbarmen mit den zwei hungrigen Jungen. Es gab reichlich Brot, Speck, Zwiebeln, klares Wasser und „Wässerchen". Der Wodka wurde aus Mostrichgläsern getrunken. Heinz und Nowak kannten sich. Als Verantwortlicher für die FDJ-Kulturarbeit in Bärenklau musste Halbing die so genannten Tanzscheine bei dem sowjetischen Offizier beantragen. Ab und zu erschien Nowak zur Kontrolle. Gefiel es ihm, tanzte er eifrig mit. Es kam sogar vor, dass er von der Bürgermeisterei aus seine Kommandantur anrief und die Sperrstunde verkürzte.
Nach Beendigung des Abladens sollten sich die Helfer noch einmal zu einem kleinen Umtrunk einfinden. Nicht mit uns, sagten sich Heinz und sein Kumpel. Sie gaben den Pferden die Peitsche und entkamen unbeschadet. Gleiches konnten sie zu ihrem Ärger von dem Bücherversteck nicht sagen. Alle zur Seite geschafften Exemplare waren spurlos verschwunden.
Bei den Sicherungsarbeiten im Schloss fiel Bürgermeister Ewald eine große Mappe mit Zeichnungen in die Hände. Wollte er sie für

den Besitzer erhalten? Nicht auszuschließen, dass er eines Tages zurückkehrte und Rechenschaft fordern würde. Wer konnte, bediente sich damals nämlich ganz ungeniert an fremdem Eigentum. Ewald rettete die Mappe in die Bürgermeisterei. Im Schloss war nichts sicher. Die Bürgermeisterstube befand sich auf Paul Halbings Hof.

Als Ewald 1949 Liselotte Noack aus Bärenklau heiratete und zu den Schwiegereltern in deren kleine Wirtschaft zog, verblieben die Dokumente im Vaterhaus. Aus Platzgründen räumte man die Mappe irgendwann auf den Boden. 1956 zog die Bürgermeisterei in die ausgebaute Brennerei um, an die Zeichnungen dachte niemand mehr.

Jahre vergingen im Gleichmaß von Wind und Regen, Arbeit und Rast, Geburt und Tod. Heinz erbte 1951 die väterliche Wirtschaft und heiratete mit Hanna Kieschke eine Bärenklauerin.

Inmitten des „Sozialistischen Frühlings“ trat er 1960 schweren Herzens in die LPG „Bauernland“ Typ I ein, deren Vorsitz er übernahm. Die LPG „Grüne Heide“ Typ III erlebte Heinz als Traktorist, was seinem Lebensanspruch jedoch nicht genügte. Ein deutlicher Entwicklungsschritt war das Fernstudium zum Agraringenieur in Cottbus. Folgerichtig die Berufung zum Leiter der 1971 gegründeten selbstständigen Schweinemast, ZEG geheißen (Zwischengenossenschaftliche Einrichtung). Zwanzig LPG besaßen Anteile daran. Daraus entwickelte sich schon bald eine ZBE (Zwischenbetriebliche Einrichtung), in der Hanna Halbing im Sozialbereich wirkte.

Bis 1990 arbeiteten beide in dem erfolgreichen Unternehmen, das nach Halbings Ausstieg in eine Agrar GmbH umgewandelt wurde. Während Halbings nach der Wende in den Vorruhestand gingen, läuft die Bärenklauer Schweinemast noch heute auf Hochtouren, inzwischen Bestandteil der Bauern-AG Grießen. Arbeit finden dort aber nur noch sehr wenige Bärenklauer.

Der Zahn der Zeit nagte an den Menschen und ihren Höfen. Aber nur Steine lassen sich restaurieren. 2006 verpassten Halbings ihrem Haus eine Verjüngungskur. Neues Dach, frische Fassade.

Die Dachdecker benötigten Baufreiheit. Ein riesiger Reisekorb vor schmaler Bodentür verhinderte sie. Man gelangte nur von außen unters Dach. Zwischen Giebelwand und Korb kam eine vergilbte Zeichenmappe zum Vorschein. Runter mit dem Plunder. „Um Gottes Willen, nicht werfen", griff Heinz vehement ein. Rettung in höchster Not.
Bis zum Ende der Sanierung erstmal in die Scheune damit, entschied der Hausherr. Dann sehen wir weiter. Familienrat unter Einbeziehung von Tochter Regina, Bauzeichnerin von Beruf. Das kostbare Gut, sicher von historischem Wert, ist am besten in einem Museum aufgehoben, so die einmütige Auffassung. Ich werde meine Freundin Silvia Reichenstein verständigen, schlug Regina vor, die arbeitet in der Gubener Stadtverwaltung. Endlich die Übergabe der Mappe an Evelin Richter, Leiterin des Stadtarchivs.

Der Aktenfund beinhaltet die Urkunde zur Grundsteinlegung einer Kapelle, geweiht dem Gedächtnis der Familie Lehmann-Bärenklau, und zwei Briefumschläge aus der Schweiz vom aus Berlin stammenden Architekten Prof. A. Breslauer, datiert aus den Jahren 1940 und 1941. Weiterhin enthalten sind 57 Originalzeichnungen in den Abmaßen zwischen 21 x 31 und 49 x 73 Zentimeter. Darunter zwei Aquarelle (46 x 46) von Prof. Breslauer mit der Gesamtansicht der Kapelle sowie sieben Skizzen von seiner Hand aus dem Jahre 1931. Ein unglaublicher Schatz, galten die Bauunterlagen doch seit langem als verschollen.
Die restlichen Bauzeichnungen entwarfen die Herren Höhne & Behnke in den Jahren 1940/41. Bei den Dokumenten handelt es sich um Grundrisse des Gewölbes, der Krypta, des Erd- und Emporegeschosses, des Turms, der Außenanlagen sowie Details von Säulen, Portalen, Treppen, Terrassen und Türen, von Eisen bis Holz mit und ohne Bronzebeschlag.
Heinz F. W. Behnke, Architekt aus Berlin Steglitz, Lauenburger Straße 24, schickte am 5. August 1940 an Peter Lehmann-Bärenklau drei Skizzen, aus denen eine veränderte Lage der Treppe zur Empore ersichtlich ist. Der Architekt nahm direkt Bezug auf

Anregungen des Auftraggebers, der eigene Vorstellungen zum Bau entwickelt hatte. Zur Empore sollte nunmehr ein kunstvolles schmiedeeisernes Geländer führen, eingerahmt von Säulen. Entgegen der von Prof. Breslauer geplanten drei Emporesitze wurden dadurch fünf Plätze möglich.
Die Kapelle mit sechsundfünfzig konzipierten Sitzplätzen hatte einen ovalen Zuschnitt. Die Gesamtmaße des Sakralbaus sollten etwa 10 x 25 Meter betragen, bestehend aus Vorraum mit Empore, Kapelle, Altarraum mit Orgel, Gruft und Glockenturm.
Die Höhe des Turmes mit abschließendem goldenen Kreuz veranschlagte man auf gut dreißig Meter. Für die Ausführung des Baus waren Kalk- und Sandstein vorgesehen. Die statischen Berechnungen der Balkendecke über der Krypta sowie der Fundamente erfolgte durch den Bauingenieur Martin Hablick, Berlin N 54, Zehdenicker Straße 10.

„Nur schade, dass der Bau nicht zustande gekommen ist“, sage ich am Telefon zu Heinz Halbing. Grau ist alle Theorie.
„Von wegen, die Arbeiten waren schon ziemlich weit gediehen“, erfahre ich. „Wirklich?“
„Aber ja, Mauerreste müssten vielleicht noch zu sehen sein. Allerdings war ich lange nicht mehr auf dem Kapellenberg.“
„Bärenklau hat einen Berg? Ist mir nie aufgefallen.“
„Glaube ich gern. Man muss sich einen Ort nicht mit dem Auto, sondern mit den Füßen erobern.“ Da ist was Wahres dran. Wir vereinbaren einen Lokaltermin.
Auf zwei verschiedenen Wegen erreicht man den Standort der Lehmann-Bärenklau-Kapelle. Weil Heinz nicht mehr so gut zu Fuß ist, nehmen wir trotz seines weisen Spruchs das Auto. Von der Landstraße Richtung Guben biegen wir kurz vor der ansteigenden Kurve links in den Lauchweg ein. Dann geht es über einen breiten Feldweg rund vierhundert Meter geradeaus bis an eine Waldkante, die wir rechter Hand liegen lassen. Von der überquerten Wiese führt ein leicht verwachsener Weg bergauf. Wir befinden uns am Fuße des Kapellenberges. Ungestüm eile ich voraus, Forscherdrang zwickt mich.

Vom Rande der inzwischen stark verlandeten und bewachsenen Baugrube sehen wir Mauerreste und bemooste Betonplatten. Während ich stochere, scharre und fotografiere, erklärt mir Heinz Einzelheiten zum Bau. Zumindest sechs gemauerte Grüfte und die Abdeckung wären schon fertiggestellt gewesen. Die gelben Ziegelsteine stammten aus Kerkwitz. Selbst das schmiedeeiserne Tor für die Kapelleneinzäunung existierte schon. Es lagerte noch viele Jahre nach dem Kriegsende im Kellergang des Schlosses. Wo es abgeblieben ist? Keine Ahnung!

Beträchtliche Mengen unverbauten Materials verschwanden nach dem Zusammenbruch. Manchem Schuppen, Stall und Anbau kamen sie zugute. Selbstbedienung, noch ehe sie offiziell erfunden. Im Zuge der Bodenreform sei das betreffende Waldstück an den Neubauern Kühn versiedelt worden. Wer den Kapellen-Rohbau Ende der 1940er Jahre gesprengt habe, sei unbekannt. Mit den gewonnenen Steinen hätte Kühn den Keller seines Hauses gemauert. Die restlichen Steine stammten aus dem Abriss des Borsig-Werkes. Die Bärenklauer Bauern mussten die Transporte für die Neubauern übernehmen.

Zu erreichen ist der Kapellenberg auch über die Heimstraße. An deren Beginn führt linker Hand ein schmaler Weg zum Bärenklauer Naturdenkmal und Wahrzeichen, der maroden „Tausendjährigen Eiche“. Der mächtige Stamm und die knorrigen Äste üben bis heute eine seltsame Faszination auf mich aus. Wie ein Edelstein umrahmt von goldenem Zierat, so steht das vom Zahn der Zeit benagte Monument inmitten von Wald, Grasland, Gebäuden und Stallungen einer Försterei. Eine schlichte Holzbank lädt zum besinnlichen Verweilen. Weil auf Gutsgelände wachsend, war die Eiche früher keine öffentliche Attraktion. Was mag sich unter der einst so stolzen Krone nicht alles abgespielt haben? Auf einer Metalltafel – vermutlich von dem 1938 durch Blitzschlag vernichteten Buderoser Pendant stammend – an zerfurchtem, ausgehöhltem und rußgeschwärztem (Brandstiftung) Holz ist zu lesen:

Achtet und ehret das Alter!
Ich steh nun über tausend Jahr,
sah manch' Geschlecht erstehen,
sah manchen Greis im Silberhaar,
den ich als Kind gesehen.

Den Rittersmann im Eisenkleid
Mein Schatten schon erquickte,
sah Kriegesleid, sah Siegesfreud
und was der Herr sonst schickte.

Doch mich die Zeit jetzt auch zernagt,
die, die mich hat erzogen,
der stets zu trotzen ich gewagt,
hat's Mark mir ausgesogen.

Bald ist's nun auch um mich geschehen,
gewährt drum, was ich flehe:
Lasst eins von meinen Kindern stehn,
wo ich Jahrtausend stehe!

Auf der gegenüberliegenden Straßenseite erkennt man überbaute Fragmente des unansehnlichen „Alten Schlosses“. Dann rollen wir eine mit prächtigen Eichen gesäumte Allee entlang, in den 1930er Jahren mit Granitsteinen vom Gubener Steinmetz Otto Höhne gepflastert. Am Abzweig „Biechen-Ecke“, etwa zweihundert Meter vor dem „Neuen Schloss“, biegen wir rechts in den Wald ein. Der gesamte Weg war einmal mit Lebensbäumen bepflanzt, heute sind nur noch wenige verwilderte Exemplare erhalten. Nach einigen Metern erreichen wir die rechts vom Weg liegende Kuppe des Kapellenberges.

Um den Bau des Bärenklauer schlossartigen Landhauses, Parks und der Kapelle als bedeutendes überregionales, historisches Ereignis zu begreifen, muss man sich intensiv mit den handelnden

Personen beschäftigen. Wenden wir uns zunächst dem Architekten Alfred Breslauer zu. 1866 in Berlin geboren, studiert er an der Technischen Hochschule Charlottenburg. 1897 wird er Mitarbeiter im Architekturbüro Messel, wo er am Bau des Wertheim Kaufhauses sowie attraktiver Miets- und Landhausprojekte beteiligt ist. Ausgerüstet mit ersten Berufserfahrungen wagt er mit seinem Schwager Paul Salinger den Schritt in die Selbstständigkeit. Vor allem über den exklusiven Villen- und Landhausbau erwirbt sich das Büro Breslauer & Salinger Reputation. Das Geschäft floriert. Prachtbauten entstehen. Der Name des Büros, in dem vor allem Breslauer den Ton angibt, ist bald in aller Munde. Sichtbarer Ausdruck die Ernennung Breslauers zum Preußischen Regierungsbaumeister. Zwischen 1909 und 1910 kann er für die eigene Familie bereits einen Prachtbau im Nobelviertel Dahlem errichten. Seine Frau Dorothea ist die Tochter von Julius Lessing, erster Direktor des Berliner Kunstgewerbemuseums. Die gemeinsame Tochter Marianne macht sich später als Fotografin und Kunsthändlerin einen Namen.

1921 wird Alfred Breslauer zum Mitglied der Preußischen Akademie der Künste berufen. Bis 1933 entwirft er mit seinem Partner viele berühmt gewordene Berliner Villen. Nicht wenige dienen späteren Studentengenerationen als Anschauungsmittel für vorbildliche Architektur. Zu seinen Werken gehören die Landhäuser des Verlegers Louis Ullstein, das Haus Andreae (Palazzo Paikos) und das Haus am See. Die am Wannsee errichtete Mietsvilla verfügt über einen Gartensaal mit vollständig versenkbaren Glasscheiben. Sein guter Ruf dringt bis nach Guben. 1927 erscheint ein vielbeachteter Bildband mit sämtlichen Werken von Breslauer & Salinger. Im selben Jahr erhält er von Ernst C. Lehmann-Bärenklau den lukrativen Auftrag zur Errichtung eines der größten Landhausbauten in Berlin-Brandenburg zwischen den beiden Weltkriegen.

Der Erfolgsstern des Duos sinkt nach der Machtergreifung der Nationalsozialisten rapide. Alfred Breslauer gilt den „reinrassigen arischen Halbgöttern“ als „Halbjude“, weil sein Vater jüdischer

Abstammung ist. Die logische Konsequenz: Ausschluss aus der Akademie der Künste. Damit beginnen die Repressalien und Demütigungen aber erst. Was nützt es ihm, dass er als deutscher Bildungsbürger lebt, fühlt und aus einem lange assimilierten Elternhaus stammt. Daraus entsteht sogar ein großer Nachteil. Die Herrenmenschen akzeptieren ihn nicht als Germanen, die Juden sehen in ihm keinen vollwertigen Gläubigen.
Bereits Mitte der 1930er Jahre erhält er Berufsverbot, reisen aber darf er noch. In der Hoffnung auf Besserung kehrt er jedoch immer wieder nach Deutschland zurück. Erst der entsetzliche Pogrom von 1938, von der faschistischen Propaganda zur „Reichskristallnacht" geschönt, öffnet ihm endgültig die Augen. Dennoch wählt er den offiziellen Weg. Der Antrag, in die Schweiz emigrieren zu dürfen, wird erstaunlicherweise genehmigt. Der Preis für diese „Gefälligkeit" wird nicht von Pappe gewesen sein. Am 3. Juni 1939 reist die Familie Breslauer zu Fuß in die Schweiz ein, nachdem man das Auto dem Chauffeur überlassen hat. Mit wenigen gestatteten Gegenständen des „offiziellen Umzugs" findet man in St. Gallen, Speicher Straße 28, ein bescheidenes Unterkommen. Alfred Breslauer stirbt 1953 im Schweizer Exil, wohin er nur einige private Bilder und Pläne seiner Bauten hatte mitnehmen können. Auf Bärenklau bezogen rettet er nur zwei Postkarten. Joachim G. Jacobs schreibt: „Aus einem Brief Peter Lehmanns an den Berliner Architekten Höhne, einen ehemaligen Mitarbeiter Breslauers, vom 5. Juni 1940 geht hervor, dass ‚in Breslauers früherem Wohnhaus in Dahlem bei Hausmeister Gessner sich Zeichnungen zur Kapelle' befänden. Es ist nicht bekannt, was aus diesem Teil des Archivs Breslauer geworden ist."
Dem Partner Paul Salinger und seiner Frau Else, Breslauers Schwester, gelang aus unbekannten Gründen die Flucht nicht. Beide wurden im Konzentrationslager Theresienstadt ermordet. Ein ähnlich grausames Schicksal traf den Inhaber der Baumschule Hellmut Späth, verantwortlich für die Gestaltung der Außenanlagen des Lehmann'schen Schlosses, wozu sogar ein Tennisplatz gehörte. Selbst Späths NSDAP- Mitgliedschaft hatte es nicht

vermocht, seinen gesunden Menschenverstand zu töten. Wegen „Feindpropaganda“ verhaftet, brachte man ihn im KZ Sachsenhausen um.

Nach dem Architekten gilt unser Interesse nun dem Bauherrn. Obgleich es weder meine Intention ist, die gesamte Lehmann’sche Familiengeschichte aufzurollen, noch die Entwicklung der Gubener Tuchindustrie nachzuzeichnen, so ist ein kurzer Blick hinter die Kulissen für das Verständnis unserer Problematik sicher hilfreich.
Die männliche Stammfolge und der Tuchmacherberuf sind in der Familie Lehmann bis in das 16. Jahrhundert über elf Generationen gesichert nachweisbar. Der erste Gubener Tuchmacher aus dieser Sippe hieß Gregor, 1592 erstmals erwähnt und bereits 1638 als freier Bürger und Tuchmacher bei der Huldigung des Kurfürsten Johann Georg I. von Sachsen in den Annalen der Stadt Guben verzeichnet.
Der wirtschaftliche Aufstieg begann mit Carl Traugott Lehmann, erstmalig als Tuchfabrikant bezeichnet. Es war die Zeit des Übergangs vom rein handwerklichen Tuchmachergewerbe zur fabrikmäßigen Tuchherstellung. Durch den Einsatz von Spinnmaschinen erhöhte sich die Produktivität sprunghaft. Den vollständigen Niedergang des Handwerks erlebte Carl Traugott jedoch nicht. Er starb sehr jung. Carls Witwe, Johanna Caroline geb. Schulze, Tochter des Huf- und Waffenschmiedemeisters sowie Oberältesten der Gubener Schmiede- und Büchsenmacherinnung Johann Gottlob Schulze, erwies sich als tatkräftige Geschäftsfrau. Sie führte den Betrieb seit 1818 unter der Bezeichnung Carl Lehmann’s Witwe weiter.
Nach Volljährigkeit ihrer Söhne Carl August und Friedrich Wilhelm nannte sich der Betrieb seit 1842 C. Lehmann’s Wwe. & Söhne. 1844 trennten sich die geschäftlichen Wege der Brüder. Carl übernahm die Firma unter dem Namen C. Lehmann’s Wwe. & Sohn. Carl heiratete Corona Wilhelmine Clementine, die älteste Tochter des Tuchfabrikanten Zuschke.

Auf Wanderschaft durch Deutschland und Europa erwarb der Tuchmachergeselle umfangreiches Wissen. Überaus geschäftstüchtig, häufte er in wenigen Jahren ein stattliches Vermögen an, das er vor allem zur Expansion seines Unternehmens einsetzte. Der Einsatz des mechanischen Webstuhls und der Dampfmaschinen revolutionierte die Tuchherstellung.
Wie seine Mutter, nutzte Carl die Kapazität ländlicher Produktionsstätten, so in Grano, Groß Gastrose und Krayne. Als sein Schwiegervater Zuschke seine gesamte Groß Gastroser Anlage 1863 an Albert Hefter veräußerte, kaufte Carl Lehmann diesem im Handumdrehen die dortige Tuchfabrik ab. 1876 erwarb er Wasser- und Walkmühle hinzu.
Auch seinen Gubener Besitz konnte er zwischen 1880 und 1885 deutlich aufstocken. Er beteiligte sich mit Kapital an einer Brauerei und an der Erschließung von Braunkohlegruben. Zusätzlich kaufte er Torfstiche in Kerkwitz und Merzwiese. In Sadersdorf und Klein Gastrose besaß er Ziegeleien.
Sein enormer Reichtum machte ihn bald zum angesehensten Bürger von Guben, was ihm viele Ehrenämter eintrug: Mitglied des Magistrats (Stadtrat), Vorsitzender der Schützenhaus-Aktiengesellschaft. Neben den Urhebern der Idee, Bürgermeister Fritsche und Gustav Wolff, Ältester der Schützengilde, erwarben sich Carl August Lehmann und Carl Zuschke einen Ehrenplatz in der Gubener Stadtgeschichte. Ihnen und weiteren Honoratioren ist es zu verdanken, dass auf der Schützenhausinsel inmitten der Neiße 1873 ein Theaterneubau entstand.
Der Ehe von Wilhelmine und Carl August entsprossen dreizehn Kinder, darunter sechs Söhne. Der älteste Sohn Otto übernahm zunächst pachtweise die Fabrik in Groß Gastrose. 1887 eröffnete er in der Alten Poststraße mit einem Teilhaber unter dem Namen Lehmann & Richter eine eigene Fabrik.
Emil, der Zweitälteste, heiratete Johanna Martha Cäcilie, Tochter der Pauline von Schönfeld aus Reppen im Kreis Sternberg (östlich von Frankfurt/Oder, heute Polen), und des Gubener Kaufmanns Julius Theodor Schulze, Sohn des Göhlener Pastors. Emil pachtete

von seinem Bruder Otto den Industriekomplex Groß Gastrose. 1890 übereignete ihm sein Vater zusätzlich die dortige Tuchfabrik, die er in eine Holzschleiferei und Lederpappenfabrik umwandelte. Als Emil 1909 starb, hinterließ er seine untröstliche Frau Johanna und die einzige Tochter Margarete. Letztgenannte hatte sich um die Jahrhundertwende mit dem Rittergutsbesitzer Paul Günther aus Birkenberge vermählt. Margarete und Paul wurden die Eltern von Annelotte, später zweite Frau des Gubener Fabrikanten Willi Wolf und als „Mutta Wolfen" Samariterin von Krayne.
Carl Augusts dritter Sohn Hugo erwies sich ebenfalls als gewiefter Geschäftsmann; er baute ein riesiges Kohle-Imperium auf. Der „Kohlebaron" galt im Zenit seines Erfolges als der reichste Grundbesitzer Gubens.
Max nannte man den vierten Sohn von Carl August. Seine Vita ist kurz: Soldat eines Grenadier-Regiments im Deutsch-Französischen Krieg von 1870/71, gefallen als „Held" in der Schlacht von Vionville.
Die logische Reihenfolge unterbrechend sei kurz auf den sechsten und jüngsten Sohn von Carl August eingegangen. Der gelernte Müller hörte auf den Namen Carl Gustav Adolf. Durch Erbe und Kauf gelangte das umfängliche Groß Gastroser Mühlenanwesen in seine Hand. Im Besitz aller Produktionsanlagen (Wassermühle, Walkmühle, Holzschleiferei und Lederpappenfabrik), entwickelte sich Carl Gustav Adolf zu einem bedeutenden Industriellen im Landkreis Guben. Viele Ehrenämter wurden ihm angetragen, so die Mitgliedschaften im Kreistag und Kreisausschuss, geleitet vom Landrat Karl von Kunow auf Bomsdorf, in der Industrie- und Handelskammer für die Niederlausitz sowie im Aufsichtsrat der Niederlausitzer Bank in Cottbus. Verdienste erwarb er sich auch als langjähriger Amtsvorsteher von Groß Gastrose, dessen Ehrenbürger er zu seinem 70. Geburtstag wurde, als Mitbegründer und Vorsitzender des Vereins Niederlausitzer Mühlen sowie seit 1907 in der Funktion eines Deichhauptmanns. Zwischen 1918 und 1933 war er zusätzlich als Kreisdeputierter tätig. In Würdigung seiner Verdienste ernannte man Carl Gustav Adolf 1913 anlässlich seines 50. Geburtstages zum Königl. Preußischen Kommerzienrat.

Wenden wir uns rekapitulierend nun dem fünften Sohn Bernhard zu. Über ihn findet man direkten Zugang zu unserer Geschichte. Unter Bernhards Leitung expandierte das Familienunternehmen in der Alten Poststraße noch einmal gewaltig. Neue Produktionsanlagen entstanden, moderne Maschinen wurden aufgestellt, Konkurrenten aus dem Feld geschlagen.
Bernhard ehelichte mit Martha Beyer die Tochter eines königlichen Amtsrates und Domänenpächters. Von den zwölf Kindern, darunter fünf Jungen, erreichten nicht alle das Erwachsenenalter. Der bedeutendste Spross hörte auf den Namen Ernst Carl. Im Ersten Weltkrieg erlitt dieser eine schwere Gesichtsverletzung im Kieferbereich. Von der Front kehrte er als Rittmeister a. D. nach Guben zurück, dekoriert mit dem Hohenzollern-Hausorden. Noch vor seinem Tode im Jahre 1917 bestimmte Vater Bernhard den Sohn Ernst zu seinem Nachfolger.
Ernst, ein würdiger Fortsetzer des väterlichen Werks, steigerte die Leistungskraft und den Gewinn des Unternehmens beträchtlich. Er entwickelte C. Lehmann's Wwe. & Sohn zum größten Betrieb der Niederlausitzer Tuchindustrie. Von ihm stammt das Logo Celewes, eine Namensabkürzung, die fortan die Geschäftspost schmückte. Ernst ordnete 1924 einen siebengeschossigen Fabrikneubau mit beeindruckendem Schornstein an, als „Langer Lehmann" schon bald ein Gubener Wahrzeichen.
Auf Ernst gehen weiterhin mehrere Patente zurück. So das 1913 beim Kaiserlichen Patentamt Berlin angemeldete „Verfahren zur Behandlung von Tuchen, insbesondere festgewebten Tuchen, zur Erhöhung ihrer Elastizität unter Verwendung von Bisulfiten" an. Die Neuerung wurde von Belgien, Schweden, Frankreich, Polen und der Tschechoslowakei übernommen. Die hergestellten Volltuche, vor allem Mantelstoffe feinster Qualität, exportierte man in viele Länder beinahe aller Kontinente. In Spitzenzeiten produzierten eintausenddreihundertfünfundachtzig Beschäftigte und zweihundertfünfzig Webstühle mehr als eine Million Meter Tuch im Jahr. Im fernen Amerika hieß Ernst C. Lehmann der „Paletotkönig".

Verantwortlich für den enormen Aufschwung des Unternehmens zeichneten vor allem satte Gewinne aus den beiden Weltkriegen. Militärstoffe zur Verhüllung von Leid und Tod, ein lukratives Geschäft. Hinzu kamen harte Produktionsbedingungen. Belegschaftsangehörige sprachen hinter vorgehaltener Hand von einer „Knochenmühle“, waren letztlich aber froh, überhaupt in Lohn und Brot zu stehen. Normal der 14-Stundentag, Überstunden und Sonntagsarbeit. Ab 1933 wurde im Akkord geschuftet. Gewinnexplosion auch durch den später erfolgten Einsatz kostengünstiger französischer, italienischer und russischer Kriegsgefangener sowie Zwangsarbeiter verschiedener Nationen unter teils unwürdigsten Bedingungen.

Ernst C. Lehmann und seine Familie konnten auf großem Fuß leben. Man wohnte nicht mehr in der Villa der Vorfahren in der Alten Poststraße, sondern auf dem gepachteten Schloss derer von Wiedebach in Beitzsch bei Sommerfeld (heute Polen).

1926 kaufte Ernst das Rittergut Bärenklau für 450 000 RM von dem Berliner Regierungsrat Dr. Hugo Hardy, der es am 16. Mai 1917 für 700 000 RM erworben hatte. Der dazugehörige Grundbesitz betrug rund 800 ha, wuchs durch spätere Zukäufe jedoch auf 910,88 ha (davon allein 645 ha Wald). Wie bereits erwähnt, erteilte Lehmann 1927 an das renommierte Architekturbüro Breslauer & Salinger den Auftrag, den bis heute erhaltenen neobarocken Landsitz, das so genannte Neue Schloss zu errichten. Die Bauzeit betrug gut zwei Jahre (1928–1930). Als Standort wurde das Gelände des abgebrannten gutsherrlichen Schafstalls gewählt. In der Folgezeit entstand eine enge, vielleicht gar freundschaftliche Beziehung zwischen Ernst C. Lehmann und Professor Alfred Breslauer. Zumindest muss ein Vertrauensverhältnis bestanden haben, wie die umfangreiche herzliche Korrespondenz beweist.

Bei dem Neuen Schloss handelte es sich um einen für die Niederlausitz völlig untypischen kolossalen Prunkbau mit respektablem Cour d’Honneur. Jacobs schreibt: „Bärenklau ist sicher einer seiner (Breslauer, d. A.) größten Bauten und an ihm lassen sich alle Merkmale seiner Landhausbauten bis hin zu den Einzelelementen

studieren: Die immer gleichen Mansarddächer, zurückhaltend barockisierende Fassaden mit Portiken und Loggien sowie tonnengewölbte ‚genuesische' Treppenhäuser und Korridore sprechen von einer konservativen Klientel, die an einer Zurschaustellung von Status und Reichtum mittels ‚herrschaftlicher' Architektur interessiert war." Eine treffliche Charakteristik der Persönlichkeit von Ernst C. Lehmann.
Gebaut wurde auf dem neuesten Stand der Technik und mit wertvollsten Materialien. Teuer aber ist nicht immer gut, so musste die geschnitzte Decke der Bibliothek nach kurzer Zeit ausgetauscht werden, weil der Holzwurm darin wütete. Auch die moderne Ölheizung erlitt Schaden, viel Öl lief aus. Tagelang musste sich das gesamte Personal an den Reinigungsarbeiten mit Scheuersand beteiligen.
Allein die kostbare Marmorausstattung veranschlagte man mit 128 000 RM. Vor der Steuerbehörde bezifferte Lehmann die Gesamtaufwendungen für die Modernisierung des Rittergutes im genannten Zeitraum mit über 2 Millionen RM und die Lebenshaltungskosten der Familie taxierte er auf knapp eine halbe Million RM. Pro Tag und Person veranschlagte der Fabrikant 750 RM. Im Vergleich dazu verdiente eine Arbeiterin am Tag etwa 5 RM. Ferner gehörten Ernst sechs Siedlungs- und acht Mietwohngrundstücke in Guben und Umgebung mit erheblichen Flächen sowie Jagdhäuser in Rauscha und Görlitz.
Neben den mächtigen korinthischen Säulen, die den Giebel des Corps de logis tragen, kommt sich der Betrachter des Neuen Schlosses klein und verloren vor. Die monumentale Fassade mit zahllosen Fenstern, Balkonen und Portalen beeindruckt. Eine architektonische Verwandtschaft der protzigen Dreiflügelanlage zum Reichsbankgebäude und Reichsluftfahrtministerium in Berlin soll unverkennbar sein. Um seinen Wohlstand trefflich in Szene zu setzen, veranlasste der Erbauer zusätzlich, die Gartenanlage auf der Parkseite nach dem Vorbild des Schlosses Sanssouci zu gestalten, eingebettet darin ein großflächiger Schlossteich. Damit der Neubau nicht nackt in der Landschaft stand, kaufte Lehmann von der

Baumschule Späth große Bäume, die wegen der empfindlichen Wurzeln nur nachts angeliefert wurden. An der Vorderseite, etwas weiter vom herrschaftlichen Haus entfernt, wurde mit dem Schäferteich ein zweites stehendes Gewässer angelegt. Waltraut, der Tochter des Försters Alfred Nieschan, und zeitweilig Spielgefährte des Lehmann-Sohnes Peter, oblag die Fütterung der Goldfische, die sie auf den Pfiff ihrer Trillerpfeife konditioniert hatte.
1932 verstieg sich Lehmann gar dazu, zur besseren Bewässerung der Bärenklauer Flur und der Anlage einer Rasenberegnungsanlage den Wasserspiegel des Kleinsees zu senken. Die Provinzialregierung in Frankfurt/Oder schob dem selbstherrlichen Schalten und Walten einen Riegel vor.
Ernst war aber zu sehr Geschäftsmann, als dass er sich mit einem Repräsentativbau begnügt hätte. Ein florierender Wirtschaftsbetrieb schwebte ihm vor. Das angelegte Geld sollte arbeiten und sich vermehren, was auch eindrucksvoll gelang. Das Gut erwarb sich bald einen soliden Ruf wegen seiner beispielhaften Rinderzucht. Auf mehreren Leistungsschauen errangen Bärenklauer Zuchtbullen Preise. Allerdings fielen zwei der prächtigen Gesellen auch sehr unrühmlich auf. So musste Ernst C. Lehmann mit ansehen, wie sein bester Bulle einen Kutscher auf die Hörner spießte und mehrfach in die Luft warf. Der Angestellte war auf der Stelle tot. In wenigen Augenblicken wurde auch der Täter zum Opfer. Der Patron riss sein Jagdgewehr hoch und brüllte seinen Inspektor an: „Aus dem Weg. Gehen Sie weg, ich schieße!“ Inspektor Hornung wollte nicht zulassen, dass der Preisbulle, sein ganzer Stolz, fallen sollte. Unbeherrscht schob ihn Lehmann beiseite und drückte ab.
Hornung wechselte bald darauf auf das Gut Leeskow. Ob der niedergestreckte Bulle ursächlich war, ist nicht bekannt. Vielleicht erhoffte sich der Inspektor dort ein süßeres Leben. Das Gut Leeskow befand sich im Besitz eines Berliner Schokoladenfabrikanten.
Wenig später wäre ein Bulle Ernst selbst bald zum Verhängnis geworden. Auf einem Streifzug durch sein Revier, er ging oft

allein, kam er an einer Koppel vorbei. Ein Zuchtbulle durchbrach die Einzäunung und jagte seinen Besitzer vor sich her. Ob er seinen „Kumpel" rächen wollte? Geistesgegenwärtig floh Lehmann auf einen Hochstand am Kleinseeweg.

In das landwirtschaftliche Erfolgskonzept passte auch die 1936 gebaute und bald rentabel arbeitende Brennerei. Ebenfalls florierte die Milchproduktion. Ein eigens dafür angeschaffter Mercedes-Laster transportierte täglich die Milch in die Gubener Molkerei. Auch den Bauern gestattete Lehmann, ihre Milch auf das Gutsauto zu laden.

Weitere Wirtschaftsbauten entstanden oder wurden modernisiert, dazu gehörte ein beträchtlicher Garagenkomplex. Das Alte Schloss erfuhr Umbauten für leitende Gutsangestellte. Auf viele dienstbare und livrierte Geister legte der Fabrikbesitzer und Gutsherr großen Wert, sie steigerten sein Ansehen. Gärtner, Inspektor, Gutssekretärin, sein persönlicher Fahrer Zuchold und sein Leibdiener Georg Pannwitz fanden darin Unterkunft. Die Köchin Leni Fabig und die leitende Hauswirtschafterin, Frieda Hampel, sorgten besonders für das Wohlergehen der Familie Lehmann. Der „gute Geist" Frieda wurde für Peter, ihren Liebling, Kindermädchen, Ersatzmutter und Vertraute. Von Berufswegen sorgten sich um den Filius eine Privatlehrerin Emmi sowie die Kinderschwester Anna, eine gebürtige Polin. Für sie kaufte Peters Vater später in Berlin eine Wohnung.

Die außerordentlichen Vermögensverhältnisse gestatteten es Ernst, sich neben produktiven Werten auch mit Dingen, die ausschließlich seinem Vergnügen und der Statuserhöhung dienten, zu umgeben. Dazu gehörten teure Autos, Reitpferde, eine erlesene Bibliothek, kostbare Jagdwaffen sowie eine respektable Gemäldesammlung, zu der selbst alte Meister zählten. Erst jüngst berichteten Gerhard Gunia und Bernd Pilz über ein monumentales Altarbild des berühmten Giovanni Domenico Tiepolo, das sich einst in Lehmann'schem Besitz befand. Im Jahr 2006 soll es auf einer Londoner Auktion für 660 000 Euro versteigert worden sein, erworben von der Bayerischen Staatsgemäldesammlung. Recht

umfänglich auch die wertvolle Porzellansammlung aus China und Japan, überwiegend erworben auf ausgedehnten Geschäftsreisen. Zeitzeugen charakterisieren Ernst als Patriarch, autoritär, despotisch, dünkelhaft, unnahbar und stolz. Er liebte adlige „Tugenden“: Geld und Pretiosen, Grund und Boden, Luxus und Kunst, Schlösser und Jagden. Sein größter Ärger: Sein einfacher Name, den er durch den Zusatz Bärenklau aufzuwerten trachtete. Von seinen Angestellten ließ er sich mit „Herr Rittmeister“ anreden. Vor mir entsteht das Bild eines „bürgerlichen Aristokraten“, der, wenn irgend möglich, nur in bester Gesellschaft verkehrte. An eine Ausnahme von dieser Perfektion erinnert sich Elsa Pohle: „Der Chef trug in der Fabrik immer den selben abgegriffenen schäbigen Hut. Das war sein Markenzeichen, sein Talisman. Viele geschenkte neue Exemplare verschmähte er.“ Erhoffte er sich über diese Marotte bei seinen Angestellten eine volkstümliche Ausstrahlung? Ernst C. Lehmann, ein typischer Vertreter des Wilhelminischen Zeitalters, fühlte sich als Teil der gesellschaftlichen Elite. Zum Herrenstand gehörten zünftige Jagden, an denen ausgewählte Familienmitglieder, so der Groß Gastroser Mühlenbesitzer Carl Lehmann, ebenbürtige Geschäftspartner, Gutsbesitzer, Künstler und führende Politiker, genannt seien die Landräte des Gubener Kreises Graf Reventlow, Dr. Hans Günter Moes und mehrere Gubener Oberbürgermeister, teilnahmen.
Einige dieser Jagden erwiesen sich als regelrechte Wildausrottungsfeldzüge. Wer Gesetze schafft, muss sie nicht einhalten. Damals wie heute. Bezogen auf den Rittmeister d. R. Ernst Carl Lehmann zitiert Schneider in der Beilage zur Lausitzer Rundschau vom 24. August 1984 einen Protest empörter Jäger und Forstleute, gefunden im Archiv eines Gubener Betriebes nach dem Zweiten Weltkrieg: „Eine Jagdschinderei, wie sie in der ganzen Lausitz einzig dasteht und die edle Zunft der Wilddiebe und Schlingensteller vor Neid erblassen lässt, ist auf der Gemarkung Bärenklau (Gut), Kreis Guben N/L verübt worden. Auf einer kurzen Strecke, die Staatsoberförsterei Jänschwalde-Tauer angrenzend, ließ der Besitzer vom Gut und Schloss Bärenklau, der Rittmeister d. R.

Lehmann, Inhaber der Lehmannschen Tuchfabriken in Guben, durch ständig reichliche Beschickung (Mais, Hafer, Kartoffeln, Heu usw.) seiner hart an der Grenze angelegten Fütterungen fast das gesamte Rotwild der genannten Oberförsterei und der benachbart liegenden Standesherrschaft rausfüttern. Im November, als etwa 70 Stücke wechselten (Tauer-Jänschwalde hat etwa 80 Stücke Rotwild), ließ Lehmann doppelt lappen und von einer Zahl erlesener Gäste, deren Namen verdienten hier genannt zu werden, eine Massenschlächterei veranstalten. Lehmann beteiligte sich natürlich auch daran. Tiere, Schmaltiere, Kälber und Geweihte jeder Stärke waren die wahllosen Opfer der gerechten ‚Jäger'. 19 (neunzehn) Stücke, darunter allerbeste Zukunftshirsche, bildeten die ‚phänomenale' Strecke. Fast die gleiche Anzahl wurde danach verludert, angeschweißt oder stark weidwund in der angrenzenden Staatsforst, der Standesherrschaft Lieberose und den Bauernrevieren gefunden oder angetroffen. Die Hälfte des unter großen Mühen wieder heranwachsenden Rotwildes ist ‚Fleischmachern' zum Opfer gefallen".
Das unkontrollierte Abschlachten von Wild führte neben anderen Zivilisationsfaktoren bekanntlich zum Aussterben ganzer Tierarten. Rittmeister Lehmann war ein Schießer, sein Förster Nieschan eher ein Heger. Aus den unterschiedlichen Positionen erwuchsen Konflikte. Ernst C. Lehmann verübelte seinem Förster sogar den von ihm initiierten Jagderfolg seines Sohnes: ein Rehbock. Nieschan wurde entlassen und baute sich ein Haus an der Berglehne in Reichenbach, wo noch heute seine Tochter Waltraut wohnt.
Gegen das einfache Volk grenzte sich Ernst bewusst ab, obwohl er als Gemeinderatsmitglied von Bärenklau an vielen Sitzungen teilnahm. Sein Distanzverhalten mag eine kleine Episode exemplarisch belegen: Ernst C. Lehmann fuhr einmal durch Bärenklau. Vor ihm zockelte ein altes Bäuerlein mit einem Kuhgespann über das Kopfsteinpflaster. Um seine müde trottende Kuh anzutreiben, half der Bauer mit den Zügeln nach. Der im Fonds des Autos sitzende Gutsherr legte das Schwingen mit dem Lederriemen als Angriff auf sich aus. Zornig über diese „Unbotmäßigkeit eines Untertanen" befahl er seinem Fahrer, in einiger Entfernung zu halten.

Den Bauern zur Rede zu stellen war allerdings unter Lehmanns Würde. Dies zu erledigen beauftragte er seinen livrierten Angestellten. Er selbst blieb hoheitsvoll im offenen Wagen sitzen. Konfrontiert mit der ungeheuerlichen Anschuldigung, begannen dem armen Manne die altersschwachen Beine zu zittern. Nie im Leben hätte er es gewagt, den Arm gegen die Herrschaft zu erheben. Zukünftig vermied es der Alte ängstlich, mit dem Patron in Berührung zu kommen.

Im Unterschied dazu soll Ernst C. Lehmann den Angestellten seines Gutes Fürsorge und Großzügigkeit bewiesen haben. Wer sich loyal verhielt, wurde mit Sachgeschenken und Geldzuwendungen belohnt. Das bestätigen mehrere seiner ehemaligen Leute, die sich deutlich besser gestellt sahen als die Beschäftigten anderer Güter. Waltraut Panwitz berichtet, dass ihr Vater während der Inflationszeit mehrere Monate kein Geld bekam. Erst nachdem sich die Währung wieder stabilisiert hatte, zahlte der Patron seinen Jäger auf Heller und Pfennig aus.

Der erfolgreiche Tuchfabrikant und Gutsbesitzer lebte aber nicht nur in der Gegenwart, sondern dachte auch an das „Leben danach". Seiner Bedeutung und seinem Lebensstil angemessen, wünschte er ein prunkvolles Grab. Groß im Leben, groß im Tod. Der Plan zum Bau einer prächtigen Familienkapelle entstand aber schon kurz vor oder nach dem Ableben seiner geliebten Frau, was die frühen Zeichnungen von Prof. Breslauer belegen. Eine spätere öffentliche Nutzung des Sakralbaus durch die Einwohner von Bärenklau war nicht ausgeschlossen, wie Peter Lehmann-Bärenklau mir bei einem Gespräch versicherte.

In den 1930er Jahren stand Ernst Carl Lehmann in der Blüte von Macht und Reichtum. Inflation und Weltwirtschaftskrise hatte er bravourös gemeistert. Kein Weg war ihm zu weit und beschwerlich, um im Geschäft zu bleiben. Selbst vor Südamerika, Russland, China und Japan schreckte er nicht zurück. Wenn auch in bescheidenem Umfang, so verbesserte er doch auch die Lage seiner Arbeiterschaft. Bis 1932 stellte Lehmann für den Bau von Werkswohnungen 200 000 RM zur Verfügung.

Wenngleich der weitere Aufschwung seiner Unternehmen untrennbar mit dem Nationalsozialismus korrespondierte, erscheint bei näherer Betrachtung seine Haltung zur braunen Diktatur zwiespältig. Alle Vorteile nationalsozialistischer Politik wusste er ohne Skrupel zu nutzen, gegen Nachteile setzte er sich zur Wehr. Ein bedingungsloser Ja-Sager wurde er nicht. Überall da, wo er sich in seiner unternehmerischen Freiheit eingeschränkt fühlte, protestierte er vehement, die Gefahr persönlicher Nachteile nicht achtend. Sein Widerstand entsprang vermutlich eher kommerziellen Erwägungen als moralisch-ideologischen Bedenken.

Liebe auf den ersten Blick kann sein Verhältnis zur Nazidiktatur auf keinen Fall gewesen sein, obgleich er sich später redlich mühte, diesen Eindruck zu erwecken. Zu ungeschliffen, zu laut und vulgär, zu brutal und antisemitisch die Bewegung. Arrangieren ja, verbrüdern nicht. Er war aus feinerem Holz geschnitzt, glaubte, über den Dingen zu stehen. Tradition, Stellung, Reichtum und Wirtschaftskraft gebrauchte er als Schutzschild. Wahrscheinlich fühlte er sich anfänglich unangreifbar, überlegen. Vieles deutet darauf hin, so ein Brief an Alfred Breslauer vom 5. April 1933, in dem sich Lehmann kritisch zum Boykott jüdischer Kaufleute und Geschäfte äußert. „Der Boykott hat uns furchtbar viel Ärger und Wirtschaft gemacht und ist natürlich übertrieben. Meistens wird aber im Leben nicht alles so heiß gegessen, wie es gekocht wird, und auch in dieser Beziehung wird hoffentlich bald eine Beruhigung eintreten. Es ist sicherlich von vielen Juden schrecklich gesündigt worden, auf der anderen Seite gibt es aber sehr viele vornehme, nationale Juden, und diese trifft es natürlich besonders hart. Wenn alle Menschen so vornehm wären wie Sie, sehr verehrter Herr Professor, so wäre uns allen viel wohler.“ Die Zeilen sind in mehrfacher Hinsicht interessant. Lehmann erkannte das Wesen des Faschismus nicht. Wie viele seiner Zeitgenossen hielt er ihn für eine Randerscheinung, eine vorübergehende Episode. Das beweist auch ein zeugenschaftlich übermitteltes Telefonat mit einem amerikanischen Geschäftspartner. Auf dessen besorgte Frage was Lehmann von den Faschisten halte, antwortete dieser sinngemäß: Das ist eine

Dumme-Jungen-Partei, die sich nicht lange an der Macht halten wird. Ein fataler Irrtum, der das deutsche Volk an den Rand des Abgrunds führen sollte.

Auf alle Fälle wird deutlich, dass Lehmann bereits frühzeitig über Breslauers „Judentum" Bescheid wusste, den Abbruch der Beziehungen aber keinesfalls sogleich ins Auge fasste. Andererseits lassen sich erste Wirkungen des geschürten Antisemitismus nicht übersehen.

Nach Hitlers Machtergreifung erfolgte augenblicklich ein harter Eingriff in alle Bereiche des gesellschaftlichen Lebens. Besonders betroffen die Tuchindustrie, die der Uniformierung und Zensur einer staatlichen Überwachungsstelle unterworfen wurde. Eilig erlassene Gesetze regelten nunmehr „Beschaffung, Verteilung, Lagerung, Absatz und Verbrauch der Rohstoffe". Der Unternehmer ging seiner freien Entscheidung verlustig. Er geriet in staatliche Abhängigkeit. Wollimporte waren ab sofort an Einkaufsgenehmigungen und Zuteilungen gebunden, besonders schmerzlich für den „Exportweltmeister" Lehmann. Unter keinen Umständen konnte und wollte er akzeptieren, dass die Einschränkungen auch ihm die Hände banden. 1934 hatte er noch immer nicht begriffen, dass die Wirtschaftspolitik der Nazis von Anfang an allein dem Ziel ihrer Machtvollkommenheit und der Kriegsrüstung diente. Zivile Zwecke standen hinten an.

In Verkennung ihrer Situation protestierten viele Unternehmer gegen diese Bevormundung, ein Wortführer Ernst C. Lehmann. Unüberhörbar forderte er den „Gesamtverband der Deutschen Tuch- und Kleiderstoff-Industrie" auf, gegen die Überwachungsstellen vorzugehen. Er schrieb: „Wenn ein Fabrikant in der Lage ist, seine Exportgeschäfte so aufzuziehen, dass für die Kasse der Reichsbank ein Devisen-Überschuss abfällt und irgendeine Inanspruchnahme der Reichsbank an Devisen für Beschaffung des erforderlichen Rohmaterials nicht infrage kommt, so hat ein solches Geschäft besonders gehandhabt zu werden" (Hempe, S. 160). Nachdrücklich verwies er auf weitere Verdienste als Besitzer einer „der größten deutschen Herren-Tuchfabriken". Unerschrocken wandte sich Lehmann sogar an den Reichswirtschaftsminister Hjalmar Schacht. Ein halsbrecherisches Unterfangen.

Seine Interventionen trugen faule Früchte, erwiesen sich dennoch als gefundenes Fressen für den 1900 in Brandenburg geborenen Hans Kehrl, Gauwirtschaftsberater der NSDAP im Gau Kurmark und Präsident der Industrie- und Handelskammer der Niederlausitz. Dieser Nazibonze verhinderte die Berufung des Gubener Fabrikanten in den Ausschuss der Deutschen Tuch- und Kleiderstoff-Industrie, gleichgeschaltete Nachfolgeorganisation der Tuchkonvention (Kartellverband der deutschen Tuchfabrikanten), deren Gubener Sprecher Lehmann seit mehr als 20 Jahren war. Kehrl begründete seine Ablehnung damit, dass der Kandidat nicht „voll und ganz für den nationalsozialistischen Staat" eintrete. Wollte Kehrl eine lästige Konkurrenz los sein? Wollte sich der Emporkömmling an dem Etablierten, Überlegenen rächen? Denkbar. Ein persönlicher Konflikt schwelte bereits seit Anfang der 1920er Jahre.

Gegen die bösartigen Verleumdungen setzte sich der Gubener Unternehmer zur Wehr, er rief das Gaugericht der Kurmark an und forderte die Wiederherstellung seiner Ehre. Inzwischen muss ihm klargeworden sein, in welch gefährlicher Lage er sich befand.

In seinem Reinwaschungsschreiben vom 16. März 1937 kratzt er alles zusammen, was seine Treue und Ergebenheit belegen soll. Angeführt werden eine Parteispende von 500 RM und ein „versuchter" Parteieintritt schon 1931. Gescheitert an einem Versehen? Nein, nein, das Tuch ist zu dünn, zu fadenscheinig gewebt. Der Sinn der Argumente schimmert zu offensichtlich durch.

Lehmann musste die Bedenken unbedingt zerstreuen, denn in Kehrl erwuchs ihm ein existenzbedrohender, fanatischer und skrupelloser Widersacher. Als Sohn und Teilhaber eines Cottbuser Textilfabrikanten gelang Kehrl eine steile Karriere. Zunächst Mitarbeiter des Wirtschaftsbeauftragten von Hitler, avancierte er zum Leiter des Textilreferats im Amt für deutsche Roh- und Werkstoffe. 1938 nannte er sich Generalreferent im Reichswirtschaftsministerium, zuständig für die Ausplünderung von Textil-

betrieben in den eroberten Gebieten. 1942 rückte er gar zum Leiter der Hauptabteilung Industrie und wenig später zum Chef des Planungsamtes „Vierjahresplan“ und des Rohstoffamtes auf. Den Gipfel erklomm Kehrl als Stabschef im Ministerium des Reichsministers für Bewaffnung und Munition, Albert Speer.
Naturgemäß hatte Ernst Carl da einen schweren Stand. Gegen ihn sprach vor allem sein erst 1936 erfolgter Beitritt zur NSDAP, gewertet als pragmatischer Schritt und nicht als Akt der Überzeugung. Dennoch bescheinigte der berüchtigte Gauleiter Wilhelm Kube – er soll Gast im Bärenklauer „Schloss“ gewesen sein – dem Parteigenossen Lehmann völlige Integrität. Kehrl hatte sich nicht durchsetzen können, was ihn fürchterlich wurmte.
Vorübergehende Beruhigung der Lage. Dann jedoch verschlechterte sich das Klima erneut. Kehrl behinderte Lehmann massiv beim Abschluss eines Geschäfts. Empört drohte der Gubener Fabrikant dem Reichswirtschaftsministerium mit der Einstellung seiner Auslandsaktivitäten, was den Verlust von dringend benötigten Devisen bedeuten würde. Im selben Atemzug forderte er, Kehrl all seiner Ämter zu entheben. Nun reagierte die gesamte Partei- und Wirtschaftsführung allergisch. Man warf Lehmann vor, die deutschen Wirtschaftsinteressen zu sabotieren.
Unannehmlichkeiten auch mit dem Gubener Tuchfabrikanten und Kreiswirtschaftsberater Friedrich W. Schmidt. Dieser ignorierte Lehmann bei der Vergabe von Parteiaufträgen. Er warf dem Älteren vor, „unsozial und reaktionär“ zu sein. Kehrl und Schmidt, beide eng befreundet, gehörten zu den braunen Aufsteigern, Lehmann zur überlebten Generation. Ihr erklärtes Ziel bestand darin, dem Patriarchen seine Arroganz auszutreiben. Die Macht dazu besaßen sie.
Neuen Zündstoff lieferte Ernst C. Lehmann 1939 mit seiner Weigerung, jüdische Spitzenkräfte zu entlassen. Nicht ersetzbar, sein lapidarer Kommentar. Weiterhin sah er sich außerstande, einen Mietvertrag mit Dr. med. Ernst Kaplan, einem verdienstvollen jüdischen Arzt und Vorstandsmitglied der Synagogengemeinde, vor Ablauf der vertraglich vereinbarten Frist zu kündigen, wie vom NSDAP-Oberbürgermeister Schmiedicke nachdrücklich gefordert.

Kaplan wohnte Alte Poststraße 23. In Lehmanns Antwortschreiben vom 18. Juli 1938 heißt es: „Am 7. März 1930 haben wir auf Veranlassung des Schwiegervaters von Dr. Kaplan, des Fabrikbesitzers Engel von Lehmann & Richter, einen Mietvertrag vom 1. Juli 1930 bis 1. Juli 1940 geschlossen. Wie mir meine Herren sagen, sind wir nach der bisherigen Rechtsprechung nicht in der Lage, diesen Vertrag, der bereits vor der Machtergreifung geschlossen wurde, vor Ablauf der vorgesehenen Kündigungsfrist zu lösen. Wir glauben also zur Zeit nichts unternehmen zu können. Dass das Mietverhältnis über die Vertragsdauer hinaus weiter fortgesetzt wird, ist ausgeschlossen. Ich bitte Sie, sollte sich die Notwendigkeit ergeben, von Obiggesagtem Gebrauch zu machen. Ich möchte nicht, dass in dieser Beziehung über mich wieder falsche Gerüchte in die Welt gesetzt werden, die in jeder Weise unbegründet sind."
Ernst Kaplan, später von den Nazis mit dem diskriminierenden Zusatz „Denny, Israel" bedacht (Gubener Einwohnerbuch 1939), hatte in Breslau Medizin studiert und in Frankfurt am Main einige Zeit als Volontärarzt gearbeitet. In seine Heimatstadt Guben kehrte er Mitte der 1920er Jahre zurück, heiratete Elisabeth Engel, Tochter des jüdischen Tuchfabrikanten Arthur Engel. Trotz seiner patriotischen Gesinnung, er meldete sich im Ersten Weltkrieg freiwillig zum Militär, wurde ihm 1933 das Recht abgesprochen, weiter zu praktizieren. Umso erstaunlicher, dass ihm „Im Namen des Führers und Reichskanzlers" in Erinnerung an seine Verdienste im Ersten Weltkrieg das vom Reichspräsident Generalfeldmarschall von Hindenburg gestiftete Ehrenkreuz für Frontkämpfer noch 1934 verliehen wurde. Die Urkunde trägt die Unterschrift des fanatischen Nationalsozialisten Schmiedicke, Gubens Oberbürgermeister.
Im Dezember 1939 wurde Dr. Kaplan in Schutzhaft genommen. „Als Gründe werden auf dem Schutzhaftbefehl genannt: ‚Er gefährdet nach dem Ergebnis der staatspolizeilichen Feststellungen durch sein Verhalten den Bestand und die Sicherheit des Volkes und Staates dadurch, daß er ein Militärseitengewehr im Besitz

hatte, gegen die ergangene Anordnung verstößt und dadurch, daß er gemeinschaftlich mit seinem Schwiegervater größere Mengen Lebensmittel und Gebrauchsgegenstände hamsterte, die Maßnahmen der Regierung hinsichtlich einer gerechten Verteilung in Kriegszeiten sabotiert.‘ Mitte November 1941 wurde er kurzzeitig zum ‚Krankenbehandler‘ im Reichsautobahnlager Bätz ‚notdienstverpflichtet‘. Nur wenige Tage später, Anfang Dezember 1941, verstarb Ernst Kaplan in Guben an den Folgen von Schutzhaft und Notdienstverpflichtung. Er wurde auf dem jüdischen Friedhof am Reichenbacher Berg beigesetzt ... Seine Frau Elisabeth und ihre Tochter Doris kamen im Warschauer Getto um“ (Peter 1999, S. 83). Unglaublich, dass es Ernst Lehmann wagte, auf die Einhaltung von Recht und Gesetz gegenüber einem derart belasteten „Volksfeind“ zu bestehen. Wohltuende Menschlichkeit in einem menschenverachtenden Regime.

Die Bevorzugung bei der Vergabe des enteigneten jüdischen Betriebes Reißner, Wohl & Co. Nachf. im Zuge der „Arisierung“, ebenfalls in der Alten Poststraße gelegen, deutet auf ein wiederhergestelltes Vertrauensverhältnis zur Staatsmacht hin. Für einen „Freundschaftspreis“, der in die Staatskasse floss, wurde Ernst C. Lehmann 1938 neuer Besitzer des später in Bären-Tuch-Werk umbenannten Betriebes. Kurz darauf übergab Lehmann 15 000 RM an den Gubener Kreisleiter Koch, gedacht für den Kauf des NSDAP-Hauses. Ein kleiner Dank für den Liebesdienst? Die Produktionskapazität wurde inzwischen voll durch Wehrmachtsaufträge ausgelastet.

Trotz der gegenseitigen Gunstbeweise blieb Lehmann im Fadenkreuz nationalsozialistischer Aufmerksamkeit. Die Zweifel an seiner Integrität schienen nicht ganz unberechtigt. Seinem Fahrer Zuchold gegenüber soll er sich in einem vertraulichen Gespräch derart offenbart haben: „Der Krieg ist nicht zu gewinnen!“ So überliefert durch Heinz Halbing, dem sich Zuchold später anvertraute.

Über die Einberufung von Ernst C. Lehmann zur Wehrmacht, obwohl kurz vor dem Pensionsalter stehend, gibt es diverse

Versionen. Musste oder stellte er sich dem Wehrkreis-Kommando Crossen freiwillig zur Verfügung? War es eine Flucht nach vorn, oder schlug sein Herz inzwischen doch rückhaltlos für das Dritte Reich? Handelte er aus freien Stücken, musste es selbst den böswilligsten Kritiker zum Schweigen bringen.
Diese Vorwärtsstrategie wird gestützt durch die Aussage einer Arbeiterin von C. Lehmann's Wwe. & Sohn. Sie gab an, dass die Beschäftigten sich einig darin waren, dass ihr Chef sich nur aus Furcht vor den Nazis noch im Alter von fast 60 Jahren zur Wehrmacht gemeldet hätte. Dergestalt äußert sich auch Waltraut Panwitz.
Wie dem auch sei, der Kriegsdienst sollte Ernst C. Lehmann zum Verhängnis werden. Nicht seine politischen Gegner verstummten, sondern er. Als Major und Kommandeur einer Panzerjäger-Abteilung, unterstellt der 163. Infanteriedivision, fiel er am 28. April 1941 bei Aurdal in Norwegen. Mein Heimatfreund Paul Grünitz fand das Grab des Gubener Fabrikanten auf dem Soldatenfriedhof von Oslo.
Der brav mit seinem Patron in den Krieg gezogene Leibdiener Georg Pannwitz kehrte wohlbehalten nach Bärenklau zurück. Dennoch hielt auch für ihn der Krieg eine tödliche Überraschung bereit, seine Frau starb 1945 an Typhus. Pannwitz verdingte sich als Kutscher bei Siedlern und heiratete noch einmal. Gern erzählte er von der „guten alten Zeit" bei Ernst C. Lehmann!
Der Kriegsverbrecher Kehrl traf es wesentlich besser. Zunächst im so genannten Wilhelmstraßenprozess als Mitverantwortlicher an Hitlers Raub- und Vernichtungskrieg schuldig gesprochen, wurde er trotz des verhängten Urteils von 15 Jahren Haft bereits 1951 wieder auf freien Fuß gesetzt. Völlig unbehelligt starb er erst 1984 im niederbayerischen Grafenau, nicht ohne zuvor die Menschheit mit einer „Saubermann-Biografie" beglückt zu haben.

Ernst Carl Lehmann war in erster Ehe mit Elisabeth (Lisa), Tochter des Geheimrats Joseph Seiler, vermögender Tuchfabrikant in Dessau („Tuch-Versandhaus F. A. Seiler"), verheiratet. Ihre Eltern stimmten der Verbindung nicht zu; enterbten ihre Tochter. Ernst und Lisa hielten dennoch unbeirrt an ihrer Liebe fest. Eine Wende zum Guten trat erst ein, als Seilers einen Sohn verloren und ihr Enkel geboren wurde. Wegen ihrer angegriffenen Gesundheit hatte Ernst C. Lehmann seine schwangere Frau vorsorglich in die berühmte Breslauer Universitätsklinik gebracht, wo Elisabeth 1914 von Sohn Peter Carl entbunden wurde. Nach den im Detail mit Irrtümern behafteten Aussagen von Dorothea Schulz, in den Grundzügen aber bestätigt von Elsa Pohle, einer nahen Bekannten der Familie Lehmann, erlitt Lisa in der Folgezeit ein tragisches Schicksal. Eine schwere Krankheit fesselte sie an den Rollstuhl. Gelegentlich wurde die Bettlägerige in einer Sänfte von zwei Dienern durch den Beitzscher Schlosspark getragen. Derart „verunstaltet" wollte die einst als Schönheit geltende Frau nicht mehr in der Öffentlichkeit auftreten. Die Mauer rund um das Bärenklauer Anwesen soll zu ihrer Abschirmung gedient haben. Für mich sind der Schutz und die Abgrenzung des Besitzes wahrscheinlicher. Auf den Entwurf des Schlosses nahm Elisabeth maßgeblich Einfluss, worauf die breiten Flure und Türen, fehlende Stufen zwischen den Räumen und ein Fahrstuhl hindeuten. Gleiches gilt für die Pläne der Außenanlagen mit den zwei Teichen, Wiesen, Baumgruppen aus Eichen, Platanen und Kastanien, breiten Kieswegen, Hecken, Brunnen und monumentalen Vasen auf Steinsockeln. Die breite Auffahrt zum Cour d'Honneur „bewachten" zwei auf schlesischen Granitblöcken stehende vermutlich japanische Bronzelöwen beziehungsweise Fabeltiere. Markant auch das Familienwappen im Giebelfeld des Tympanon und die Wetterfahne auf dem Schlossdach, gehalten von einem Bären mit drohend erhobener Klaue, sprechendes Symbol des Ortsnamens. „Von dieser Wetterfahne gab es eine Verbindung zur Windrose im Arbeitszimmer des Gutsherrn. So konnte er am Schreibtisch jederzeit Windrichtung und -stärke verfolgen. Die Windrose ist heute noch im gleichen Raum im Erdgeschoß zu sehen. Die Wetterfahne mit dem Bären aber wurde in den 1980er Jahren bei der Erneuerung des Daches abgenommen und nicht wieder aufgesetzt."

Die noch erhaltene japanische Steinlaterne von fast zwei Metern Höhe am gepflasterten Weg in Richtung Kleinsee, ursprünglich waren es zwei, hat Ernst Carl von einer seiner vielen Auslandsreisen mitgebracht. Die meisten Kunstwerke erwarb Ernst C. Lehmann im Land der aufgehenden Sonne, wo er sie vor buddhistischen Tempeln und schintoistischen Schreinen bewunderte.
Lange erfreute sich die „Gnädige“ nicht an all der Pracht, möglich geworden vor allem durch ihre beträchtliche Mitgift. Noch vor Vollendung des Schlossbaus starb sie 1928. Ein schwerer Schock für Ehemann, Sohn und Personal. Alle hatten sehr an der feinsinnigen Elisabeth gehangen. Beigesetzt wurde sie im Seiler'schen Familiengrab in Dessau.
Zu allem Unglück befand sich der untröstliche Ehemann auf Dienstreise als das Unfassbare geschah. Zur Erinnerung an seine große Liebe richtete er in Bärenklau ihr Zimmer nach Beitzscher Vorbild ein. Kein Gegenstand durfte fehlen. Zum ersten Todestag schenkte er zu Weihnachten allen Angestellten ein gerahmtes Bild von ihr. Die Feier und Bescherung für das Personal wurde von der angestellten Schwester Anna organisiert.
In zweiter Ehe verband sich der Patron mit Margarethe von Keudell, geschiedene von Eisenhart-Rothe. Wie sich herausstellen sollte, ein Missgriff für alle Beteiligten. Frieda Hampel erzählte später, dass Ernst in fröhlicher Runde öfter zum Besten gab, seine neue Flamme ganz gegen seinen Willen beim Kartenspiel gewonnen zu haben. Nichts da mit Herz-Schmerz-Romantik im Stile einer Hedwig Courths-Mahler. Andere Stimmen munkelten, dass die verarmte Adlige sich den reichen Fabrikbesitzer nur aus Berechnung geangelt habe. Ebenfalls hübsch, soll sich die Zweite im Wesen aber gänzlich von Elisabeth unterschieden haben. Margarethe galt als arrogant und eitel. Jedenfalls war sie sehr unbeliebt. Folgt man dem Gerücht, ging sie nach dem Tod ihres Mannes nach Ostpreußen, wo sie noch einmal heiratete.

Traditionell erlernte Peter C. Lehmann-Bärenklau in der elterlichen Gubener Fabrik den Beruf eines Tuchmachers. Durch den

Verlust des Vaters bedingt führte Peter das Gubener Unternehmen bis zur bedingungslosen Kapitulation des Dritten Reiches weiter. Wie Ernst in einem seiner letzten Briefe stolz schrieb, marschierte sein Unternehmen, trotz seiner Abwesenheit, weiter „ganz an der Spitze“.

Zwischen Vater Ernst und Sohn Peter soll es gravierende Charakterunterschiede gegeben haben. Peter, ein überbehütetes Einzelkind, wird als viel schlichter, zugänglicher und sensibler beschrieben. Er kehrte nicht den „Herrn“ heraus. Elsa Pohle erinnert sich, mit ihm, zum Leidwesen seiner Gouvernante, in der Fabrik auf Stoffsäcken aus Australien gespielt zu haben. Für jeden Dorfbewohner hatte Peter ein freundliches Wort. Brachte man seinem Vater ängstlichen Respekt entgegen, so genoss der Junior deutlich mehr Sympathie. Augenzeugen berichten, dass er manchmal sogar mit dem Fahrrad zur Arbeit gefahren sei, bekleidet nur mit Hemd und kurzer Hose, was den Bärenklauern unheimlich imponierte.

1940 griff Sohn Peter den Plan des Kapellenbaus in Bärenklau wieder auf, beseelt von dem Gedanken, seinen Eltern ein würdiges Andenken zu bewahren. Ausgehend von Prof. Breslauers Entwürfen entwickelte er ergänzende Ideen und beauftragte gezwungenermaßen neue Architekten. Erstaunlich dennoch sein Mut, mit dem geächteten Professor Alfred Breslauer weiter zu korrespondieren. Daran ändert auch die Tatsache nichts, dass die Briefe in einem ziemlich unpersönlichen, geschäftlichen Ton gehalten sind. Bei der „tödlichen“ Zensur gar nicht anders denkbar. Alsbald begannen die Arbeiten. Die Baumaterialien wurden mit einer Pferdebahn auf den Kapellenberg gezogen. In einem Brief vom 17. Mai 1941 teilte Peter dem Emigranten mit, dass die Außenwände der Kapelle stünden. Der ungünstige Kriegsverlauf stoppte das Unternehmen vor der Vollendung.

Seit 1944 war Peter Lehmann-Bärenklau nicht mehr der unumschränkte Herr im eigenen Haus. Im Neuen Schloss hatten die ungarische Gesandtschaft, geflohen vor dem Bombenhagel auf Berlin, und hohe Wehrmachtsoffiziere Zuflucht gefunden. Buchstäblich in letzter Minute, setzte sich Peter Lehmann-Bärenklau

im April 1945 über Dessau und Potsdam in die Hansestadt Hamburg ab, wo er bis heute lebt. Ein im Schloss einquartierter deutscher General hatte den Tuchfabrikanten in seinem Wagen Richtung Westen mitgenommen.
Kurz nach der Flucht brachte Familie Pohle ihrem einstigen Chef aus der Fabrik gerettete persönliche Gegenstände nach Potsdam, wo Peter kurzzeitig am Rande der Stadt in einem ärmlichen Zimmer hauste. Seit jenen Tagen ist die Verbindung zwischen Elsa Pohle und Peter C. Lehmann nicht mehr abgerissen.

Nach der bedingungslosen Kapitulation des Deutschen Reiches wurde das Unternehmen der Kriegsgewinnler sofort unter sowjetische Militärverwaltung gestellt. Als kommissarischen Betriebsleiter setzte man Karl Pohle ein. 1946 empfahl die „Kreiskommission für Sequestierung und Beschlagnahme" die staatliche Übereignung des Betriebes. Zur Begründung hieß es: „Der letzte Inhaber der Tuchfabrik war Herr Peter C. Lehmann. Seine Mitgliedschaft in der NSDAP erstreckte sich auf die Jahre 1942/44. Es ist nicht bekannt, daß er in der Partei eine Funktion ausgeübt hätte. Als Besitzer eines Großunternehmens innerhalb der Textilindustrie ist er auf jeden Fall als Großkapitalist anzusprechen … Persönlich ist er noch nicht in der Hinsicht an die Stadtverwaltung Guben herangetreten, daß er wieder die Leitung seines Betriebes in die Hand nehmen möchte."
Weiter wurde ihm zur Last gelegt, dass er Kriegsgewinnler gewesen sei und sich an Kriegsgefangenen, Zwangsarbeitern und Zivilinternierten schuldig gemacht hätte.
In einem Schreiben vom 12. November 1946 versuchte Peter C. Lehmann, diese Vorwürfe zu entkräften. Umsonst. Sein Einspruch wurde nicht akzeptiert.
Offiziell enteignete die Regierung des Landes Brandenburg die Gubener Tuchfabrik C. Lehmann's Wwe. & Sohn jedoch erst am 15. Juli 1948. Die Produktion lief nun unter der Bezeichnung VEB Gubener Wolle Werk I. Die Lehmann'sche Villa in der Alten Poststraße bevölkerten fortan Kinder.

Nach Heinz-Dieter Krausch wurde das Gut Bärenklau 1946 im Zuge der Bodenreform enteignet, das Land an achtunddreißig Neubauern sowie landarme Bauern und Kleinbesitzer versiedelt, den größten Teil der Gutsforst übernahmen die Landforsten. Das Schloss Bärenklau verwandelte sich in ein Erholungsheim für Jugendliche, Gubener Arbeiter, eine Gewerkschaftsschule und von 1957 bis zur „Wende" in das Genesungsheim „Georgi Dimitroff". Jährlich wurden 1300 Patienten betreut. Die letzten Kurgäste (onkologische Rehabilitation) verließen es 1989. Der Versuch, in dem Gebäude eine psychotherapeutische Klinik zu etablieren, scheiterte. Dem Vernehmen nach soll es 1999 von der „Treuhand" in den Besitz von Nicole Wilms geb. Löhr aus Awingen gelangt sein.
Nach dem Zusammenbruch der DDR wurde die traditionsreiche Niederlausitzer Tuchfabrikation systematisch zerschlagen und auch die ehemals Lehmann'schen Gubener Immobilien schreiben eine neue, aber keineswegs durchgängig lobenswerte privatwirtschaftliche Geschichte.
Mehrfach weilte Peter C. Lehmann in den 1990er Jahren in Guben, Bärenklau und Groß Gastrose. Die Nachkommen des Mühlenbesitzers hatten das Groß Gastroser Werk zurückerhalten. Um als Miteigner finanziell vorteilhaft helfen zu können, adoptierte der selbst unverheiratete und kinderlose Peter C. Lehmann-Bärenklau seinen Vetter Ernst-Christoph. Der neue Stern strahlte nur für kurze Zeit über dem Unternehmen, es folgten Konkurs und Weiterverkauf Ende der 1990er Jahre.
Der Besuch seines einstigen Bärenklauer Eigentums gipfelte für Peter C. Lehmann in einer wehmütig-heiteren Begebenheit. Vor dem Portal des Schlosses stehend, zog er einen uberdimensionalen Schlüssel aus der Manteltasche. Ohne Schwierigkeiten öffnete er unter den staunenden Augen zahlreichen Publikums die Türverriegelung. Das Originalschloss hatte allen Wirren der Zeit getrotzt.

Während der Erarbeitung der Publikation „Ein Herz für andere – Das Leben der Annelotte Wolf", nahm der Autor erstmals direkten Kontakt zu Peter C. Lehmann-Bärenklau auf. Fast erblindet und

vom hohen Alter sichtlich beeinträchtigt, fiel es ihm nicht leicht, die Spurensuche zu unterstützen. Im Laufe der Jahre gestaltete sich der Dialog zunehmend mühseliger. Dennoch konnten wichtige Informationen zum Bau der Bärenklauer Kapelle gewonnen werden. Sie flossen allerdings nur zögerlich und vorsichtig abwägend. Auskünfte über die Privatsphäre lehnte Peter Lehmann generell ab. Es läge ihm nichts daran, im Mittelpunkt des öffentlichen Interesses zu stehen. Gleiches hätte sein Vater nie gewollt. Unterschwellig klang immer wieder die Furcht vor einem zweiten „Machwerk“ wie die „Guten Jahre“ von Klaus Herrmann, einem entfernten Verwandten, an. Von dem Schock hat er sich nie erholt. Ganz ähnlich muss es Annelotte Wolf aus Krayne ergangen sein, deren Mutter aus dem Lehmann-Imperium stammte. Sie schrieb an Herrmann einen empörten Brief und beschuldigte ihn darin wörtlich der „Nestbeschmutzung“. Auf ihre Familie schwor sie, auch wenn der Kontakt untereinander recht lose war und durchaus nicht alle fleckenlos weiße Westen trugen. Es gehe nicht an, dass man der sensationslüsternen Öffentlichkeit Familieninterna zum Fraß vorwirft, so eines ihrer Argumente.
Obermedizinalrat Dr. Dieter Oertel, damals verantwortlicher Arzt für das Altenpflegeheim Krayne, hat den Protestbrief und auch das Antwortschreiben lesen dürfen. Herrmann beschwichtigte seine Verwandtschaft mit dem sachlichen Argument, einen Roman geschrieben zu haben und keinen Tatsachenbericht. Nichts hätte ihm ferner gelegen, als die Familie Lehmann zu diskreditieren. Wahres sei mit Fantasie verwoben. Es wundere ihn, dass er derart schroffe Ablehnung von der Verwandtschaft, von fremden Lesern aber wohltuende Zustimmung erfahre.

Hoch hinaus

Zwerge stehen meist im Schatten von Riesen. Das liegt in der Natur der Sache. Was aber, wenn aus Zwergen Riesen werden, wenn sie über sich hinaus wachsen? Gubener Beispiele gibt es viele: Corona Schröter, Karl Gander, Wilhelm Pieck, Udo Beyer, Klaus Herrmann, um nur einige zu nennen. Nicht von ungefähr singt der in Guben gezeugte berühmte Heinz-Rudolf Kunze: „Wir werden wie Riesen sein“ und „Dein ist die ganze Welt“.
Auf die Entwicklung des Michael Kühnke bezogen, bietet das italienische Sprichwort: „Je kleiner die Eidechse, umso größer die Hoffnung, ein großes Krokodil zu werden“ ein treffliches Gleichnis. Ergänzt durch ein abgewandeltes faustisches Goethe-Wort hat man bereits die Ingredienzien zur Hand, aus denen Titanen wachsen: Ein Schuss Talent, zwei Schlückchen Streben, das soll die rechte Mischung geben.
Bereits im Kindergarten vollführte Michael respektable Sprünge, was für seine außergewöhnliche Begabung sprach. Wo andere Kinder in die Häschengrube hüpften, sprang er locker drüber weg. Erzieher, Spielkameraden und Eltern schauten sich verblüfft an. Woher hat der Junge den Hang zu Känguru-Sätzen?
Von mir nicht, wehrt Mutter Annemarie bescheiden ab. Von mir auch nicht, schließt sich Papa Peter an, obwohl, na ja, groß war ich auch und – stattlich. Wir schmunzeln, für einen guten Spruch ist Peter immer gut.
Schaut man sich Michaels genetische Voraussetzungen an, so scheint sein „Höhenflug“ auf den ersten Blick elterlicherseits tatsächlich nicht vorprogrammiert. Annemarie Thiele, kurz vor dem schrecklichen Ende des Zweiten Weltkrieges in Tempelberg, Kreis Fürstenwalde, geboren, genoss von 1961–1964 eine Ausbildung zur Unterstufenlehrerin am Institut für Lehrerbildung Neuzelle. Zu den berühmtesten Absolventen dieser traditionsreichen Bildungsstätte gehörten der verdiente Heimatforscher Karl Gander und Paul Noack, der sich unter dem Pseudonym „der ahlde Fichtner“ als Niederlausitzer Mundartdichter einen Namen machte.

Bestandteil ihres Pädagogikstudiums war ein Praktikum in der sozialistischen Landwirtschaft, welches Annemarie mit weiteren Kommilitoninnen in der MTS Groß Breesen ableistete. Die jungen Mädchen erregten natürlich das Interesse der männlichen Beschäftigten. Wie Amor mit Pfeil und Bogen, so beschossen die zumeist jungen Burschen mit Blasrohr die aufgescheuchten „Hühner". Ein Pfeil saß. Dennoch wäre aus der Beziehung zu Peter fast nichts geworden, denn rechtzeitig vor jedem Tanzvergnügen stellte sich bei ihm eine „Fußverletzung" ein. Diese Ausrede hütet er bis auf den heutigen Tag wie einst Käpt'n Flint seine Schatztruhe.
Wenn der „Schwarze Peter" auch nie wie eine weiße Feder über's Tanzparkett glitt, so schwebte er mit seiner Braut doch bald auf Wolke Sieben. Einen Absturz auf den Boden der harten Realität gab es nicht, die 1965 geschlossene Ehe blüht noch heute, vergleichbar den herrlichen Gewächsen im Forster Rosengarten.
Nach dem Berufsabschluss begann für Annemarie der schulische Alltag. Ihr Einstieg erfolgte in der Heimatschule Groß Breesen, wo Direktor Heißrath und der „Kieselsteiner" Gerd Müller zeitweilig ihre Kollegen wurden. Jahre darauf wechselte die Kollegin Kühnke an die Obersprucker Karl-Liebknecht-Schule, einige Jahre vom erfahrenen Gubener Lehrer und späteren Schulrat Wolfgang Schern geleitet. Ihre letzte Arbeitsstelle sollte die Förderschule für geistig und körperlich Behinderte am Wasserwerk werden; 2006 trat Annemarie in den Ruhestand.
Peter erblickte 1938 in Bad Freienwalde als Sohn von Dora geb. Hirsch und Gustav Kühnke das gewittrige Licht der braunen Welt. Weil sein Vater als Schornsteinfeger in Guben einen freien Bezirk angeboten bekam, zog die Familie 1939 in die Stadt am schönen Neißestrand. Die Freude an Senkblei und Kehrbesen hielt nicht lange an, denn schon bald drückten die „Braunen" dem „schwarzen Mann" ein Gewehr in die Hand. Raus aus dem grünen Kastaniengraben und hinein in die schmutziggrauen Schützenlöcher.
Kurz vor dem Ende des hellen Wahnsinns floh die Rumpffamilie; kam bis Jüterbog; kehrte im Juni 1945 zurück, um noch im selben

Monat aus der östlich der Neiße gelegenen Heimat vertrieben zu werden. In der Alten Poststraße fand man ein kärgliches Unterkommen.
Das Schulkind Peter entwickelte sich alsbald zu einem „Lehrerliebling". Damit recht viele Pädagogen ihm ihre Reverenz erweisen konnten, schulte man den „braven Schüler Ottokar" pausenlos um – zur „Strafe" immer in reine Mädchenklassen. Das „kecke Hähnchen" Peter mauserte sich zu einem Hahn im Korbe. Die letzte Station hieß Damaschkeschule. Ehe der Junge den weiten Fußweg vom Neißeufer bis in die Oberspruckе bewältigt hatte, näherte sich der Unterricht meist schon dem Ende. So ging das Jahr friedlich dahin. „Sehr bedauerlich", sagten die Pauker und grinsten sich ins Fäustchen.
Die Streiche des Räubers Peter erschreckten Bürger und Gendarm gleichermaßen. So besaß das Bürschchen Ende der vierziger Jahre zum Beispiel einen riesigen Garten, von dem seine Mutter allerdings nichts wusste. „Meine Plantage reichte von der Alten Poststraße bis zum Turnerwäldchen", sagt Peter und grient spitzbübisch. Um die riesige Ausdehnung seines „Selbstbedienungsladens" anzudeuten, öffnet er seine Armschere zu einem Winkel von reichlich einhundertachtzig Grad. „Ob uns tatsächlich alles gehörte, will ich nicht mit Sicherheit behaupten", feixt der Schwerenöter. „Jedenfalls erntete ich dort regelmäßig und reichlich. Schließlich befand ich mich im Wachstum", entschuldigt sich der inzwischen gesetzte Herr verschmitzt.
Trotz seiner Erfahrungen als „Erntehelfer" wurde die „Rübe" kein Gärtner, sondern Motorenschlosser bei der MAS Groß Breesen. Dem Betrieb blieb er bis zu seiner Abwicklung Anfang der 1990er Jahre treu.
Als Pensionär besann sich Peter auf seine Liebe zur Scholle. Nunmehr ernten die Gartenfreunde von „Süd-West" gemeinsam die Früchte ihrer Arbeit. Was Annemarie und Peter nicht verwerten können, verarbeite ich zu Marmelade. Und die schmeckt!
Was lange währt, wird gut. Das ist mit Früchten nicht anders als mit Früchtchen. Die fielen allerdings recht weit vom Stamm. Der

Lehrer Lob über die gut erzogenen Kühnke-Söhne ist über jeden Zweifel erhaben. Stammhalter André fiel 1970 aus allen Wolken, drei Jahre später folgte die „Absicherung“ Michael, der sich schon bald zu „Höherem“ berufen fühlte. Frei nach dem Text von Reinhard Mey: „Über den Wolken muss die Freiheit wohl grenzenlos sein“.
Der „Siebte-Juni-Käfer“ Micha wurde 1980 von der Direktorin Heidi Weiche und der Klassenleiterin Heidemarie Sonntag feierlich in die Rosa-Luxemburg-Schule aufgenommen. Obwohl der Weg von der Leninallee, heute Klaus-Herrmann-Straße, zur Schule nicht weit war, half Papa Peter die schwere Zuckertüte tragen. Bald aber sollte sich Michael selbst „schinden“. Groß, hart und stark wünschte sich der Vater den Sohn. Zwar härtete man in der Sektion Leichtathletik von Chemie Guben keinen Stahl, dafür aber Kader für den Leistungssport.
Gut, freute sich Hildegard „Dadi“ Petter, den nehme ich. Bei der inzwischen zur Legende aufgestiegenen Übungsleiterin trainierte der Autor reichlich zwanzig Jahre früher. Meine Aschenbahnkarriere endete damals sang- und klanglos. Maximal zu dem einen oder anderen sehenswerten Seitensprung konnte ich mich aufraffen, bis ganz oben auf’s Treppchen schaffte ich es nie.
Michael eignete sich buchstäblich für alles. Ein Multitalent, frohlockte Herr Beutler, sein zweiter Übungsleiter. Das wird mal ein guter Mehrkämpfer. Die Leistungen im Weit- und Hochsprung, Hürdenlauf, Sprint, Kugelstoßen und Schlagballweitwurf konnten sich aber auch sehen lassen.
Alljährlich „flogen“ spähende „Kiebitze“ vom Sportclub Cottbus ein. Denen stach der vielfache Spartakiadesieger Michael sofort in die weit aufgerissenen Augen. Ihr einhelliges Urteil: Den wollen wir haben, unbedingt. Gleiches galt für den mit Michael befreundeten Danilo Hondo, später erfolgreicher Radsportler. Leider geriet der Genannte im Zenit seiner Karriere, wie so viele andere, wegen Dopingverdachts in negative Schlagzeilen.
Der Wechsel in die Kinder- und Jugendsportschule (KJS) „W. M. Komarov“ Cottbus erfolgte nach Beendigung der sechsten Klasse

zum Schuljahr 1986/87. Schweren Herzens ließ Mutter Annemarie den Sprössling ziehen.
Der Anfang verlief holprig. In welche Trainingsgruppe sollte man den Vielseitigen stecken, in welche Richtung spezialisieren? Letztlich landete er bei Hans-Jürgen Lehmann, der keineswegs vor Begeisterung sprühte. Lehmann betreute die Stabhochspringer und war von Michaels Talent nicht überzeugt. Erst ein Trainerkollege redete ihm den Jungen ein.
Von nun an purzelten beiden die Erfolge und Siege wie reifes Obst in den Schoß. Ein erstes Achtungszeichen der noch 1986 errungene dritte Platz bei den Bezirks-Hallen-Meisterschaften der AK 13 mit 2,20 m. Jetzt ging es Schlag auf Schlag. Eine gnadenlose Höhenjagd begann. Beim gleichen Wettkampf ein Jahr später sprang Michael bereits die Siegerhöhe von 3,60 m. Damit war er für das Turn- und Sportfest in Leipzig qualifiziert. Fernerhin galten nur noch Platzierungen im DDR-Maßstab.
In der Senftenberger Halle errang Michael in der AK 15 den zweiten Platz bereits mit 4,20 m. Ein voller Erfolg auch die Teilnahme an der 1989 stattfindenden XII. Kinder- und Jugendspartakiade der DDR in Berlin. Als das Gubener Talent 1990 mit 4,40 m den letzten DDR-Hallenmeistertitel der AK 16/17 in Berlin holte, horchte die Fachwelt schon auf.
Die DDR fiel, Michael Kühnke stieg auf. Bei den Junioreneuropameisterschaften 1991 in Griechenland reichte es zu einem achtbaren zwölften Platz, übersprungene Höhe 4,70 m. Die Norddeutsche Meisterschaft 1992 sicherte sich der Junior mit einer Höhe von 5,10 m. Die magische Grenze war geknackt. Der vorläufige Karrierehöhepunkt – Jugendrekord von 5,33 m bei den Deutschen Jugend-Hallen-Meisterschaften wenige Wochen später. Mit dieser Leistung verbesserte Michael den alten Rekord von Tim Lobinger, dem vielversprechendsten deutschen Stabhochsprungtalent jener Tage.
Die Presse titelte: „Lehmanns Schützlinge zählen zum Besten, was Deutschlands Nachwuchs im Stabhochsprung zu bieten hat“. Und weiter sinngemäß: Der SC Cottbus gehört zu den „Meistermachern“

im Sport. Viele Olympiasieger, Welt- und Europameister zeugen von der exzellenten Arbeit des Lausitzer Clubs, inzwischen Olympiastützpunkt der BRD. Die „Lausitzer Rundschau“ schrieb, dass für die sensationelle Höhe von 5,38 m Kühnkes Kraft noch nicht reichte. Der Aktive sah das bei einem Interview humorvoller: „Es müssen ja nicht alle sehen, was ich wirklich kann!“
Der beeindruckende Aufstieg bescherte dem Gubener Jungen die Teilnahme an den im September 1992 stattfindenden Leichtathletik-Junioren-Weltmeisterschaften in Südkorea. „Junior Kühnke greift in Seoul nach den Sternen“, lautete eine Presseschlagzeile. Der sechste Rang auf internationalem Parkett war keineswegs schlecht, erfüllte die hohen Erwartungen aber nicht. Mit 5,20 m platzten viele Lotosblütenträume. Ein schwacher Trost: bester deutscher Teilnehmer. Ein großartiges Erlebnis blieb die Teilnahme dennoch.
Weiter himmelwärts ging es 1993. Deutscher Juniorenmeister im Berliner Mommsen-Stadion mit übersprungenen 5,25 m; Sieger beim Junioren-Länderkampf GUS–BRD in Moskau mit der gleichen Höhe; neuer persönlicher Rekord von 5,40 m in Oberkochem (Baden-Württemberg). Von heute auf morgen gehörte Michael Kühnke zu den aussichtsreichen Kandidaten der Deutschen Mannschaft für die Olympischen Spiele von Atlanta 1996. In einem Interview für den „Wochenspiegel“ liebäugelte der Journalist sogar schon mit einer Medaille. Die zunehmende Popularität rief Sponsoren auf den Plan.
Vor den Erfolg haben die Götter bekanntlich den Schweiß gesetzt. Das Jahr 1994 verlief alles andere als optimal. Der Übergang in den Männerbereich fiel nicht leicht. Die Zuwachsraten blieben bescheiden. Hinzu kam die Einberufung zum Wehrdienst. Die Grundausbildung absolvierte der Soldat Kühnke in Holzdorf bei der Luftwaffe, dann erfolgte seine Übernahme in die Sportfördergruppe der Bundeswehr Frankfurt/Oder. Ungesunder Ehrgeiz und fehlende Erfahrung der neuen Trainer führten wahrscheinlich zu Fehlern in der Wettkampfvorbereitung, besonders krass in der speziellen Schnelligkeitsschulung. Trotz vorderer Plätze bei den Norddeutschen Meisterschaften in Hannover, den

Junioren-Hallenmeisterschaften in Paris und den Deutschen Hallen-Meisterschaften der Junioren in Dortmund stagnierten die Leistungen. Besonders deutlich abzulesen am Meistertitel bei den Norddeutschen Meisterschaften 1995 in Senftenberg. Für die Ansprüche indiskutable 5,00 m.
Rein sportlich gesehen war die Auflösung der Fördergruppe kein Beinbruch, eher die Chance für einen Neuanfang. Genau zur rechten Zeit flatterte Michael ein Angebot von Bayer Leverkusen auf den Tisch. Die Cottbuser waren über den Abwerbungsversuch nicht sonderlich glücklich, hatten aber wenig gute Gegenargumente. Dennoch machte sich der bodenständige Lausitzer den Abschied von der sandigen Heimat nicht leicht. Ihr verdankte er seinen bisherigen „Höhenflug".
Den Ausschlag für die Abwanderung gab der persönliche Kontakt zum erfolgreichen Trainer Osenberg vom TSV Bayer 04 Leverkusen, der so bekannte Athleten wie Ulrike Meyfarth, Heike Henkel und Heidemarie Ecker-Rosendahl trainierte. 1995 übersiedelte Michael Kühnke von Cottbus nach Leverkusen. Dort integrierte man ihn in eine Sportklasse, deren Mitglieder halbtags an einer Ausbildung zum Bürokaufmann teilnahmen und den Rest des Tages trainierten.
Viele Trainingslager und Wettkämpfe im In- und Ausland sowie die Kontakte zu berühmten Athleten und Offiziellen bescherten dem gebürtigen Kleinstädter ein neues Lebensgefühl. Die sichtbaren Leistungssteigerungen stärkten das Selbstbewusstsein. Die Bestmarken in der Halle stiegen auf 5,51 m und im Freien auf 5,53 m. Respektabel. Folgerichtig die im Jahr 2000 erfolgte Berufung in den Olympiakader für Sydney. Michas Euphorie hielt sich in Grenzen. Abwarten und Tee trinken. Gebranntes Kind scheut das Feuer.
Was niemand einem Sportler wünscht, trat ein. Eine Verletzung am Sprunggelenk, derart schwer, dass eine Operation unumgänglich wurde. Die Ärzte rieten zur Beendigung der leistungssportlichen Karriere. Das Gefühl sagte nein, der Verstand ja. Der Abschied im Jahre 2001 war bitter, eine vernünftige Alternative dazu aber gab es nicht.

Michael, von je her ein kluger Rechner, behielt selbst als erfolgreicher Stabhochspringer kühlen Kopf. Trotz enormer Höhen verlor er nie den Boden unter den Füßen. Zielgerichtet hatte er bereits in jungen Jahren an „die Zeit danach“ gedacht. Anders als vormals in der DDR sind Spitzensportler in der BRD nach dem Ende ihrer Karriere weitgehend auf sich gestellt. Sich regen bringt Segen. Der Ausbildung zum Energie-Elektroniker im RAW Cottbus schloss der „Ausgemusterte“ die schon erwähnte Lehre zum Bürokaufmann an. Damit aber keineswegs zufrieden, qualifizierte sich Michael zum Sozialversicherungsfachangestellten bei der Bayer Betriebskrankenkasse, in der ein sehr gutes Arbeitsklima herrscht. Das Jahr 2001 brachte nicht nur einen schmerzlichen Ausstieg, sondern auch einen vorteilhaften Einstieg. Tim Lobinger, der Paradiesvogel der deutschen Leichtathletik, bot Michael Kühnke eine Stelle als persönlicher Berater und Betreuer. Beide hatten sich schon 1990 auf einem Lehrgang kennen gelernt, fanden sich sympathisch und waren in der Folgezeit mehrfach im Trainingslager und bei Wettkämpfen aufeinandergetroffen.
Erfreut über die Offerte, sagte Kühnke zu. Die Zusammenarbeit entwickelte sich positiv. Der sportverrückte Lobinger erkannte schon bald die fachliche Kompetenz des früheren Kontrahenten. Nach seinem Titel bei den Halleneuropameisterschaften in Wien 2002 installierte Lobinger seinen Betreuer als Trainer. Der Wechsel klappte reibungslos. Das erfolgreiche und kuriose Duo erregte Aufmerksamkeit. Der Trainer jünger als der Sportler! Ein gefundenes Fressen für die Regenbogenpresse. Stoff lieferte auch das wochenlange Training in Stellenbosch. Okkert Brits, der exzellente südafrikanische Stabhochspringer, hatte Lobinger seine Heimat schmackhaft geredet. Die guten Trainingsbedingungen und das förderliche Klima verführten Tim Lobinger dazu, ein in der Nähe gelegenes Haus zu kaufen.
Das Konzept ging auf. Erfolg reihte sich an Erfolg. Tim katapultierte sich auf die schwindelerregende Höhe von 6,00 m, gleichbedeutend mit einem Deutschen Rekord. In der Halle schaffte er immerhin 5,95 m. 2002 bei den Leichtathletikeuropameisterschaf-

ten in München reichte es zur Bronzemedaille, bei den Hallenweltmeisterschaften im englischen Birmingham 2003 sogar zum Sieg sowie zum fünften Platz bei den Freiluft-Weltmeisterschaften in Paris.
Nun hielt Michael die Zeit für gekommen, es seinem Schützling gleichzutun. In einem zweijährigen Lehrgang beim Leichtathletiklandesverband in Köln erwarb er seinen Trainerschein, wobei ihm der in Leverkusen stationierte Bundestrainer hilfreich zur Seite stand.
Einen ersten Dämpfer brachte das Jahr 2004. Die erfolgsverwöhnte „Diva“ Lobinger schmollte. Die schillernden Nummern blieben aus. Die Olympiade in Athen bescherte einen enttäuschenden dreizehnten Rang, bei den Hallenweltmeisterschaften landete Tim unter ferner liefen.
Die Misere setzte sich auch im folgenden Jahr fort. Einmal Bronze bei der Hallen-EM in Madrid, zu wenig für den Erfolgsmenschen Lobinger. Der Enthusiast suchte nach Wegen aus der Krise, gebar die Idee, Björn Otto, einen hoffnungsvollen Nachwuchsathleten, an sich zu binden, gemeinsam mit ihm zu trainieren. Schon bald bereute er den Schritt, weil er die öffentliche Zuwendung teilen musste. Otto klopfte vehement an die Pforte zum Thron. Daraus entstanden Querelen, erste Zerwürfnisse und Ablösungserscheinungen folgten. Nach der verkorksten Weltmeisterschaft in Helsinki der vollständige Bruch. Tim trennte sich von seinem Freund und Trainer Michael. Letzteren dauerte das Zerwürfnis, hatte er seinem Athleten doch treu zur Seite gestanden und auch viel zu verdanken. Es war ein gegenseitiges Geben und Nehmen.
Die Lücke füllte der noch titellose Björn Otto, angestellt bei Bayer Uerdingen/Dormagen, den Kühnke ab sofort unter seine Fittiche nahm. Auf Anhieb wurde Otto Studentenweltmeister. Dann widerfuhr auch ihm ein Missgeschick, er brach sich die Hand. Mit starkem Willen, medizinisch bestens versorgt und behutsam vom Trainer geführt, konnte er Ende 2006 dennoch neue persönliche Bestleistungen aufstellen. Er schraubte sie in der Halle auf 5,90 m und unter freiem Himmel auf 5,85 m. Im Winter 2007 durfte er

sich bei den Halleneuropameisterschaften in Birmingham über Bronze freuen. Weniger erquicklich die Tatsache, dass die Stabhochspringer wegen ihres sperrigen Wettkampfgerätes viele Transportprobleme haben. Es kommt sogar vor, dass sich Taxifahrer und Airlines weigern, die Stäbe mitzunehmen.
Michael Kühnke hat sich inzwischen als Stabhochsprungtrainer etabliert und gilt in der Fachwelt als gute Adresse. Wie anders wäre es sonst zu erklären, dass er offiziell mit der Betreuung der deutschen Starter im Stabhochsprung bei den Leichtathletikweltmeisterschaften im japanischen Osaka betraut wurde. Vielleicht kann er sich ja bald über einen Schützling den Traum von einer Olympiamedaille erfüllen, die ihm als Sportler versagt blieb.

Es mag etwas unglaubwürdig klingen, ist aber wahr. Das Cottbuser German Meeting, bei dem sich Olympiasieger, Welt- und Europameister die Klinke in die Hand geben – seit 1990 von meinem langjährigen Freund und Kollegen Ulrich Hobeck organisiert –, war und ist für Michael Kühnke stets ein sportlicher Höhepunkt. Als Athlet und als Trainer. In der familiären Atmosphäre der Niederlausitzer Heimat kommen neben dem Wettkampffieber persönliche Bindungen und Erinnerungen hinzu. Es ist schon ein erhebendes Gefühl, sagt Michael, in einem Atemzug mit solchen Prominenten wie Heike Drechsler, Mark McKoy, Colin Jackson, Lars Riedel, Trine Hattestad, Stephan Freigang, Frankie Fredericks, Inga Babakowa, Rodion Gataulin, Heinz-Florian Oertel, Wolf Dieter Poschmann und und und genannt, vor den eigenen Eltern, vor ehemaligen Klassenkameraden, vor vielen Freunden und Bekannten aufzutreten, erkannt und gefeiert zu werden. Die Fußballer würden von einem Heimspiel sprechen.
Auch wenn es als Springer nie zu einem Platz auf dem Podest reichte, startete Michael mehrfach im Trikot des SC Cottbus und für Bayer Leverkusen beim Cottbuser Meeting mit beachtlichen Höhen. Das beste Resultat erreichte er mit 5,45 m.
Als Trainer war Kühnke jedoch noch erfolgreicher. So mit Tim Lobinger und Björn Otto. Einmal tauchten Michael und Tim

unangemeldet in der Laufhalle auf, um ungestört trainieren zu können. Schnell erkannt, verbreitete sich in Windeseile das Gerücht: Lobinger kommt zum SC Cottbus!

Besonders gern startet die deutsche Springergarde um Danny Ecker, Tim Lobinger, Lars Börgeling, Björn Otto und Michael Stolle bei dem 2002 ebenfalls von Uli Hobeck ins Leben gerufenen Internationalen Springermeeting in der neu erbauten Lausitz Arena, inzwischen eine Kultveranstaltung, zu der man sich die Karten rechtzeitig besorgen muss. Wer zu spät kommt, dem entgeht eine der besten Sport- und Kulturveranstaltungen weit und breit. Bei der fünften Auflage kam es im Vorprogramm zur Weltpremiere einer Turn- und Akrobatikschau auf einem vom SC Cottbus-Trainer Uwe Marquardt konstruierten Trampolin-Reck. Faszinierend, einmalig, was Philipp Boy, Steve Woitalla, Benjamin Drabsch und Mannen, die deutschen Mannschaftsmeister im Kunstturnen, aus ihren muskulösen Körpern holten. Die Zuschauer gerieten schier aus dem Häuschen.

Michaels Schützling, Björn Otto, katapultierte sich mit seinen gewaltigen Sätzen nicht nur in luftige Höhen, sondern auch in die Herzen der Zuschauer. Der Publikumsliebling verzückt die Massen. Allein die Ankündigung seines Namens löst stets frenetischen Beifall aus.

Wesentlich leiser, aber nicht minder herzlich die Begegnungen am Rande der Cottbuser Meetings zwischen Michael Kühnke, Hildegard „Dadi“ Petter und Bärbel „Bonki“ Bonkatz. Beide sind des Lobes voll über den höflichen und bescheidenen Micha, der sie trotz seiner Popularität nie vergisst.

„Zu einem Pläuschchen reicht es immer“, sagt Dadi erfreut und stolz. „Solche Persönlichkeiten braucht das Land.“

„Solche Persönlichkeiten hat das Land“, erwidere ich und schaue Dadi und Bonki fest ins Gesicht. „Hör auf, du Schmeichler“, wehrt Hildegard gerührt ab.

„Nur keine falsche Bescheidenheit“, beharre ich auf meiner Meinung. „Die Gubener Luft scheint ein gutes Medium für die Ausprägung positiver Charaktereigenschaften zu sein.“

Hildegard Edinger wurde 1929 in Kaltenborn, unweit von Guben, geboren. Das quicklebendige Mädchen bewegte sich schon von klein auf am liebsten im Laufschritt. Als Schülerin der Pestalozzischule siegte sie bei den Gaumeisterschaften im Weitsprung und über die 60 m Distanz.
Nach dem Krieg organisierte sich Hildegard in der Turngruppe „Hut“ beim VEB Gubener Wolle. Vom Übungsleiter Hauschild zur Leichtathletik geworben, umkurvte die „wilde Hilde“ fortan barfuß, mit überquellendem lockigen Haarschopf und braungebrannt die schwarze Schotterbahn des Komet-Sportplatzes derart schnell, dass der Brandenburger Konkurrenz schwindlig wurde. Als sie die bis dahin beste Sprinterin Traudchen Gölling schlug, frotzelte man: „Landente schlägt Stadtgans“.
Die Bestzeit von 12,5 sek. über 100 m konnte sich sehen lassen, reichte aber immer nur zu Silber hinter Gerdi Wonneberger aus Cottbus. Erst nach deren Weggang lief Hildegard über 200 m zum Landesmeistertitel. Über die Strecken von 400 und 800 m wurde sie Bezirksmeisterin; in der DDR-Bestenliste reichte es immerhin zum vierten Platz.
Fast logisch die Berufswahl: Sportlehrerstudium an der Pädagogischen Hochschule Potsdam. Über die Einsatzorte Ziltendorf, Wiesenau, Wellmitz, Coschen und Breslack kehrte sie 1958 nach Guben zurück. Ihr neuer Wirkungsbereich wurde zunächst die Wilhelm-Pieck-Schule. Die Rückkehr in die Heimat fiel mit dem leistungssportlichen Ende und ihrer Hochzeit mit einem in Jänschwalde stationierten und aus Stralsund stammenden Offizier der NVA zusammen.
Der Sport gehörte dennoch weiter zu Hildegards Leben wie die Luft zum Atmen. Sie spielte lange Jahre Handball bei Fortschritt und Chemie Guben; widmete sich zusätzlich ab 1959 als Übungsleiterin dem leichtathletischen Nachwuchs, den vor ihr Siegfried Brauer, später Kreisturnrat, betreute.
Im Laufe der Jahre entwickelte sich Dadi zu einem zuverlässigen „Zulieferer“ für die Kinder- und Jugendsportschule (KJS) Cottbus. Sie formte so manches Talent, so Jens Assmann, erfolg-

reicher Teilnehmer der DDR-Spartakiade; Ricarda Specht, die mit zwölf Jahren 1,54 m übersprang; Uli Dalitz, das Weitsprungas, und Cornelia Kuchling, die als verheiratete Kruk den Sprung in die DDR-Nationalstaffel über 100 m schaffte. Nicht so gern erinnert sie sich an den „Fall" des Mittelstreckenläufers Dieter Hanzig. Ohne besonderen Trainingsfleiß und Ehrgeiz lieferte mein Schulfreund Dieter dem schier übermächtigen Jugendmeister Ulrich Hobeck vom Sportclub Cottbus packende Zweikämpfe auf der Bahn und im Gelände. Noch heute ist Hildegard ärgerlich über Dieters Abwerbung zum Fußball, betrieben von Werner Böhme. Was hätte aus dem Jungen werden können. Schade um das außergewöhnliche Talent.

Die Sportlehrertätigkeit brachte es mit sich, dass man häufig auch das Amt eines Kampfrichters bekleiden musste. Aus Pflicht erwuchs Leidenschaft. Dadi qualifizierte sich, erwarb die DDR-Meisterklasse. Auch die Hürden der BRD „übersprang" sie locker. Einsätze bei Spartakiaden, DDR- und Deutschen Meisterschaften, Länderkämpfen, Europameisterschaften der Junioren sowie den Leichtathletik-Weltmeisterschaften der Versehrten und Behinderten gehörten zu den Höhepunkten ihrer Kampfrichterlaufbahn. Nicht zu vergessen die Teilnahmen als Trainerin und Kampfrichterin des Laufzielgerichts bei den German Meetings in Cottbus. Ehrungen häuften sich: herausragend die Friedrich-Ludwig-Jahn-Medaille und die Ehrennadel des DLV in Gold.

2006 zog sich Hildegard Petter, belastet mit einem schweren Unfall, aus der ehrenamtlichen Kampfrichtertätigkeit zurück. Seither widmet sie sich „nur" noch dem dankbaren Gubener Leichtathletiknachwuchs.

Für ihr Jahrzehnte währendes unermüdliches und selbstloses Engagement zum Wohle einer gesunden Jugend verlieh ihr die Stadt Guben im Oktober 2008 die Ehrenbürgerschaft.

Bärbel König trat 1945 in Dresden auf die Bühne des Lebens. Den „Sachsen" kann sie bis heute nicht verleugnen. In Leipzig aufgewachsen, organisierte sich das sportliche Mädchen beim

SC Lokomotive in der Leichtathletik, später in der Disziplin Faustball. Nach dem Schulabschluss absolvierte sie am IfL eine Unterstufenlehrerausbildung mit Schwerpunkt Sport. In einem Winterlager in Klingenthal lernte die Studentin in der Jugendherberge auf dem Aschberg den Lehrling Eberhard Bonkatz aus Forst kennen. Daraus entstand wenig später eine Verbindung für's Leben.
1964 stieg Bärbel in Leipzig in den Schuldienst ein, zwei Jahre später erfolgte ihre Versetzung nach Guben. Über die Stationen Diesterwegschule, Hilfsschule und Kopernikusschule kam sie 1991 an die Corona-Schröter-Schule. Hier leistete sie ganze Arbeit. Allein viermal qualifizierten sich die von ihr betreuten Schüler für den Staffellauf der Kinder innerhalb des traditionsreichen Internationalen Stadionfestes (ISTAF) in Berlin.
Nach zweiundvierzig Jahren Schuldienst warf sie aus alters- und gesundheitlichen Gründen 2006 „das Handtuch".
Im Laufe der Jahre entdeckte Bonki ihr Herz für die Kampfrichtertätigkeit, besuchte 1978 ihren ersten Lehrgang, erwarb die höchste Stufe. Zunächst im Wettkampfbüro mit der Auswertung verschiedener Disziplinen befasst, zog es sie jedoch schon bald „vor Ort" in die Stadien. Selbst klein von Wuchs, verliebte sie sich ausgerechnet in das Kampfgericht Hochsprung. Ein Wettkampf jagte den anderen, einer hochkarätiger als der andere. Noch zu DDR-Zeiten beauftragte man sie mit der Führung des Rekordprotokolls. Eine hohe Ehre. Bei allen bedeutenden nationalen und internationalen Meisterschaften, meist an der Seite von Dadi Petter, war sie fortan dabei.
Unvergesslich der Augenblick, als sie den Weltrekord der Bulgarin Stefka Kostadinowa beim Olympischen Tag in Berlin zu den Akten nehmen durfte. Wahnsinn: 2,09 m! Rosi Ackermann aus Cottbus, die erste Frau der Welt über die ominöse 2,00 m Marke, hatte Bonki am Fernseher erlebt, ihren im Olympiastadion von Westberlin erzielten phantastischen Rekord aber verewigten andere.
Bärbel brachte es auf ein reichliches Vierteljahrhundert Ehrenamt. Unter ihren vielen Auszeichnungen schätzt sie besonders: Vorbildlicher Kampfrichter der DDR, Ehrennadel des DTSB, Ehrennadel des Landessportbundes Brandenburg.

Einmal schwebte Bärbel in Lebensgefahr, das Wettkampfgerät eines Hammerwerfers landete direkt auf ihrem Tisch. Schreck lass nach. Kein Glück hatte ein westdeutscher Sportreporter viele Jahre früher, dem ein Diskus den Schädel zertrümmerte. Bonki musste es mit ansehen.

Mehr Freude bereiteten ihr die Hochspringer, besonders imponierend der kubanische Ausnahmekönner Javier Sotomayor. Als Mensch und Athlet. Nicht „warm“ wurde sie hingegen mit dem Deutschen Carlo Thränhardt, bekannt für sein arrogantes und extravagantes Verhalten. So benutzte der „Sportler“ die Wettkampfpausen regelmäßig zum Rauchen.

Bei der Weltmeisterschaft der Behinderten kurz nach der „Wende“ blamierten sich Bonki und Dadi fürchterlich. Als eine unbekannte, aber schmissige Melodie erklang, tanzten beide ausgelassen in den Stadionkatakomben des Berliner Olympiastadions. Empörte Blicke und Schelte brachten sie zur Räson: Es handelte sich um die italienische Nationalhymne, die zu Ehren eines Siegers erklang.

Und noch ein Erlebnis grub sich tief in Bonkis Bewusstsein ein. Beim 1996 in Frankfurt/Oder stattfindenden Jugendländerkampf Polen–BRD dominierte der polnische Nachwuchs eindeutig. Krokodilstränen bei der deutschen Trainerin. Um selbst nicht in die Kritik zu geraten, suchte sie für das Versagen ihrer Schützlinge einen Sündenbock. Sie fand ihn in Bärbel Bonkatz und Dadi Petter. Meine Athleten haben nur so schlecht abgeschnitten, weil die Kampfrichterinnen zu klein sind!, lautete ihre schwachsinnige Begründung. Dadi hatte die Latte mit Hilfe einer Fußbank auflegen müssen, Bonki assistierte als Schiedsrichterin.

Dem German Meeting und dem Springermeeting hält die Seniorin gemeinsam mit ihrem sportbegeisterten Eberhard in der entspannten Zuschauerrolle weiterhin die Treue. In unserem kleinen Guben-Cottbus Fanblock begegnen sich alle Jahre wieder: Stabhochspringer und Trainer Micha, Präsident der German Meetings und Meetingdirektor Uli sowie die verdienstvollen Sportlehrer, Übungsleiter und Kampfrichter Dadi und Bonki.

Quellenverzeichnis

ACOL Gesellschaft für Arbeitsförderung mbH Cottbus: „Tuchstädte der Niederlausitz gestern und heute“. Cottbus 1995.

Manfred Augustyniak: „Von C. Lehmann Wwe. & Sohn zum VEB Gubener Wolle“. In: Gubener Heimatkalender (GHK) 2003, S. 82–88.

BSG mbH Guben (Hrsg.): „Vom Tuchmachergewerbe zur Gubener Wolle“. REGIA Verlag Cottbus 2004.

Albin Buchholz: „Wenn der weiße Flieder wieder blüht“. In: Gubener Heimatbrief (GHB) 2/2004, S. 73/79.

Boguslaw Drewniak: „Das Theater im NS-Staat. Szenarium deutscher Zeitgeschichte 1933-45“, Droste Verlag Düsseldorf 1983.

Eberhard Fechner: „Die Comedian Harmonists. Sechs Lebensläufe“. Wilhelm Heyne Verlag München 2003.

Karl Gander: „Die Tuchmacherfamilie Lehmann in Guben. Ein Beitrag zur Bürger- und Wirtschaftsgeschichte der Stadt“. Privatdruck, Hamburg 1967.

Manfred Hausmann: „Eine alte Gubener Arbeiterin erzählt“. In: Rund um den dicken Turm, GHB Nr. 64.

Manfred Hausmann: „Raritäten in Bärenklau“. In: GHB 1/92, S. 84.

Manfred Hausmann: „Die beiden tausendjährigen Eichen im ehemaligen Landkreis Guben“. In: GHB 1/95, S. 76/77.

Rudolf Hefter: „Die Vorfahren der Corona Schröter“. In: GHK 1990, S. 62/68.

Jürgen Heinrich: „Der Maler Merker ist tot“. In : Der Märkische Bote vom 16.8.2008, S. 2.

Mechthild Hempe: „Kette und Schuss – Die Tuchmacherei in Guben“. Böhlau Verlag Köln Weimar Wien 2006.

Internet-Adresse: http:// www Cinegraph de/lexikon/ Comedian Harmonists/biografie. html.

Joachim G. Jacobs: „Bärenklau bei Guben ‚Schloss‘ und Gartenanlagen. Ein neobarocker Landsitz des frühen 20. Jahrhunderts“. In: Brandenburgische Denkmalpflege, Verlag Willmuth Arenhövel Berlin, Jg. 13, 2004, Heft 2.

Ulrike Jakubowski: „Ein Weltstar in Guben“. In: Lausitzer Rundschau (LR) vom 6.9.1998.

Winfried Kabisch: „Zur Geschichte der Gubener Tuchmacherei“. In: GHB 1/1998.

Landeshauptarchiv Potsdam, Pr. Br. Rep. 75, Lehmann’s Wwe. & Sohn: Nr. 61, 75, 90, 94, 113, 133, 205, 413, 424.

Heinz-Dieter Krausch: „Bärenklau – Ein Beitrag zur Entstehung der Gutsherrschaft in der Niederlausitz". In: GHB 1/98, S. 88/93.
Carl Lehmann: „50 Jahre Gross-Gastrose, Festschrift zum Betriebsjubiläum". In: GHB 2/1991.
Herbert Lehmann: Handschriftliche Auszüge aus dem Trauregister der Stadt- und Hauptkirche Guben.
Renate Marschall: „Ein Flatterwesen wie ich". In: LR vom 17.1. 2007.
Frank Merker: Katalog der 46. Ausstellung 2003.
Margarethe Nieschalk: „Tanzschule Ilse Hefter". In: GHB 2/99, S. 59/60.
Andreas Peter: „Nachbarn von einst. Bilder und Dokumente jüdischen Lebens in Guben". Guben 1999.
Karl-Heinz Reh: „40 Jahre Kulturbund". In: GHK 1985, S. 26-32.
Andreas Peter/Bernd Pilz: „Festschrift zum 250. Geburtstag von Corona Schröter". Guben 2000.
Barbara Remus: „Klinik für die Seele im Bärenklauer Schloß". In: LR vom 18.2.1992 und GHB1/92, S. 85.
Barbara Remus: „Fox, Rock, Mambo-Salsa und Tango mit Profitänzern". In: GHB 1/2002, S. 82.
Hartmut Schatte: „Ingrid Braun – Eine Cottbuser Theaterlegende". In: Cottbuser Heimatkalender (CHK) 2002, S 67–69.
Hartmut Schatte: „Es lebe die Erinnerung" (Treffen ehemaliger Gubener Schauspieler in Guben). In: GHB 2/2003, S. 74 – 75.
Hartmut Schatte: „Mächtig gewaltig, Herr Köster". In: CHK 2005, S. 90 – 93.
Hartmut Schatte: „Das Gubener Stadttheater 1945–1950 Historie und Histörchen". REGIA Verlag Cottbus 2003.
Hartmut Schatte: „Ein Herz für andere. Das Leben der Annelotte Wolf". REGIA Verlag Cottbus 2005.
Marion Schmidt: „Vielseitigkeit in Öl". In: LR v. 2. 1. 2006.
Heinz Schneider: „Ein Forstmann und die zwei Zeiten". In. LR vom 24.8.1984.
Dorothea Schulz: „Hinter einer langen Mauer ein wunderschönes Haus im Park". In: Brandenburgische Blätter vom 21.6.1997 und GHB 1/98, S. 93/96.
Klaus Wilke: „Was die Physik vermag". In: LR vom 5.2.2008, S. 6.
Klaus Wilke: „Der Charme der Dubarry". In: LR vom 26.3.2008, S. 8.
Klaus Wilke: „Ein Maler der Lausitz". In: LR vom 14.8.2008, S. 7.

Befragung/Danksagung:

Adolf Auga, Bärbel Bonkatz, Gerhard Gunia, Wolfgang Krüger, Annemarie und Peter Kühnke, Lutz Materne, Eva Matuszewski, Erika Nerlich, Diethelm Pagel, Waltraut Panwitz, Hildegard Petter, Bernd Pilz, Ingrid Philipp, Elsa Pohle, Evelin Richter, Heike Rochlitz, Margot und Klaus Scharfenberg, Christa Schulz, Bernd Völzke, Heidi und Manfred Weiche, Roswitha Werner (alle Guben), Ingrid Braun, Jürgen Heinrich, Birgit Mache, Frank Merker (†), OMR Dr. med. Dieter Oertel, Renate Rosenblatt, Angelika Schatte, Dieter Schulz, Wilfrid Schulze-Margraf, Beate Schütz, Klaus Stabach, Edeltraut Wiegand, Klaus Wilke (alle Cottbus), Dina Fexer, Lothar Bienemann (Magdeburg), André Philipp, Eckart Wust (Leipzig); Karl-Ernst Wust (Nürnberg); Dr. Albin Buchholz (Plauen); Hanna und Heinz Halbing; Lieselotte und Bärbel Halbing, Annette und Ilse Richter, Gisela Rumi (alle Bärenklau), Peter Lehmann-Bärenklau (Hamburg), Dr. Reimar Börnicke (Altenberg), Michael Kühnke (Leverkusen), Dieter Krein (Trebendorf).

Bildnachweis:

Bonkatz: 143 – Braun/Brüssow: 58, 59, 62 – Brodowski: 64 – Giebler: 36 – Gunia: 22, 42a, 69, 84 – Halbing: 115, 116, 118, 125, 134 – Heinrich: 104 – Helbig: 144 – Internet: 55-57 – Jacobs: 127 – Krein: 72 – Kross: 61 – Kühnke: 139, 140 – Matuszewski: 76-80 – Merker: 105, 106 – Museum „Sprucker Mühle": 17, 19, 24, 29, 38a, 51, 53, 83, 86, 91, 93 – Pagel: 110 – Panwitz: 114, 126 – Philipp: 89, 90, 92, 94-96, 100, 102 – Pohle: 49, 50, 109, 112 – Remus: 138 – Richter: 111, 121-124 – Rumi: 120 – Schatte: 13, 24a, 52, 54, 60; 63, 65, 81, 85, 87, 88, 97-99, 101, 103, 107, 108, 113, 117, 119, 128-133, 135-137, 141, 142 – Stabach: 66-68, 71, 73, 74 – Stadtarchiv Guben: 7, 8 – Weiche: 21, 27, 34, 48, 70 – Weisflog: 145 – Werner: 75, 82 – Wust/Fexer:1-6, 9-12, 14-16,18, 20, 23, 25, 26, 28, 30-33, 35, 37-47

Bildteil

Zum Kapitel: Ein Leben im Dreivierteltakt

1 Ilse Wust-Hefter in Tanzpose um 1940; 2 Hochzeit Ilse Hefter und Otto Wust 1935; 3 Wohn- und Geschäftshaus Pförtenerstraße 22 um 1930

4

5

Max Hefter Bestattungs - Institut
Pförtener Str. 22 ☎ 2457
Reichh. Sarglag., mäß. Preise. Eig. Bestattungs-Auto, Übernahme aller Besorgung. kostenlos

7

Privat-Institut für Tanz u. Gymnastik
Mod. Tanzunterricht — Tanzaufführungen, Gymnastik: Auch Kurse für Kinder (orthopädisch) und junge Mädchen.
Ilse Hefter, Tanzlehrerin, Pförtener Str. 22.

8

6

4 *Wohn- und Geschäftshaus Klosterstraße 17 um 1910;* ***5*** *Max Hefter beim Festumzug 700 Jahre Stadt Guben 1935;* ***6*** *Clara Hefter geb. Baehr um 1950;* ***7*** *Einwohnerbuch der Stadt Guben 1933;* ***8*** *Einwohnerbuch der Stadt Guben 1928*

__9__ Ilse Wust-Hefter mit ihren Kindern Karl-Ernst, Dina und Eckart 1948; __10__ Otto Wust 1942; __11__ Evelyn und Karl-Ernst Wust 2008; __12__ Eckart, Käthe und Hendrik Wust 2004; __13__ Dina Wust-Fexer und Lothar Bienemann vor dem Schloss Branitz 2008

14

15

16

17

18

19

***14** Hausball in der Pförtenerstraße um 1930; **15** Ballzeitung; **16** Tanzunterricht im Restaurant Kaminskys Berg 1930; **17** Restaurant Kaminskys Berg um 1925; **18** Tanzstundenball im Kaiser Garten 1935; **19** Restaurant Kaiser Garten 1905*

Gut tanzen lernen Sie
in der neuen Tanzstunde der Tanzschule
Ilse Wust-Hefter
Sächsische Straße 51
Einzel-Unterricht jederzeit

__20__ Einladung; __21__ Anleitung für Tanzschüler; __22__ Gubener Nachrichten vom 6.4.1950;
__23__ Ilse Wust-Hefter und Tochter Dina bringen 1948 ein neues Tanzschulschild an

24

24a

25

__24__ Restaurant Sprucke 1950; __24a__ Die „Vier Optimisten" 1963, v.l.n.r. Gert Bisch, Hans Grunert, der Autor, Christian Dulitz (Klavier); __25__ Ilse Wust-Hefter mit Tanzschülern auf der Fließbrücke um 1950

__26__ Tanzstundenball im Restaurant Sprucke 1952; __27__ Verkäuferinnen im Schuhgeschäft Berliner Straße um 1955, v.l.n.r.: Gertrud Grünitz, Helene Schwemmer, Jutta Sextro, Hedwig Koritter

28 *Tanzstunde in der Sprucke, vorn mitte: Ilse Wust-Hefter, dahinter Brigitte Hanfland 1950;*
29 *Ausflugs- und Gartenlokal Pfaffenschänke 1953*

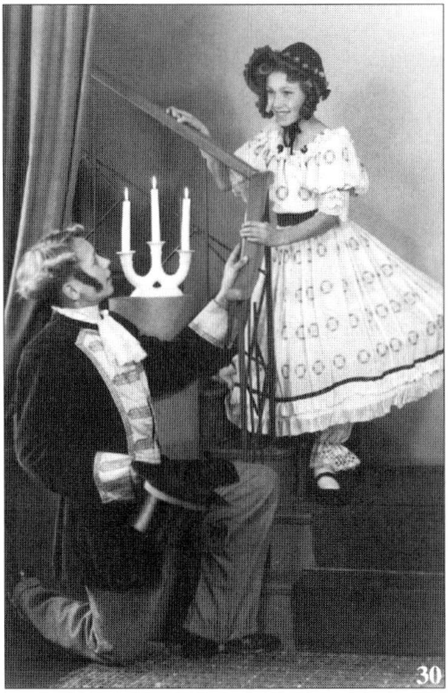

30 *Dina und Eckart Wust beim 25-jährigen Tanzschuljubiläum 1952;* ***31*** *Dina Wust und Ulrich Fexer um 1970;* ***32*** *Margit Kahl und Karl-Ernst Wust 1958;* ***33*** *Käthe Schmidtchen und Eckart Wust 1958*

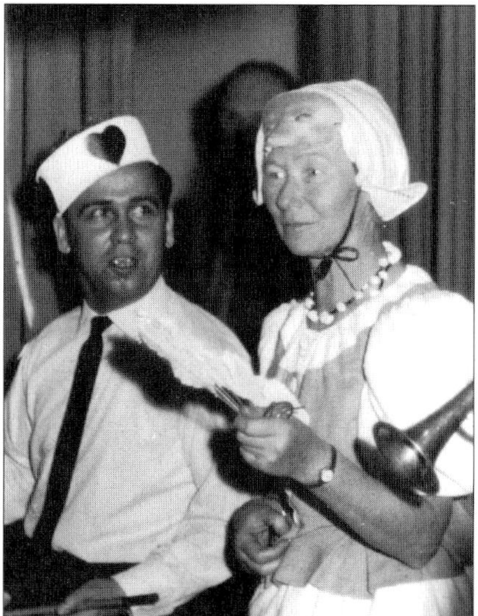

__34__ Tanzstundenpaar Heidi Schatte und Jürgen Gruschke 1958; __35__ Karin und Werner Naschke bei einer Tanzvorführung in Groß Breesen 1950; __36__ Kapelle Vogt um 1950; __37__ Fasching 1962: Ilse Wust-Hefter als Holländerin mit Schlagzeuger Lothar Machnow

***38** Abschlussball der Oberschule im Garten der Villa Uferstraße 1958; **38a** Villa Uferstraße, heute Ludwig-A.-Meyer-Haus; **39** Folkloregruppe der Gubener Hutwerke um 1950; **40** Tanzunterricht in der Gaststätte Eisermann Wellmitz um 1950*

41 Abschlussball im Frankfurter Hof 1958; 42 Abschlussball im Volkshaus 1959; 42a Volkshaus vormals Hotel Kronprinz und Stadttheater

43 *Plakat der Kulturreise nach Westpolen 1961;* ***44*** *Die deutsche Kulturdelegation mit Ilse Wust-Hefter und Karl-Ernst Wust 1961*

... weil ihnen und anderen Kultur und Baracke nicht so recht zusammengehören wollen. Aber der Eindruck von Stille täuscht, denn am Abend stehen die jungen Leute Schlange

45

40 JAHRE TANZSCHULE ILSE WUST-HEFTER

... veranlassen mich, meinen Schülerkreis zu einer

FESTLICHEN
JAHRESABSCHLUSS
FEIER

am 27. Dezember 1967
in der HOG „Volkshaus"
einzuladen

Beginn 19 Uhr
Kassenöffnung 18.30 Uhr
Karten- und Tischbestellungen
bis 22. 12. in der Tanzschule
Ruf 3272
Geschlossene Veranstaltung
Gesellschaftsanzug
erbeten

46

47

48

__45__ Kulturbaracke des CFK an der Kaltenborner Straße um 1968; __46__ Einladung zur Festveranstaltung 1967; __47__ Tanzklub Dederon Ende der 1960er Jahre; __48__ Grab auf dem Gubener Stadtfriedhof Obersprucke

49

50

51

52

__49__ Elsa und Fritz Pohle 1932; __50__ Karl Pohle 1930; __51__ Ausflugslokal Heidekrug um 1920; __52__ Elsa Pohle, die vermutlich älteste noch lebende Tanzschülerin von Ilse Wust-Hefter 2008

53

54

53 *Gubener Hafen 1901;* **54** *Ausflugsdampfer „Forelle“ vor dem Café Schönberger um 1910*

Zum Kapitel: Weites Herz und große Stimme

***55** Roman Cycowski um 1930;* ***56** Roman Cycowski um 1990;* ***57** Comedian Harmonists um 1930 v.l.n.r.: Robert Biberti, Erich Collin, Erwin Bootz, Roman Cycowski, Harry Frommermann, Asparuch Leschnikoff*

Zum Kapitel: Die Nachtigall vom Zweistromland

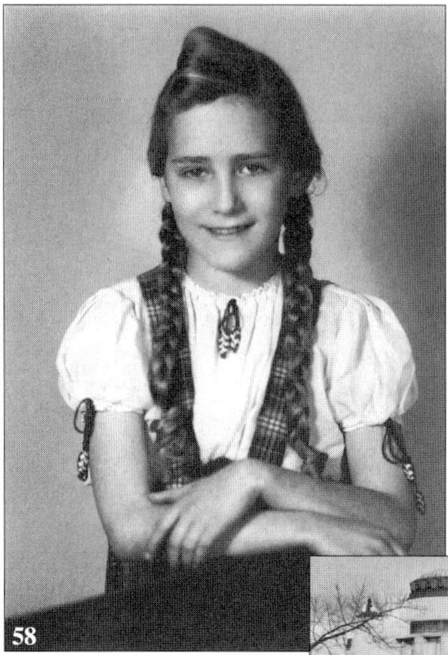

58 *Ingrid Braun als „Heinerle" 1947;* ***59*** *Ingrid Braun als Micaela und Ulrich Kreusch in „Carmen" 1968 am Stadttheater Cottbus;* ***60*** *Stadttheater Cottbus 2004;* ***61*** *Ingrid Braun und Henriette Sontag im Branitzer Park 2000;* ***62*** *Ingrid Braun beim Gurkenmarathon im Spreewald 2008*

Zum Kapitel: Ein Gubener Intendant in Polen

***63** Gubener Stadttheater auf der Neißeinsel um 1930;* ***64** Theaterintendant Hans Fiala um 1935;* ***65** Stadttheater Torun (Polen) 2006*

Zum Kapitel: Ballverliebt

66 *Klaus und Heinz Stabach 1942;* ***67*** *Klaus Stabach (li.) in Aktion in den 1970er Jahren;* ***68*** *DDR-Meister der B-Jugend Fortschritt Guben 1955*

PROMINENTEN-Fußball

Am Sonnabend, dem 13. Auguſt 1949
ſpielen auf dem Reipo-Sportplatz die Mannſchaften
Aktenſtaub gegen **Sackleinen**
Bei Aktenſtaub wirken u. a. mit: Oberbürgermeiſter Sonnet, die Stadträte Simmack und Schimming und Stadtbaurat Leppin
Bei Sackleinen die Betriebsleiter Lambrecht (Gubener Wolle) Gölling (Feintuchfabrik Kloſtermühle) uſw.

69

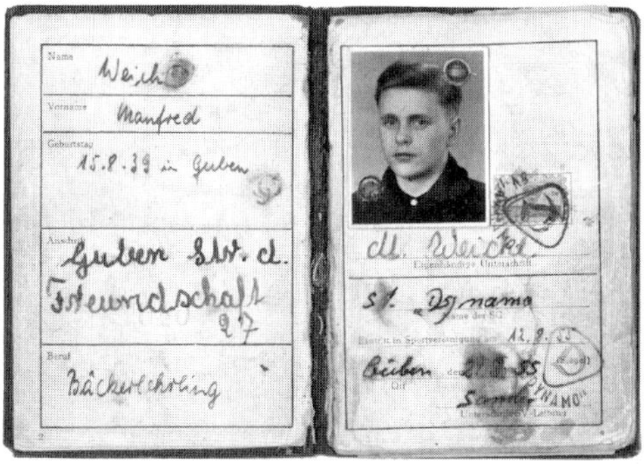

70

71

69 Annonce Gubener Nachrichten 12.8.1949; *70* Sportausweis Manfred Weiche; *71* DDR-Liga Mannschaft von Energie Cottbus um 1970, vorn: 2. v.re. Dieter Schulz, hinten: 3. v.re. Klaus Stabach

72 Bildmitte: Trainer Eduard Geyer, Manager Klaus Stabach, Präsident Dieter Krein 1998; 73 Klaus Stabach und Bundeskanzler Gerhard Schröder 2004

__74__ Heinz-Florian Oertel und Klaus Stabach 2006; __75__ Moderator Lutz Materne und die alten Kämpen von Fortschritt Guben 2006, v.l.n.r.: Klaus Stabach, Lothar Gutsche, Jürgen Schröter, Wolfgang Gemsjäger, Harry Jerichow

Zum Kapitel: Ölschinken wider den Hunger

76 Bilder Weiße, Schulstraße 7 um 1920; 77 Firmenauto 1933

78 *Wohn- und Geschäftshaus Frankfurter Straße 36-38, 1933;* ***79*** *Johanna und Paul Weiße in Krayne 1958;* ***80*** *Werkstatt auf dem Hinterhof der Frankfurter Straße 16 um 1950*

81

82

__81__ Bilder Weiße Frankfurter Straße 16 um 1960; __82__ ehemaliges Weiße-Grundstück Frankfurter Straße 16, 2003

83

85

84

__83__ Postkarte von 1927; __84__ Bilder Bänisch in der Ruine Gasthof zum grünen Baum, Frankfurter Straße um 1970; __85__ gleicher Standort 2007

__86__ Strandfest an der Neiße 1911; __87__ Baden in der Neiße 2007; __88__ Eva Matuszewski 2007

89

90

91

__89__ Sepp Witt vor seinem „Atelier" in den 1960er Jahren; __90__ Familie Witt und Verwandtschaft um 1965; __91__ Postkarte um 1910

92 *Sepp Witt in Aktion in den 1960er Jahren;* ***93*** *Postkarte um 1930;* ***94*** *Gemälde Bismarckturm nach Postkarte 1948;* ***95*** *Landschaft mit Schafen;* ***96*** *Auenlandschaft*

***97 + 99** Ölgemälde von Sepp Witt; **98** Ingrid Philipp vor einem Landschaftsgemälde ihres Vaters 2007*

100

101

102

103

100-103 *Gemälde von Sepp Witt*

Zum Kapitel: Wie ein Fürst einem Maler zu unsterblichem Ruhm verhilft

Gemälde von Frank Merker: ***104*** *Hermann Fürst von Pückler-Muskau 2005;* ***105*** *Mein Großvater, 2000;* ***106*** *Mit Falk unterwegs 2001*

Zum Kapitel: Eine regionalgeschichtliche Sensation

107

108

109

110

111

112

113

107 *Wilhelmine Lehmann geb. Zuschke 1827-1903;* ***108*** *Carl August Lehmann 1815-1897;* ***109*** *Bernhard Lehmann 1852-1928;* ***110*** *Elisabeth Lehmann geb. Seiler 1887-1928;* ***111*** *Ernst Carl Lehmann-Bärenklau 1880-1940;* ***112*** *Peter Carl Lehmann-Bärenklau 1914- ;* ***113*** *Firmenlogo*

***114** Postkarte Beitzsch um 1920; **115** Altes Gutshaus Bärenklau, Postkarte um 1920*

116

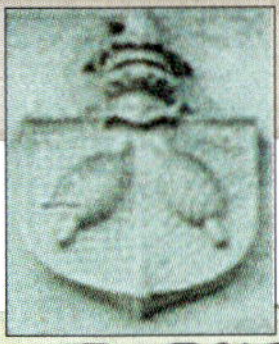

117

118

116 *Neues Schloss Bärenklau um 1935, Vorderansicht* ***117*** *Familienwappen Lehmann Bärenklau;*
118 *Neues Schloss Bärenklau 1939, Hinteransicht*

119

120

***119** Gemälde von F.G. Gensel 1932, heute im Besitz der Familie Richter; **120** Mühle Bärenklau, Postkarte um 1920*

121

123

124

122

125

Neues Schloss Bärenklau: ***121*** *Eingangsbereich;* ***122*** *Kaminzimmer;* ***123*** *Treppenaufgang;* ***124*** *Billardzimmer (alle um 1950);* ***125*** *Fabeltier an der Schlossauffahrt und Bärenklauerinnen um 1942*

__126__ Peter C. Lehmann und Förster Alfred Nieschan in Beitzsch 1927; __127__ Professor Alfred Breslauer 1866-1953; __128__ Lehmann-Bärenklau-Kapelle, Vorderansicht; __129__ Lehmann-Bärenklau-Kapelle, Hinteransicht mit Krypta, beide Zeichnungen von A. Breslauer 1931

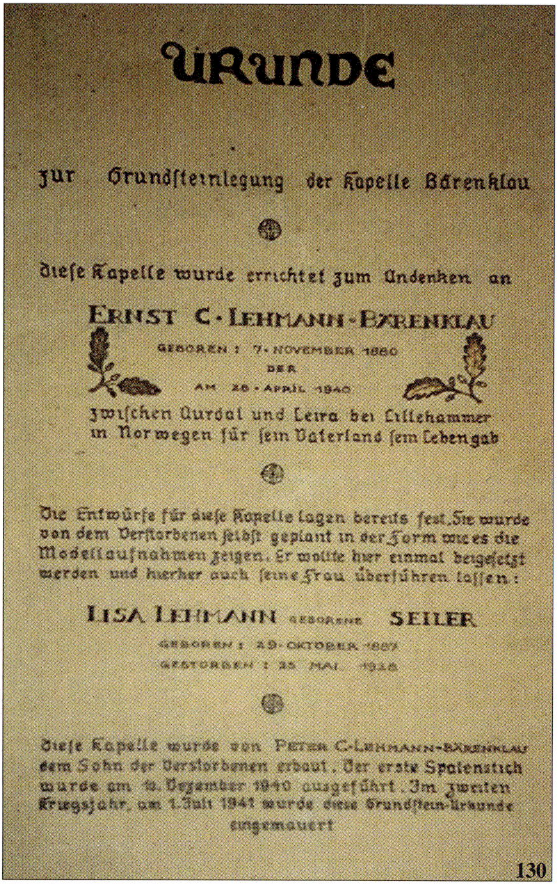

Urkunde

zur Grundsteinlegung der Kapelle Bärenklau

diese Kapelle wurde errichtet zum Andenken an

ERNST C. LEHMANN-BÄRENKLAU

GEBOREN: 7. NOVEMBER 1880

DER

AM 28. APRIL 1940

zwischen Aurdal und Leira bei Lillehammer in Norwegen für sein Vaterland sein Leben gab

Die Entwürfe für diese Kapelle lagen bereits fest. Sie wurde von dem Verstorbenen selbst geplant in der Form wie es die Modellaufnahmen zeigen. Er wollte hier einmal beigesetzt werden und hierher auch seine Frau überführen lassen:

LISA LEHMANN GEBORENE SEILER

GEBOREN: 29. OKTOBER 1887

GESTORBEN: 25. MAI 1928

diese Kapelle wurde von PETER C. LEHMANN-BÄRENKLAU dem Sohn der Verstorbenen erbaut. Der erste Spatenstich wurde am 10. Dezember 1940 ausgeführt. Im zweiten Kriegsjahr, am 1. Juli 1941 wurde diese Grundstein-Urkunde eingemauert

130 *Urkunde, Standort Stadtarchiv Guben;* ***131*** *Baureste der Lehmann-Bärenklau-Kapelle 2007;* ***132*** *Schule von Bärenklau 2007;* ***133*** *1000-jährige Eiche von Bärenklau 2007*

134

135

136

138

137

__134__ Bürgermeister Ewald Halbing um 1980; __135__ Halbing-Haus in Bärenklau 2007; __136__ Hanna und Heinz Halbing 2006; __137__ Heinz Halbing am Fuße des Kapellenberges 2007; __138__ Waltraut Panwitz 2008

Zum Kapitel: Hoch hinaus

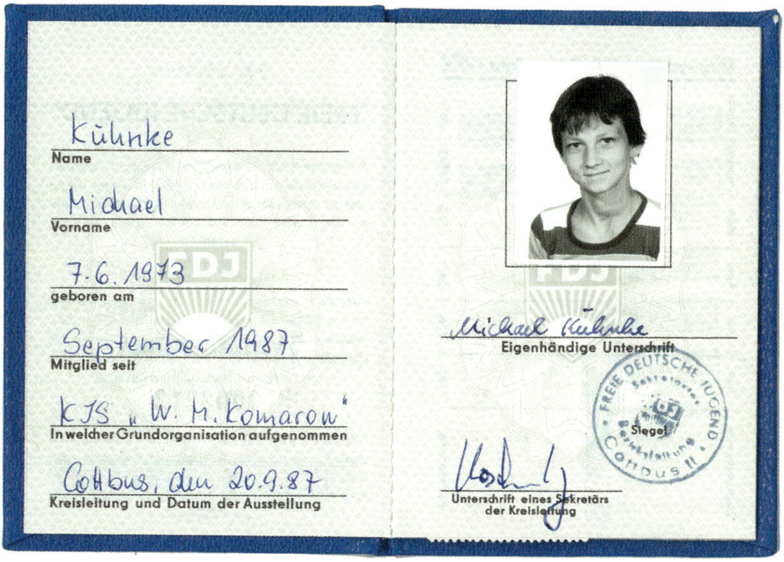

139

140

139 *Sportausweis;* ***140*** *Siegerehrung bei der Kreisspartakiade in Guben 1984*

141+142 *Michael Kühnke startet beim German-Meeting in Cottbus 1994;* ***143*** *Bärbel Bonkatz (li.) und Hildegard Petter 2002*

***144** Trainer Michael Kühnke (li.) und sein Schützling Björn Otto beim 5. Springer-Meeting in Cottbus 2007;*
***145** Weitsprungikone Heike Drechsler und Meeting Direktor Ulrich Hobeck 1995*

Der Autor und sein Werk:

Dr. Hartmut Schatte

Eigenverlag 1999

REGIA Verlag 2001
ISBN 978-3-936092-43-1

REGIA Verlag 2002
ISBN 978-3-936092-60-8

REGIA Verlag 2003
978-3-936092-62-2

REGIA Verlag 2003
ISBN 978-3-936092-69-1

REGIA Verlag 2003
ISBN 978-3-936092-75-2

REGIA Verlag 2004
ISBN 978-3-936092-93-6

REGIA Verlag 2004
ISBN 978-3-937899-02-2

REGIA Verlag 2005
ISBN 978-3-937899-11-4

REGIA Verlag 2005
ISBN 978-3-937899-12-1

Text
REGIA Verlag 2005
ISBN 978-3-936092-59-2

(Mitautor)
Findling Verlag 2006
ISBN 978-3-933603-38-8

REGIA Verlag 2005
2. Auflage 2006
ISBN 978-3-937899-86-2

REGIA Verlag 2006
ISBN 978-3-937899-82-4

REGIA Verlag 2006
ISBN 978-3-937899-91-6

REGIA Verlag 2006
ISBN 978-3-937899-92-3

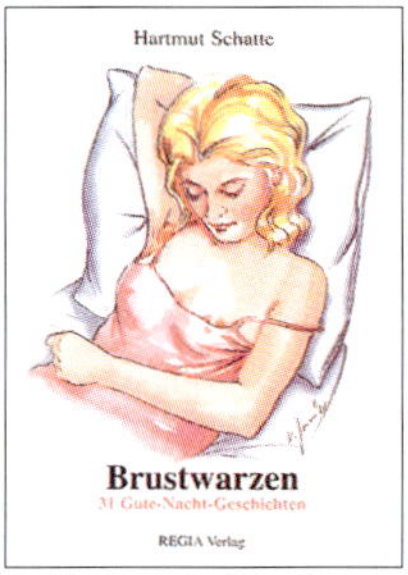

REGIA Verlag 2006
ISBN 978-3-939656-14-2

REGIA Verlag 2007
ISBN 978-3-939656-23-4

REGIA Verlag 2007
ISBN 978-3-939656-18-0

Westkreuz-Verlag 2007
ISBN 978-3-939721-02-4

REGIA Verlag 2008
ISBN 978-3-939656-42-5

REGIA Verlag 2008
ISBN 978-3-939656-62-3

Westkreuz-Verlag 2008
ISBN 978-3-939721-05-5